KB162821

공 작 영 애 의 소 양 2

Ludius
[루디우스]

Gazelle
[가젤]

Mellice
[메를리스]

Louis
[루이]

Bern
[베른]

Iris
[아이리스]

목 차

공 작 영 애 의 소 양 2

Illustration · 후타바 하즈키

레이아
Reia

루체
LUCE

디더

아이리스의 호위.
어릴 적 아이리스가 거둬들인 아이 중 한 명.

라일

아이리스의 호위.
어릴 적 아이리스가 거둬들인 아이 중 한 명.

아이리스 라나 아르메리아

아르메리아 공작가의 영애.
전생의 기억이 되살아난다.

레메

아르메리아 공작가의 도서관을 관리한다.
어릴 적 아이리스가 거둬들인 아이 중 한 명.

멜리다

아즈타 상회의 제과 개발 담당.
어릴 적 아이리스가 거둬들인 아이 중 한 명.

타냐

아이리스의 전속 시녀.
어릴 적 아이리스가 거둬들인 아이 중 한 명.

미모사 던글리

아이리스의 친구.
학원에서 같은 반이었다.

라피엘

다릴교 교회 사제.
아르메리아 영립 고등학원에 다닌다.

딘

아즈타 상회에서 부정기적으로 일한다.
매우 유능하다.

도르센 카타벨리아

기사단 단장의 자제.
유리를 좋아한다.

에드워드 톤 타스멜리아

타스멜리아 왕국 제2왕자.
아이리스와 약혼한 사이였다.

유리 노이어

노이어 남작가의 영애.
학원에 역 할렘을 만든다.

아이리야 폰 타스멜리아

태후.
별궁에서 은거하고 있다.

엘리아

현 국왕의 측실.
에드워드 왕자의 어머니.

반 루타샤

다릴 교 교황의 아들.
유리를 좋아한다.

 character

공 작 영 애 의 소 양

인 물 소 개

루이 드 아르메리아

아르메리아 공작가의 가주이자 재상.
아이리스의 아버지.

메를리스 레제 아르메리아

아르메리아 공작부인.
아이리스의 어머니이자 사교계의 꽃.

베른 타아시 아르메리아

아르메리아 공작가의 적자.
아이리스의 동생.

루카 사모사

아르메리아 영립 고등학원 학원장.
왕궁의 전속의사였다.

루디우스 지브 앤더슨

앤더슨 후작가의 적자.
통칭 '루디'.

가젤 더즈 앤더슨

앤더슨 후작가의 전 가주이자 장군.
메를리스의 아버지.

6장
공작 영애, 귀족의 전장에 서다

……건국 기념일 당일, 왕궁은 그 어느 때보다 화려했다.

타스멜리아 왕국이 건국된 날은 해마다 왕궁에서 왕실 주최로 파티가 열린다.

초대받은 귀족들은 모두 그 권위를 자랑하듯…… 그러나 공식 행사답게 절도를 지키며 화려한 의상으로 몸을 감쌌다.

지금 왕궁 안으로 들어선 남자도 초대받은 귀족 중 한 사람이었다.

아름다운 백아의 궁전.

아름다운 그림이 그려져 있는 높은 아치형 천장. 그 천장을 떠받치는 기둥은 하나하나 섬세하게 세공되어 있었다.

이미 많은 귀족이 모여 있었다. 걸음을 멈추고 담소를 나누는 자들도 있고, 홀을 향해 복도를 걷는 자들도 있었다.

그 화려한 장소에 어울리는 화려한 옷을 차려입은 귀족들.

그리고 지금, 그 자리에 발을 들여놓은 남자 또한 다른 귀족들처럼 이날을 위해 맞춘 아름다운 의상으로 몸을 감싸고 있었다.

그러나 그의 눈은 몹시 진지했다.

귀족들에게 파티란 미묘한 신경전과 알력 다툼이 벌어지는 자리.

물론 순수하게 건국을 축하하는 마음도 있지만 마냥 들떠서는 안 된다.

그는 오랜 세월 백작가의 가주였기에 그 사실을 잘 알고 있었다.

주위에 있는 사람들의 얼굴을 한 바퀴 둘러보았다.

······아는 사람도 없고, 딱히 인사를 나누고 싶은 사람도 없군.

그렇게 결론을 내린 그는 긴 복도를 지나 파티가 열리는 홀에 도착했다.

격조 높고 엄숙한 분위기가 흘러넘치는 홀 안은 로비처럼 화려한 아름다움은 없지만 이 나라 최고의 직인이 정성을 다해 만든 곳답게 사람을 압도하는 아름다움이 있었다.

수많은 샹들리에가 반짝거리며 여인들의 화사한 드레스를 화려하게 비췄다.

그는 몇몇 아는 사람과 인사를 나눴다.

······아주 살짝 긴장이 풀렸다.

사실 이번 건국 기념 파티는 그 어느 때보다 긴장을 늦추면 안 되는 자리다.

제1 왕자파와 제2 왕자파, 그리고 중립파가 뒤섞인 이 자리에서 과연 누구와 접촉할 것인가? 그로 인해 앞으로 자신의 입장은 크게 달라진다.

자칫하면 원치 않는 방향으로 휩쓸려 가게 될지도 모른다.

정말 골치 아프군······. 그것이 바로 그의 속내였다.

그때 문득, 각별히 친하게 지내는 인물을 발견하고 그에게 다가갔다.

그 남자도 그를 바라보며 꾸밈없는 미소를 지었다.

"오랜만이군, 드랑바르도 백작."

그는 남자의 부름에 긴장했던 숨을 내쉬었다.

"그래, 오랜만이군. 카르디나 백작. 그동안 어떻게 지냈나?"

이번 파티는 파벌 싸움이 한창인 미묘한 상황에서 개최되는 바람에 아는 사람…… 그것도 오랜 친구를 마주치자 겨우 조금은 마음을 놓을 수 있었다.

"전에 만났을 때와 별로 달라진 건 없다네. ……아, 그리고 보니 요즘 아내가 아즈타 상회의 상품을 좋아해서 회원이 되고 싶다고 하더군."

"자네 부인도 그런가? 내 아내도 아직 순서를 기다리는 중이라네. 요즘 아즈타 상회의 회원이 되는 건 부와 권력을 나타내는 일종의 증표라더군."

"호오……. 아즈타 상회라면 아르메리아 공작가의 상회 아닌가? 정치적으로 뛰어난 수완을 발휘하는 루이 공이 드디어 상회 경영에도 손을 뻗었단 말인가."

"정말 부럽군."

"그러게 말일세. ……그런데 드랑바르도 백작, 자네 오늘 누구누구와 인사를 나눴나?"

대화는 가벼운 잡담에서 느닷없이 진지한 이야기로 바뀌었다.

드랑바르도 백작과 카르디나 백작, 각별히 친분이 있는 사이이기 때문에 물어볼 수 있는 질문이었다.

"늘 인사하던 사람들이지, 뭐. ……자네는 누구와 인사를 나눴나? 물론 늘 인사하던 사람들 말고."

그가 쓴웃음을 지으며 대답하자 카르디나 백작은 어깨를 으쓱했다.

"나도 마찬가질세. 누구에게 말을 걸어야 할지 고민이 돼서 말이야."

"뭐, 그렇긴 하지……."

두 사람은 한숨을 쉬었다.

"아, 저길 보게나."

카르디나 백작의 말에 드랑바르도 백작도 그가 가리킨 방향을 바라보았다.

그곳에 있는 사람은 제2 왕비 엘리아였다.

타는 듯한 붉은 머리카락.

그 머리색에 맞춘 듯한 심홍의 드레스는 풍성한 레이스와 금실로 장식되어 있었다.

가늘게 휘어진 칠흑의 눈동자. 붉은 연지를 바른 입술이 고혹적인 호선을 그렸다.

그 옆에는 엘리아의 친정인 마엘리아 후작가의 가주가 서 있었다.

그리고 그들 주위에는 추종자 귀족이 많이 모여 있었다.

"……어라? 엘리아 왕비님은 당연히 왕과 함께 주최자로 참석할 줄 알았는데."

드랑바르도 백작은 의외라는 듯이 그 광경을 바라보았다.

엘리아 왕비와 마엘리아 후작 주위에 많은 귀족이 모여 있는 것도, 그들이 위세 등등한 것도 새삼 놀랍지는 않았다.

다만 평소에는 왕에게 딱 달라붙어서 자신의 권세를 어필하는 그녀가 국가 공식 행사인 이 파티에서 굳이 왕과 따로 행동하는 것은 놀라운 일이었다.

"놀랍지? 나도 한순간 잘못 본 줄 알았다네. 왜 이번에는 폐하와 따로 행동하시는 걸까?"

"흐음……. 기반을 굳히느라 바쁘거나, 아니면 이번에는 폐하께 서 참석하시지 않거나. 둘 중 하나 아닐까?"

"이봐, 오늘은 건국 기념일이야. 폐하께서 참석하지 않으실 리 없 지 않은가?"

카르디나 백작이 웃으며 부정했다. 드랑바르도 백작도 그 말에 내 심 동의했다.

"그럼 역시 기반을 굳히려는 걸까?"

"그게 제일 그럴 듯한 추측이겠지. 보게, 어느새 인무(人務) 대신까 지 엘리아 왕비 진영에 합류하지 않았나?"

인무 대신이란 이 나라의 행정 기관 중에서도 중추에 해당하는 관 직 중 하나.

국가의 행정 조직은 재상을 비롯하여 재무(財務), 군무(軍務), 법무 (法務), 인무(人務), 외무(外務), 건무(建務), 교무(敎務)로 구성되어 있 다.

"대체 어느새……. 그는 엘리아 왕비 쪽으로 기울어지긴 했어도 분명히 중립파였는데. ……역시 엘리아 왕비는 이런 쪽으로 무시 무시한 재능을 발휘하는군."

드랑바르도 백작이 그렇게 말하는 동안 또 다른 귀족이 엘리아 왕 비와 마엘리아 후작에게 인사를 건넸다.

"그건 마엘리아 후작도 마찬가지지."

"음, 그건 그래."

마엘리아 후작가는 본래 세력을 확장해 나가던 귀족이었다.

그러나 엘리아가 왕비 자리에 오른 후부터 더욱 위세를 떨치기 시 작했다. 현재 그 권세는 귀족들 중에서도 1, 2위를 다툰다. 왕궁 안 에서 발언력도 매우 크다.

한순간 파티장이 술렁거렸다.

두 사람은 입구 쪽으로 시선을 돌렸다.

파티장에 나타난 것은 에드워드 제2 왕자와 이번에 그의 약혼녀가 된 유리 노이어 남작 영애, 그리고 그 주위에는 반 루타샤와 도르센 카타벨리아가 있었다.

에드워드 왕자는 다크그린색의 야회복을 멋지게 차려입고 있었다.

그 옆에는…… 핑크색 드레스를 입은 유리 노이어 남작 영애가 그와 팔짱을 끼고 있었다.

상반신에 여기저기 장식된 꽃이 그녀의 싱그러운 젊음을 더욱 빛내 줬다.

파니에로 넓게 부풀린 스커트 부분에는 슬릿이 들어가 있어서 움직일 때마다 그 아래로 얇은 하얀 레이스와 엷은 핑크색 천이 살짝살짝 엿보였다.

반은 다릴교 교황의 아들답게 다릴교 예복을 입고 있었다.

그리고 그 옆의 도르센은 기사답게 기사 정장을 입고 올 줄 알았지만…… 오늘은 귀족 자제다운 검은색 야회복을 입고 있었다.

† † †

"……역시 전 여러분과 함께 이 자리에 있기에는 너무 안 어울리지 않나요……?"

유리 남작 영애가 불안한 듯이 에드워드 왕자에게 물었다.

"무슨 소리야? 너는 내 약혼녀야. ……당당하게 행동해."

"하지만……."

유리 남작 영애는 우물거리며 고개를 숙였다. 에드워드 왕자는 일단 팔짱을 풀고 그녀의 손을 꼬옥 잡았다.

"유리, 나는 너와 함께 걸어가고 싶어. 지금도, 앞으로도."

"에드워드 님……."

유리 남작 영애는 살짝 촉촉한 눈동자로 에드워드 왕자를 올려다보았다.

자신을 바라보는 그녀의 눈빛에 그는 안심시키려는 것처럼 미소를 지었다.

"다들 유리가 너무 사랑스러워서 쳐다보는 거야. ……아, 싫다. 네가 얼마나 귀여운지는 나만 알면 되는데. 이대로 널 어딘가에 가둬 버리고 싶어."

두 사람의 달콤한 공기를 깨뜨리는 것처럼 반이 재빨리 유리에게 달콤하게 속삭였다.

"불안해하지 마. 너는 내가 지켜 줄게. ……그 모든 것으로부터."

그리고 도르센도 또다시 그녀에게 말을 건넸다.

"둘 다…… 고마워요."

유리 남작 영애는 그런 두 사람을 향해 꽃같이 웃었다.

"모두에게 상냥하고, 모두에게 사랑받는 건 너의 장점이지만……. 유리, 넌 나만 바라보면 돼. ……그렇지?"

에드워드 왕자의 물음에 유리 남작 영애는 얼굴을 발그레 물들였다.

……달콤한 대화가 계속되는 바람에 좀처럼 말을 걸지 못했던 귀족들도 대화가 잠시 끊긴 틈을 타서 차례차례 인사를 건넸다.

왕족이 나타났으니 귀족으로서 당연한 일이다.

……하지만 개중에는 조금 떨어진 곳에서 그 모습을 지켜보기만

하는 자들도 있었다.

드랑바르도 백작과 카르디나 백작도 후자에 속했다.

"……굉장하군. 에드워드 왕자가 유리 남작 영애에게 푹 빠졌다는 소문은 사실인가 보네."

드랑바르도 백작이 쓴웃음을 지으며 중얼거렸다.

"음, 그러게 말이야……. 그건 그렇고 에드워드 님도 주최자측이 아니라 참석자로 오셨군. 아직 왕위를 계승하진 않았지만 엘리아 님과 친정이 압력을 넣어서 당연히 주최자 측으로 참석하실 줄 알았는데. ……뭐, 유리 영애와 다정하게 대화를 나누는 걸 보니 에드워드 님은 별로 신경 쓰지 않는지도 모르지만."

두 사람이 이야기를 나누는 동안 에드워드 왕자와 다른 사람들은 엘리아 왕비가 있는 곳으로 향했다.

엘리아 왕비를 둘러싸고 있던 귀족들은 에드워드 왕자가 다가오자 자리를 양보하듯 길을 비켰다.

"어머나, 에드워드! 내 아들이지만 오늘은 한층 늠름하구나!"

엘리아 왕비가 에드워드 왕자에게 기분 좋게 말을 건넸다.

"칭찬해 주셔서 영광입니다. 어머님께서도 오늘은 한층 아름다우십니다."

"고맙다, 에드워드. 유리, 너두 오늘 아주 사랑스럽구나."

"엘리아 님께서 칭찬해 주시다니 정말 기뻐요. 하지만…… 제가 보기엔 너무 어린애 같아서……. 그래서 엘리아 님처럼 아름다운 분을 동경하게 된답니다."

"우후후……. 유리 너는 지금 이대로가 좋단다. 그런 사랑스러운 분위기는 지금밖에 낼 수 없어요. 너에게는 너의 매력이 있는 거야."

"고맙습니다."

엘리아 왕비의 말에 유리 남작 영애는 수줍게 웃었다.

그 웃음을 본 엘리아 왕비도 만족스러운 듯이 미소 지었다.

"반, 도르센. 앞으로도 두 사람을 잘 부탁해요."

그 말에 두 사람은 엘리아 왕비에게 머리를 숙였다.

"……어머나? 그리고 보니 베른은 함께 오지 않았니?"

"네. 선약이 있어서……."

에드워드 왕자의 말에 엘리아 왕비는 한순간 뭔가를 생각하는 것처럼 허공으로 시선을 던졌다.

그리고 곧 아무 일도 없었던 것처럼 미소를 지었다.

"그래……. 뭐, 좋아. 오늘은 즐거운 시간을 보내렴."

에드워드 왕자와 다른 사람들까지 가세하여 더욱 북적거리는 그 자리에서 엘리아 왕비는 주위의 귀족들과 또다시 이야기를 나누기 시작했다.

† † †

드랑바르도 백작과 카르디나 백작은 그런 엘리아 왕비와 그 일파의 모습을 멀리서 관찰하고 있었다.

문득 또다시 입구 쪽에서 커다란 술렁거림이 일었다.

입구 쪽을 돌아보자 그곳에 서 있는 사람은 재상인 루이 드 아르메리아 공작과 그의 아내 메를리스 부인.

"……메를리스 님은 여전히 아름답군."

카르디나 백작의 중얼거림에 드랑바르도 백작도 힘 있게 고개를 끄덕였다.

두 사람은 메를리스 공작 부인과 같은 세대였다.

메를리스 공작 부인은 어느 세대에나 인기가 많지만 특히 동년배들은 그녀를 절벽의 꽃이라 부르며 열렬하게 동경했다.

사방에서 날아오는 뜨거운 시선을 받으면서도 그녀는 아르메리아 공작과 느슨하게 팔짱을 낀 채 우아하게 걸음을 옮겼다.

오늘은 눈동자 색에 맞춰서 요즘 유행하는 디자인의 엷은 물색 드레스와 짙은 푸른색 로브를 입고 있었다.

그 모습, 그 움직임…… 모든 것이 사교계의 꽃이라 불리기에 부족함이 없을 만큼 아름다웠다.

많은 사람이 남녀 불문하고 아르메리아 공작 부부에게 인사를 건넸다.

조금 전 에드워드 왕자 때보다 많은 것은 물론, 마엘리아 후작 주위에 모여 있는 숫자에 비해서도 결코 적지 않았다. ……아니, 오히려 그 이상이었다.

"……응? 뭐지……?"

한순간…… 주위가 고요해졌다.

느닷없이 돌변한 분위기에 드랑바르도 백작과 카르디나 백작은 이리저리 시선을 방황했다.

원인은 곧 알 수 있었다.

입구 근처의 귀족들이 어느 한곳을 응시한 채 굳어 있었기 때문이다.

대체 누가 나타난 걸까……? 이미 주목을 모을 만한 사람들은 모두 파티장 안에 있는데…… 그런 생각을 떠올리며 드랑바르도 백작도 사람들의 시선을 좇았다.

그리고 그 또한…… 다른 사람들처럼 넋을 잃었다.

그곳에 서 있는 것은 공작 자제 베른 타아시 아르메리아와 그가 에스코트하는 한 여성.

파티장의 모든 시선이 그 여성에게 집중되어 있었다.

"……아름다워……."

넋을 잃은 드랑바르도 백작에게는 카르디나 백작의 그 말이 마치 어딘가 멀리서 들려오는 것만 같아서 아무런 반응도 할 수 없었다.

하지만 그의 머릿속 또한 같은 단어가 점령하고 있었다.

윤기가 흐르는 은빛 머리카락은 빛을 받아 눈부시게 빛났다.

단정하고 아름다운 이목구비, 백자같이 하얀 피부.

깊은 푸른색 눈동자는 마치 극상의 사파이어 같았다.

그리고 그녀가 입고 있는 것은 매끄러운 광택이 흐르는 천으로 만든 드레스.

엷은 베이지색에 가까운 흰색 천으로 만든 드레스는 지금 이 자리에 있는 여성들과 전혀 다른 스타일이었다.

퍼프소매가 달린 모래시계 형태가 아니라 마치 S자를 그리는 듯한 곡선……. 한마디로 풍성하게 부풀린 스커트가 아니라 폭이 좁고 늘씬한 라인의 스커트.

그 디자인은 호리호리한 그녀에게 무척 잘 어울렸다.

옷자락에는 푸른색과 은색 실로 섬세한 자수가 수놓아져 있었다. 그리고 허리에는 그녀의 깊은 푸른색 눈동자를 돋보이게 해 주는 같은 색의 허리띠.

불빛을 받아 반짝반짝 빛나는 가냘프고 청초한 그녀의 모습에 '마치 달의 여신 같다'라는 상투적인 감상이 떠올랐다. 도저히 눈을 뗄 수 없었다.

"……대체 누구일까? 저렇게 아름다운 여성, 한 번 보면 잊을 수가 없을 텐데."

드랑바르도 백작의 중얼거림에 카르디나 백작도 고개를 갸웃거렸다.

"베른 공자와 함께 있는 걸 보면…… 설마 아이리스 공작 영애?"

"설마……. 아이리스 공녀는 사교계에서 추방당하지 않았나? 아무리 건국 기념 파티라도 이 자리에 나타날 수 없을걸."

"그렇, 겠지……."

하지만 두 사람의 대화가 무색하게도 그녀는 아르메리아 공작 부부에게 다가갔다.

그 자리에 있던 귀족들은 넋 나간 표정으로 두 사람에게 자리를 양보하듯 길을 비켰다.

왕족인 에드워드 왕자가 나타났을 때와 똑같은 반응이었지만 그녀에게는 그 사실을 당연하게 여기도록 만드는 힘이 있었다. 그 모습이 왠지 왕족보다도 왕족답다고, 드랑바르도 백작은 마음속으로 생각했다.

그 자리의 분위기를 압도하고 뒤바꾸는 힘.

그녀는 파티장의 모든 시선을 한 몸에 받으면서도 위축되지 않고 당당하게 걸어서 아르메리아 공작 부부 앞에 멈춰 섰다.

그리고 담소를 나누기 시작했다.

"역시 아이리스 공녀인 게 아닐까……? 어딘가 메를리스 공작 부인과 닮은 것 같은데……."

드랑바르도 백작이 그렇게 중얼거렸을 때 또 다른 문이 열렸다.

파티장 안으로 들어온 사람은 아이리야 폰 타스멜리아 태후……. 이 나라에서 가장 고귀한 여성이었다.

'왜 폐하가 아니라 태후마마께서?'

그런 의문이 한순간 머릿속을 스치고 지나갔지만, 카르디나 백작은 그리운 마음과 함께 자연스레 머리를 숙였다.

아이리야 태후는 과거 여왕으로서 이 나라에 군림했던 여성이다.

오라버니인 왕세자를 잃고 유일한 직계 왕족이 되었기 때문이다.

……그러나 여성이 왕위를 잇는 것은 전례 없는 일이었기 때문에 공작가에서 데릴사위를 얻어 왕으로 삼고 함께 나라를 통치했다.

그 시대에 그녀는 몇 번이나 주최자로서, 또 여왕으로서 지금처럼 등장했다.

현왕이 왕위를 물려받은 후에도 태후는 한동안 왕궁에 머물며 이런 행사에 참석했으나…… 별궁으로 거처를 옮겨 은거한 후에는 한 번도 참석한 적이 없었다.

대체 무슨 일이 생긴 걸까? 드랑바르도 백작은 머리를 숙이며 내심 고개를 갸웃거렸다.

"……이 자리에 모인 여러분, 오늘 이 기념식에 참가해 줘서 정말 고맙소."

그때까지 흐르던 음악이 멈추고, 동시에 태후의 부드러운 목소리가 울려 퍼졌다.

"아쉽게도 폐하는 오늘 몸이 좋지 않아서 쉬고 있습니다……. 오늘 이 자리에 참석하지 못한 것을 매우 안타까워하고 있답니다."

그 말에 드랑바르도 백작과 카르디나 백작을 위시한 중립파 귀족들 사이에 동요가 일었다.

왕이 병석에…….

수면 아래에서 파벌 싸움이 벌어지고 있는 지금, 왕의 부재는 그것만으로도 분쟁을 더욱 격화시키는 방아쇠가 될 수 있다.

그 상황을 견제하기 위해 태후가 참석한 거라면…… 무거운 몸을 이끌고 나선 것도 고개가 끄덕여진다.

"수많은 어려움에 직면하면서도 오늘 이렇게 좋은 날을 맞이할 수 있었던 것은 이 자리에 있는 여러분과 백성들이 나라의 버팀목이 되어 준 덕분입니다. 왕을 대신해서 감사합니다. 여러분 모두 오늘 이 자리를 마음껏 즐기기 바랍니다."

태후의 말이 끝나자 또다시 음악이 울려 퍼지며 파티가 시작되었다.

참석자들은 담소를 나누면서도 베른과 함께 있는 수수께끼의 여성과 태후에게 시선을 집중했다.

다음 순간, 그 여성이 새로운 움직임을 보였다.

태후에게 다가가는 걸 보면 아무래도 태후가 그녀를 부른 모양이다.

그녀가 태후 근처로 걸어가자 다들 각자 대화를 나누던 것도 잊고 두 사람의 대화에 귀를 기울였다.

"아이리스 라나 아르메리아 공작 영애, 오늘 그대를 만나는 것을 무척 기대하고 있었답니다. 이렇게 파티에 참석할 만큼."

태후의 말은 또다시 그들을 충격에 빠뜨렸다.

역시 그녀는 아르메리아 공작가의 영애이자 '그 화제의 여성'이었단 말인가……?

그리고 그 이상으로 그녀를 만나기 위해 파티에 참석했다는 태후의 말에 놀라움을 감출 수 없었다.

"아즈타 상회의 총수로서 멋지게 성공을 거두고, 다른 한편으로는 영주 대행으로서 훌륭하게 일하고 있는 그대의 이야기를 듣는 것을 얼마나 기대했는지 몰라요."

하지만 그들의 의문도 태후의 말을 들은 순간 모두 날아갔다. 동시에 또 다른 충격이 밀려왔다.

"……자네, 들었나?"

카르디나 백작이 멍하니 물었다.

"물론이지……. 설마 그녀가 '그' 아즈타 상회를 이끌고 있단 말인……가? 게다가 동시에 영주 업무까지……."

"당연히 아르메리아 공작가 가주가 사업을 이끌고 있는 줄 알았는데……."

"그, 그러게……. 설마 저 젊은 나이에 나라 안에서도 1, 2위를 다투는 상회를 만들어 냈단 말인가……. 그것도 설립 후 불과 몇 년 만에. 무서운 재능이군……."

두 사람이 그런 대화를 나누는 동안에도 태후와 아이리스 공작 영애의 대화는 계속되고 있었다.

"……힘든 일도 많을 것 같은데 혹시 곤란한 일이 생기면 뭐든 내게 의논하도록 해요."

"분에 넘치는 영광입니다."

공작 영애는 아름다운 동작으로 예를 표한 후 물러섰다.

불과 서너 마디밖에 되지 않는 대화였지만 주최자는 많은 사람과 이야기를 나눠야 하기 때문에 그 정도가 적당했다.

그녀가 물러나자 다음 사람이 다가왔다.

그리고 그녀는 또다시 벽의 꽃이 되었다.

아마도 본인은 혼자 조용히 있고 싶은 모양이었지만…… 그 자리의 모두가 그녀에게 시선을 향하고 있었다.

"에드워드 님은 왜 그녀와 약혼을 파기한 걸까?"

드랑바르도 백작이 진심으로 의아해하며 중얼거렸다.

"그러게 말일세. 지금 대화만 들어도 그녀의 가치는 헤아릴 수 없을 정도인데 말이야. 아즈타 상회의 총수라는 매력적인 지위……
윤택한 자금과 자산. 그것만으로도 충분하지만 그녀는 태후마마
께 강력한 영향력마저 갖고 있어. 나라 안의 많은 귀족 가운데 제일
먼저 그녀를 부르고, 그것도 무슨 일이 있으면 의논하라는 말씀까
지……. 왕족, 그것도 지금 이 자리에 있는 모든 사람 중에서 가장
큰 영향력을 지닌 분을 뒷배로 얻은 것이나 다름없지."

"음……. 미모, 재능, 혈통, 뒷배……. 뭘 따져 봐도 그녀는 매력
적이지. 정말로 왕위에 오르고 싶다면 그녀는 절대 놓쳐서는 안 되
는 존재일 텐데. 그런 그녀를 무시하고 약혼을 파기하자마자 곧 다
른 여성과 약혼하다니, 정말 눈살이 찌푸려지는군."

"제1 왕자파에는 정말 잘된 일이지만 말이야."

만약 그녀가 아무 일 없이 에드워드 제2 왕자와 결혼했더라면 그
는 마엘리아 후작가와 아르메리아 공작가라는 귀족 가문의 양대 거
두를 뒷배로 얻어 확실히 왕위를 손에 넣었을 것이다.

……그러나 약혼은 파기되었다.

앞으로는 그녀를 어떻게 끌어들이느냐가 관건이다.

특히 제1 왕자에게는 약혼녀가 없다.

만약 그녀가 제1 왕자와 결혼한다면…… 제1 왕자는 제2 왕자의
무기인 마엘리아 후작가와 그 파벌에 뒤지지 않는 뒷배를 손에 넣을
수 있다.

지금 이 순간조차 중립파에 속한 자들은 내심 냉소를 짓고 있을 것
이다. 제1 왕자 진영은 회심의 미소를 짓고 있으리라.

그리고 제2 왕자 진영에 속한 자들은 놓친 물고기가 얼마나 큰지
깨닫고, 마치 자신의 일처럼 이를 갈고 있을 것이다.

아이리스의 존재는 그만큼 컸다.

현재 모두가 그녀에게 다가가고 싶어서 말을 걸 타이밍만 노리고 있었다.

하지만 그녀는 항상 가족들 중 누군가와 담소를 나누고 있어서 좀처럼 기회를 잡을 수 없었다.

"오랜만이에요, 아이리스 님."

모두가 기회를 엿보고 있을 때, 분위기를 파악하지 못한 누군가 그녀에게 말했다.

† † †

으음……. 나는 지금 혼란에 빠져 있다.

……사건의 발단은 건국 기념 파티.

애초에 초대받은 것 자체가 이상하지만 큰맘 먹고 파티에 참석하자 차가운 시선이 아닌 흥미진진한 호기심의 시선이 날아왔다.

이 시점에서 '어라? 생각했던 것과 다르네…….'라고 내심 당황했다.

그 후, 태후마마께 불려 가서 생각지도 못한 말을 들었다. 나를 응원하고 있다는 말씀이었다.

응? 혹시 날 부른 사람은 태후마마? ……어쨌든 오늘 최대의 미션은 끝났으니 이제 조용히 구석에 박혀 있자고 참았던 숨을 내쉬었을 때.

그때, 유리가 눈앞에 나타났다.

……게다가 그 옆에는 기분이 언짢아 보이는 에드 님과 의아한 듯이 나를 바라보는 반, 그리고 도르센까지.

"……오랜만이네요."

일단 나는 웃는 얼굴로 대답했다.

……얼굴이 굳어 있진 않겠지?

"아……. 아이리스 님이 학원을 떠나신 지 꽤 오래 지났지요. 그동안 잘 지내신 것 같아서 정말 다행이에요."

어라, 비꼬는 건가? 비꼬는 거야? 아니면 단순히 나를 정말로 걱정한 걸까?

그녀를 상대로는 좀처럼 판단을 내리기 힘들다.

"유리 영애도 잘 지낸 것 같아서 다행이네요."

일단 무난한 대답을 건네 보았다.

"……놀랍다. 진짜 아이리스 님이잖아."

옆에서 반이 말했다.

"그것 봐요, 내가 뭐랬어요? 난 사람 얼굴을 아주 잘 알아본다니까요. 게다가 베른과 함께 들어온 걸 보고 역시 아이리스 님인 줄 알았죠."

"그렇지만 달라져도 너무 달라졌잖아. 난 몰랐어."

본인을 앞에 두고 떠들어대기에는 지나치게 무례한 말에 너무 어이가 없어서 아무런 반응도 할 수 없었다.

"유리는 똑똑하군."

"후후후……, 고마워요, 에드워드 님."

……네, 네. 여전히 둘만의 핑크빛 공간이군요.

전 약혼자 앞에서 이런 분위기를 뿌려대다니, 정말 배려가 부족하군…….

유리는 이미 포기했다 쳐도…… 에드 님이 이렇게 멍청한 사람이었나? 그런 의문이 느껴졌지만 마지막으로 학원에서 들었던 말을 떠올린 순간 그 의문은 즉각 먼 곳으로 날아가 버렸다.

"……그런데 아이리스 님, 오늘은 어째서 이 자리에 참석하셨나요?"

생각지도 못한 유리의 공격에 한순간 내 얼굴에서 웃음이 사라졌다.

"어째서, 라뇨……?"

내 물음에 유리는 어색한 듯이 허공을 바라보았다.

"그렇지만 아이리스 님은…….

"어째서라니. 그걸 몰라서 묻나? 넌 여기 참석할 수 있는 입장이 아닐 텐데."

유리의 말이 끝나기도 전에 에드 님이 험악한 눈으로 나를 노려보며 말했다.

그렇게 노려봐도 겁 안 먹거든요.

"입장이고 뭐고…….

"유리는 착하니까 네 위치를 일부러 충고해 준 거야."

반박하려고 했지만 에드 님이 중간에 내 말을 가로챘다.

남이 말하면 좀 들어! 그리고 왜 그렇게 의기양양한 거야?

"……충고?"

한편 유리는 에드 님의 말을 이해할 수 없다는 듯이 고개를 갸웃거렸다.

"……제가 파티에 참석한 건 태후마마께 초대를 받았기 때문이에요. 입장이고 뭐고 전 신하로서 의무를 다한 것뿐이랍니다."

"뭐라고……! 할머님께서……?"

에드 님은 놀란 듯이 눈을 크게 떴다.

아까 내가 태후마마께 인사하는 모습을 못 봤나?

"아니야, 설마……. 너 같은 무도한 자에게 할머님께서 초대장을 보낼 리가 없다. 거짓말을 하려거든 좀 더 그럴듯하게 해야지."

혼자 단정 짓기는……. 전 약혼자에게 그 말은 좀 심하잖아. 발끈해서 대꾸하려던 순간, 나보다 유리가 먼저 입을 열었다.

"저, 저어……. 두 분이 무슨 말씀을 하시는지 잘 모르겠는데요……."

"……뭐……?"

유리의 말에 분노는 어이없는 심정으로 바뀌었다.

잘 모르겠다고? 애초에 그쪽에서 먼저 시작한 대화잖아.

"제가 묻고 싶었던 건…… 아이리스 님께서 파티에 참석하신 이유랍니다. 혹시 오늘 그 드레스를 선전하러 오셨나 해서……."

"……선전?"

"아…… 네에! 아이리스 님은 아르메리아 공작가의 일원이잖아요? 아르메리아 공작령하면 아즈타 상회죠. 혹시 아즈타 상회분께 부탁받고 그 드레스를 선전하러 오신 거 아닐까, 그걸 묻고 싶었어요."

부탁 받고 말고, 내가 아즈타 상회의 총수거든.

역시 내가 아즈타 상회의 총수라는 사실을 몰랐던 걸까……. 전에 눈앞의 두 사람이 아즈타 상회의 회원이 되고 싶다고 난리를 쳤다는 사실을 세이에게 들었던 게 떠올랐다.

어쨌든 아까 내가 태후마마와 인사를 나눴던 걸 못 본 것만은 확실하군.

"아뇨……. 선전이랄 것까진 없지만…… 이 드레스 원단을 선보이려고 입고 나온 건 맞아요. 새로운 상품이거든요."

"어머나, 역시! 정말 아름다워요. 저도 이 천으로 만든 드레스를 입고 싶어요. 어디서 구입하셨나요?"

유리는 에드 님을 제쳐 두고 나와 대화를 계속했다.

"아직 충분한 물량을 갖추지 못해서 판매는 하지 않고 있어요. 언젠가 물량이 갖춰지고, 생산 라인이 정비되면 판매할 생각이에요."

"어머…… 그렇군요. 너무 멋져서 저도 꼭 갖고 싶은데…… 어떻게 안 될까요?"

"칭찬은 기쁘지만…… 아직 시간이 필요해서요. 미안해요."

현재 수출국에서 꽤 비싼 가격을 요구하고 있다.

비단이니까 어쩔 수 없지만 수송비 등 코스트를 생각하면 아무래도 적자다.

상회에서 대대적으로 판매하려면…… 아직 앞날을 기약해야 한다.

원단만 고가로 판매하고 싶어도 아직 물량이 갖춰지지 않은 데다 이번에 사용해 버렸기 때문에 드레스를 만들 만한 분량은 없다.

"하지만……."

"그, 그래. 차기 왕족인 유리가 원하지 않나. 영광으로 생각하고 즉각 받아들이는 게 상회의 의무 아닌가?"

"아무리 그렇게 말씀하셔도 무리예요."

왜 이렇게 무모한 요구를 하는 걸까? 커다란 한숨이 흘러나왔다.

그들과의 대화는 정말로 피곤하다.

"무, 무례하다……!"

에드 님이 얼굴을 시뻘겋게 붉히며 말했다.

다행히 다른 사람들은 악단이 연주하는 음악과 각자 대화에 열중하고 있어서 듣지 못한 것 같지만…… 그래도 역시 근처에 있던 사람들은 무슨 일인가 하고 이쪽을 쳐다보고 있었다. 아아, 귀찮아.

"……소란스럽군요. 무슨 일이죠?"

문득 뒤에서 어머님이 나타났다.

"아……. 아르메리아 공작 부인, 오랜만에 뵙습니다."

"……."

어머님은 유리의 인사를 깨끗하게 무시하고 내게 다가왔다.

"괜찮니?"

"네……. 괜찮아요, 어머님. 소란스럽게 해서 정말 죄송해요."

"아르메리아 공작 부인!"

에드 님이 조금 전과 똑같은 목소리로 어머님을 불렀다.

앗, 어머님의 미간에 살짝 주름이 새겨졌다.

"어머나, 전하. 파티 중에 그토록 언성을 높이시다니, 무슨 일이신가요?"

"무슨 일이냐고? 왜 지금 유리를 무시했나! 경우에 따라서는 불경죄로 다스릴 수도 있다."

"어머나, 전하. 농담을. ……설마 궁전의 예법을 잊으셨나요?"

어머님은 들고 있던 부채로 입가를 가렸다.

분명 부채 너머에서 커다란 한숨을 쉬고 있을 것이다.

"신분이 낮은 자가 윗사람에게 가볍게 말을 걸다니, 품위가 의심스럽군요. 만약 유리 영애가 전하의 비가 된다면…… 아니, 그렇기 때문에 더더욱 그런 예법을 확실하게 익혀야겠지요."

어머님은 에드 님과 유리를 물끄러미 바라보았다.

"하지만 유리는 내 약혼녀다."

"……네, 그래요. 약혼녀일 뿐 아직 정식으로 혼인한 건 아니죠……. 즉, 아직 왕가의 일원이 아니랍니다. 그러니까 아직까지는 남작 영애. ……혼인하기 전에 무슨 일이 생길지 알 수 없는 법이니까요."

어머님은 나를 흘낏 바라보며 말했다.

네, 그렇긴 하죠. 실제로 전 파혼당했으니까요.

"……말씀하신 대로 유리는 아직 에드워드 님과 혼인하지 않았습니다. 하지만 유리는 에드워드 님께서 원하셔서 약혼한 사이입니다. 그리고 그 사실을 폐하와 엘리아 왕비님도 인정하셨지요. ……즉, 왕가에서 원해서 한 약혼입니다. 전과는 상황이 다르지요."

나와 에드 님의 약혼은 우리 집안이 왕가에 타진하는 형태로 이루어졌다.

반이 그 사실을 넌지시 지적하며 말했다. 그러니까 나와는 달리 유리는 파혼을 당하지 않을 것이다…… 라는 뜻이다.

반의 말에 나는 부채를 힘껏 움켜쥐었다.

확실히 틀린 말은 아니다.

하지만 이런 공적인 자리에서 굳이 그런 말을 하다니.

"유리는 착하지. 그건 사람들의 위에 서기에 필요한 요소 중 하나다. 분명 훌륭한 왕비가 될 거야."

유리를 괴롭혔다고 비난받았던 나와는 다르다고, 도르센은 그렇게 말하고 싶은 것일까?

아아, 짜증 난다. 모든 말이 악의적으로 느껴진다.

"저어…… 메를리스 님 저는 인사에 신분은 관계없다고 생각해요. 인사를 받으면 인사를 하면 되죠. 당연한 것 아닌가요?"

유리의 말에 어머님도, 나도…… 아니, 주위에 있는 모든 사람이 아연실색했다.

물론 에드 님과 그 일행은 그렇지 않았지만.

당연하지…….

귀족 세계는 지나치게 격식을 차려서 쓸데없는 예법도 많고 힘들다.

하지만 그것은 왕을 정점으로 하여 그 아래 피라미드 형태로 존재하는 귀족의 질서를 유지하기 위해 필요한 것이다.

일본에서는 인사를 받으면 인사를 하는 것이 예의.

그러나 인사하는 방법과 받는 방법에 다양한 예법이 있는 것처럼 이쪽 세계에도 예법이 있다.

"유리 영애, 왕가의 일원이 되려면 그에 걸맞게 행동해야 하는 법이죠."

어머님은 부채로 한숨을 가리며 말했다.

"그대가 말하는 예법은 고루한 생각이다. 언제까지나 그대의 생각이 통용될 거라고 생각하지 말아라. 유리가 왕비가 되면 그런 고루한 생각을 부수고 새로운 바람을 불러올 것이다."

에드 님이 유리의 어깨를 힘껏 끌어안으며 그렇게 선언했다.

그 핑크빛 분위기도 평소라면 그냥 흘려 넘기겠지만…… 그 말만큼은 간과할 수 없었다.

나 혼자만이라면 그나마 참을 수 있다.

그런데 '사교계의 꽃'이라고 불리는 어머님께 '고루하다'라고?

"새로운 바람……. 아주 멋진 말이군요."

나는 생긋 웃으며 입을 열었다.

"'언젠가' 왕비가 될 유리 영애가 그런 생각을 갖고 있다는 건 잘 알겠어요. 하지만 유리 영애는 '아직' 왕비가 아니랍니다. 그리고 지금까지의 관습을 바꾸려면 그것을 모두에게 인정받을 만한 실적이 필요하죠. '지금' 이 자리에서는 아직 전하께서 말씀하시는 고루한 예법이야말로 귀족의 예법. 그걸 이토록 우습게 보다니, 저로서는 이해할 수 없군요."

에드 님이 내 말에 또다시 얼굴을 시뻘겋게 붉히며 분노를 드러냈다.

"무례하다……! 그대는 이 자리에 어울리지 않는 인물이다! 당장 나가라!"

"……어머나, 에드워드 님. 이 자리에 제 딸아이를 초대해 주신 분을 무시하고 전하께서 멋대로 쫓아낼 수는 없답니다."

"메를리스의 말이 맞습니다."

또다시 새로운 사람이 나타났나 했더니 바로 태후마마였다.

"할머님……?"

"태후마마, 자리에 계시지 않아도 괜찮으신가요?"

에드 님이 짐짓 놀란 눈치인 것에 비해 어머님은 태연하게 그렇게 물었다.

"괜찮아요. 인사는 거의 마쳤답니다. 그러니까 아이리스, 저쪽에서 천천히 요즘 어떻게 지내는지 들려줘요. 메를리스, 그대도 함께 하겠어요?"

"네, 그러죠."

"그래요. 아르메리아 공작, 저쪽에서 앤더슨 후작도 당신을 기다리고 있답니다. 이야기 상대가 되어 주세요."

"알겠습니다."

"혼자 남겨 두긴 그러니까 베른도 아르메리아 공작을 따라가세요."

"네."

어느 정도 상황이 정리되었을 무렵, 또다시 에드 님이 우리를 막았다.

"할머님……!"

"뭡니까? 시끄럽군요. ……이 파티에는 다른 나라 분들도 오셨는데 이런 부끄러운 모습을 보이다니. 머리를 식히세요. 그 꼴을 보면 다들 우리 나라의 품위를 의심하겠군요."

태후마마는 차갑게 대답한 후 그대로 우리 네 사람을 거느리고 걷기 시작했다.

스쳐 지나갈 때 에드 님 일행의 표정을 흘깃 살펴보았다.

……에드 님은 무시무시한 표정으로 우리를 노려보고 있었다.

분명 그는 모든 게 나 때문이라고 생각하고 있을 것이다.

그 후로 태후마마는 또다시 왕족의 자리로 돌아갔다.

주위에는 다른 나라에서 온 손님들, 그중에서도 특히 지위와 직책이 높은 사람들과 할아버님을 비롯한 이 나라의 최고 무관들, 그리고 왕궁에서 가장 중요한 직책을 맡고 있는 자들 등 쟁쟁한 인물들이 모여 있었다. 화기애애하게 웃으면서도 다들 어딘가 박력이 느껴졌다.

태후마마 근처에 이렇게 많은 멤버가 모여 있다는 것은 그만큼 태후마마의 힘이 아직도 건재하다는 뜻이다.

나, 따라와도 괜찮았던 걸까……? 그렇게 생각하면서도 그 자리에 있고 싶지 않았기 때문에 얌전히 태후마마의 이야기 상대가 되어 드리기로 했다.

"아이리스, 아까는 불쾌한 일을 겪게 해서 미안하구나."

"아닙니다……. 태후마마께서 사과하실 필요는 없습니다."

"아니다. ……이곳에 초대해 놓고 불쾌한 일을 겪게 한 건 내 실수인 것을."

"불쾌할 것까지는……. 그들의 행동은 어느 정도 예상하고 있었습니다. 오히려 다른 분들이 처음부터 호의적인 것이 더 놀라운걸요. 그런데 태후마마, 실례지만 왜 저를 이 자리에 부르신 건가요?"

"나는 너를 응원하고 있단다. 열심히 노력하는 여인은 정말 멋지지. 그러니까 오늘도 너와 이야기를 나누는 걸 무척 기대하고 있었단다."

"감사합니다."

"참, 너희 상회에서 파는 초콜릿……. 정말 맛있더구나. 요즘 매일 먹고 있단다."

"어머나……. 태후마마께서 저희 상회의 초콜릿을…… 정말 영광입니다."

"사실은 내가 직접 가게에 가서 고르고 싶지만…… 자유롭게 움직일 수 없는 몸이다 보니 그것도 여의치 않구나."

"아……."

뭔가 다른 속셈이라도 있나? 그런 생각이 들만큼 엄청난 과찬이었다.

하지만 이 기회를 놓칠 수는 없다.

"태후마마께서 괜찮으시다면…… 저희 상회의 물건들을 정기적으로 마마께 보내드리면 어떨까요?"

"어머나, 그래도 될까?"

"네, 물론이지요. 다만 저는 곧 영지로 돌아가야 한 몸……, 저희 상회의 직원에게 접견을 허락하신다면 말이지요."

"오히려 내가 먼저 부탁하고 싶을 정도구나. 잘 부탁한다. 아…… 우리만 얘기를 나눠서 미안해요. 괜찮으면 여러분도 맛을 보시겠습니까?"

태후마마가 살피듯이 우리를 바라보던 타국의 손님들에게 말했다.

그리고 근처에 대기하고 있던 고용인들에게 지시를 내려서 상자를 가져오게 했다.

보석 상자처럼 호화롭게 장식된 상자.

그러나 고용인들이 뚜껑을 열자 그 안에 들어 있던 것은 바로 아즈타 상회의 초콜릿이었다.

태후마마는 그 안에서 초콜릿 하나를 꺼낸 후 기쁜 듯이 입 안에 넣었다.

"여러분도 드시지요."

다른 사람들도 태후마마를 따라 초콜릿을 입에 넣었다.

"맛있다……!"

"흠……. 지금까지 먹어 본 적 없는 맛이군."

"그래요. 이건 남녀 모두 좋아할 맛이로군요."

처음 먹어 본 타국의 사절단들도 좋은 반응이었다.

……아마도 태후마마께서 권하셨기 때문이겠지만.

뭐, 모처럼 태후마마께서 판을 깔아 주셨으니 나도 확실하게 선전해야지.

"그렇게 말씀해 주시니 무척 영광입니다. 여러분의 나라에서 달콤한 맛을 먹고 싶을 땐 상큼한 과일을 즐겨 먹는다고 들었습니다만…… 입에 맞으신지요?"

지금까지 먹어 본 적 없는 맛이라는 감상을 중얼거린 사람에게 말을 건넸다.

"호오……. 아직 인사도 못 드렸는데 제가 어느 나라 사람인지 아십니까?"

"물론이지요……. 타스멜리아 왕국의 소중한 손님인걸요. 타스멜리아 왕국의 신하로서 당연한 일이랍니다."

이래 보여도 한때 왕가로 시집가기 위해 그에 걸맞은 교육을 받았던 몸이다.

인근 제국과의 관계성과 국가에 대해서는 '나'도 어느 정도 배웠다.

"흐음……. 확실히 영애 말대로 우리 나라에서는 산뜻한 맛을 즐겨 먹지요."

"그렇군요. ……여기 있는 것은 초콜릿 상품 중에서도 일부에 불과하답니다. 꼭 한 번 드셔 보시고 마음에 맞는 맛을 찾아보세요."

놀랍게도 이런 자리에서 상회의 물건을 선전하는 내 행동에 각국의 사절들은 쓴웃음을 지으면서도 호기심으로 눈을 빛냈다.

"……재미있군. 그렇다면 꼭 한 번 가게에 가 봐야겠는걸."

"그렇군요. 좋은 물건이 있으면 꼭 선물로 사서 돌아가고 싶습니다."

좋았어, 느낌이 좋다. 여기 오길 잘했다는, 내가 생각해도 속물 같은 기분이 들었다.

그 후로 태후마마를 상대하며 가끔씩 타국 사절들의 질문에 대답하고, 나도 그들의 나라에 대해 질문을 던졌다.

각국 사절들의 질문도 대체로 풍습이나 취향에 관한 것이었기 때문에 막힘없이 대답이 흑러나왔다

흠, 아주 유용하군.

여기서 얻은 정보는 나중에 상품 개발부와 의논하여 언젠가 각국에 수출할 때 활용해야지.

마침 연줄도 생겼으니 잘됐다.

그렇게 시간을 보내고 있을 때 어느샌가 흘러나오는 음악의 선율이 바뀌었다.

"참, 아이리스. 너는 춤추지 않아도 괜찮니? 그러고 보니 아직 젊은 너를 괜히 여기에 붙잡아 놓은 것 같구나……."

태후마마가 미안한 듯이 내 귓가에 속삭였다.

"태후마마…… 마음 써 주셔서 정말 감사합니다. 하지만 저는 태후마마와 여기 계신 여러분과 대화를 나눌 수 있어서 무척 즐겁답니다. 게다가 전 춤출 상대도 없는걸요."

나도 태후마마의 귀에만 들리도록 작은 목소리로 대답했다.

이렇게 태후마마와 이야기를 나누는 모습을 보고 사람들에게 내 이미지가 어느 정도 바뀌었을지도 모르지만, 제2 왕자파는 여전히 나를 노려보고 있다.

이제 와서 파트너를 찾는 것보다는 태후마마와 각국 사절들과 이야기를 나누는 편이 훨씬 유용하다.

"어머나, 아이리스……. 네가 이 자리를 떠나면 아마 끊임없이 춤 신청을 받게 될 텐데. 보렴, 여기에도 있잖니?"

그렇게 말하며 태후마마는 내 등 뒤로 시선을 던졌다.

그곳에는 어느새가 베른이 서 있었다.

"그렇지, 베른?"

"네. 태후마마께서 허락해 주신다면 꼭 누님과 춤을 추고 싶습니다."

"그렇다는구나. 어떻게 하겠니?"

"……그렇다면 기꺼이 받아들여야죠."

나는 베른의 에스코트를 받으며 모두가 춤을 추고 있는 홀로 향했다.

"……죄송합니다, 누님. 그 자리에서 끌고 나와서."

"별로 상관없지만……. 설마 진심으로 나와 춤을 추고 싶은 건 아니겠지?"

"그 자리에만 머물면 다른 귀족들과 접촉할 수 없지 않습니까? 왕족의 눈에 드는 것도 물론 중요하지만 귀족들과의 교류도 중요합니다. 아마 그렇기에 태후마마께서도 타이밍을 보고 춤을 권하실 거라며 아버님께서 가 보라고 하셨습니다."

"어머나, 아버님께서……. 그렇다면 네가 사과할 필요 없잖니. 오히려 나 때문에 수고를 끼쳐서 미안하구나."

"아닙니다……. 그런 그렇고 누님의 심장은 튼튼하시군요."

베른은 휴우 하고 한숨을 쉬었다.

"어머……. 아무리 가족이라지만 그런 말은 실례 아니니?"

"누구나 그렇게 생각할 겁니다. 각국을 대표하는 분들과 지위와 명예를 겸비한 분들 앞에서 주눅 들지 않고 당당하게 행동하지 않았습니까?"

"뭐……."

듣고 보니 확실히 나는 그 자리에서 이질적인 존재였을 것이다.

다들 나름대로 실적을 쌓으신 분들이었으니까……. 나름대로 연배가 지긋하고.

나 같은 애송이 계집애는 태후마마라는 뒷배만 없으면 그야말로 상대도 해 주지 않았을 것이다.

그런 대화를 나누는 동안 나와 베른은 홀에 도착했다.

"……왠지 오랜만이네. 이렇게 추는 거."

"그렇군요."

그리고 나는 베른과 춤을 추기 시작했다.

† † †

"호오……. 아름답군."

가젤 더즈 앤더슨 후작…… 아이리스의 할아버지이자 장군, 이 나라의 영웅이라 불리는 남자는 손녀딸의 춤추는 모습을 바라보며 그렇게 중얼거렸다.

"나는 거칠고 촌스러운 인간이라 춤은 적당히 즐기는 정도밖에 못 추지만…… 그래도 저 아이의 춤은 아름다워 보이는군, 루이 공."

본인은 자신을 거칠고 촌스러운 인간이라고 늘 그렇게 말하지만, 오늘의 그는 건국 기념 행사인 만큼 평소와는 달리 아무렇게나 자란 수염을 면도하고 머리도 단정하게 정돈한 채였다.

평소에는 늘 딸 메를리스와 비교당하며 '미녀의 아버지가 야수일 줄이야.'라고 다른 귀족들에게 야유를 받곤 하지만 이렇게 꾸며 놓으니 과연 메를리스의 미인 유전자는 그에게서 물려받았음을 알 수 있을 만큼 댄디하고 수려했다.

실제로 젊은 여성들이 연신 그에게 의미심장한 시선을 보내고 있었다.

"나중에 본인에게 직접 말씀해 주시지요. 분명 기뻐할 겁니다."

"하하하……. 이런 늙은이한테 그런 소릴 들어 봤자 뭐하겠나."

"그럴 리가요. 장인어른께서는 좀 더 스스로를 객관적으로 보시는 게 좋을 것 같군요."

"그렇게 말한다면 나보다 아이리스가 더하지 않은가. ……보게나. 파티장 안의 모든 시선을 한 몸에 받고 있군. 맞은편에는 에드워드 전하와 유리 남작 영애, 그리고 젊은 아이들이 떠받드는 반과 도르센도 있는데."

가젤 장군의 말대로 아이리스와 베른이 그 자리에 나타날 때까지 젊은이들은 에드워드 왕자와 그 일파에 시선을 집중하고 있었다.

……덧붙여 말하자면 나름대로 연륜이 쌓인 각 가문의 가주들은 태후마마와 아이리스의 대화에 주목하고 있었던 것 같지만.

그런데 지금은 남녀노소를 불문하고 파티장 안의 모든 시선이 아이리스에게 쏠려 있었다.

그만큼 그녀는 매력적이었다.

"이제부터 모두가 저 아이와 친분을 쌓기 위해 움직이겠지."

"그렇지요. 하지만 그건…… 아이리스가 이용하고 이용당하는 세계로 또다시 돌아왔다는 뜻이기도 합니다……."

루이의 얼굴이 한순간 어두워졌다.

그 시선에는 연민과 염려가 담겨 있었다.

"그렇지. ……하나 학원에 다닐 때처럼 되진 않을걸세."

"그럴까요. 저 아이에게 몰려드는 자들은 그때보다 교활할 겁니다."

"……하나 자네도 그렇게 믿기 때문에 이쪽으로 불러들인 것 아닌가?"

"믿고 말고의 문제가 아니라…… 아이리스가 앞으로도 영지를 관리하고 상회를 경영하기 위해서는 필요한 일이니까요."

"솔직하지 못하군……."

가젤도 쓴웃음을 지었다.

"호오……. 아이리스가 홀에서 나갔군."

가젤의 말대로 아이리스는 베른과 떨어져서 마실 것을 가지러 갔다.

몇 곡을 추고 나서 조금 지친 모양이다.

"누가 제일 먼저 저 아이에게 접근할까……?"

"아이리스의 옆을 떠나지 말라고 말해 뒀는데. 베른 녀석, 대체 뭘 하는 건지……."

루이가 살짝 초조함이 담긴 목소리로 말했다.

"잠깐, 루이 공. 저기 있는 사람은…… 저길 보게나."

가젤이 가리킨 방향을 돌아본 순간, 그의 눈에 들어온 광경은…….

"유리 남작 영애…… 아직도 베른을 노리고 있나."

그렇게 말하는 루이의 눈동자에는 싸늘한 빛이 감돌고 있었다.

† † †

루이와 가젤이 지켜보고 있는 것도 모른 채 베른은 유리에게 이끌려 테라스로 나갔다.

"무슨 일이십니까?"

"특별한 용건은 없지만……. 말을 걸면 안 되는 건가요?"

"아닙니다."

베른은 유리의 물음에 부드러운 어조로 대답했다.

그 대답에 유리가 미소를 지으며 입을 열려던…… 바로 그때였다.

"하지만…… 유리 님은 에드워드 님과 정식으로 약혼하셨습니다. '언젠가' 왕비가 되실 몸이니 다른 귀족들의 모범이 되어야 합니다."

"친구와 얘기하는 것도 안 되나요……?"

"친구……. 네, 그렇죠. 하지만 우리가 어떻게 생각하든 받아들이는 자에 따라서 그 관계는 얼마든지 왜곡되어 퍼져 나가서…… 이윽고 진실이 되어 버리죠. 그러니까 저는 누군가에게 의심받을 만한 위험은 범하고 싶지 않습니다."

싱긋 미소를 지으면서도…… 그 눈동자에는 거절이 담겨 있었다.

"하지만…… 걱정되는걸. 요즘 베른은 바빠서 통 만날 수 없잖아요? 베른은 항상 자신을 돌보지 않고 애쓰니까, 그래서 또 무리하는 거 아닐까 하고……."

"무리하고 있지 않습니다."

베른은 문득 자신의 누이를 떠올렸다.

한밤중에도 꺼지지 않는 실내의 불빛.

얼굴 높이까지 쌓여 있는 산더미 같은 서류.

그 모습을 떠올리며 자신을 채찍질했다.

"정말? 베른, 나는…… 베른이 스스로에게 엄격한 사람이라는 걸 아니까, 그래서 더 걱정돼요……."

"……당신은 꿈같은 여성이군요."

베른의 말에 유리는 한순간 고개를 갸웃거렸지만…… 곧 기쁜 듯이 수줍게 미소 지었다.

그리고 부끄러운 듯이 베른에게서 시선을 돌렸다.

그래서 그녀는 눈치채지 못했다.

그가 그 웃음을 싸늘한 눈으로 내려다보고 있다는 사실을.

"저는 이미 현실 속에서 살아가는 몸입니다. 유리 님, 부디…… 당신은 저 같은 건 신경 쓰지 말고 당신의 세계에서 살아가십시오."

그렇게 말한 후 베른은 그 자리를 떠났다.

"……꽤나 신랄하고 달콤한 말이구나."

그런 베른을 맞이한 것은 그의 어머니인 메를리스였다.

"어머님…… 왜 여기에?"

"잠시 쉴 겸 네가 유리 영애를 앞에 두고 어떤 반응을 보일지 보고 싶어서. 그이도 무척 걱정했다만…… 그이는 나보다 자유롭게 움직이기 힘들잖니."

"그렇습니까. ……별로 재미도 없으셨을 텐데."

베른은 그렇게 말하며 쓴웃음을 지었다.

"아니, 아주 재미있었어. ……특히 마지막 말. 해석하자면 '나와 당신은 사는 세계가 다르니까 접근하지 말아라.' 라는 뜻이니?"

"글쎄요. ……하지만 비유가 아니라 그녀가 꿈같은 여성이라고 생각한 것도 사실입니다."

"흐음……."

"꿈은 자신에게 달콤하고 상냥하죠. 마음대로 되지 않는 현실에서 도망칠 수 있는 곳입니다. ……그래서 저는 그녀에게 푹 빠졌습니다. 하지만 꿈이란 어차피 환상일 뿐. 허무하고 허망한 것이죠. 그녀의 말…… 아니, 존재 자체가 그렇다는 걸 이제는 느끼고 있습니다."

전에 유리가 제안했던, 백성들을 위한 구휼 활동.

그것은 분명 백성들에게 도움이 될 것이다.

그러나 근본적인 해결은 될 수 없다.

어디까지나 임시방편에 불과하다.

『너는 계속 왜냐고 묻기만 하는구나. 하지만…… 그래. 여기서 공부하고 지식을 쌓은 자가 늘어나면 이윽고 그 혜택은 백성들에게 돌아가기 마련이야. 시간이 걸리긴 하겠지만 10년 후, 20년 후를 생각하면…… 백성들의 생활 수준은 분명히 향상될 거야. 영주 대행으로서 미래를 내다보고 필요하다고 생각한 것뿐이야.』

그렇게 말하며 학원을 바라보면서 웃었던 아이리스.

그 웃음 뒤에서 그녀가 얼마나 필사적으로 바쁘게 일했는지, 그는 이제 알고 있었다.

뜻대로 되지 않는 일들만 가득한 현실 속에서, 그래도 이를 악물며…… 이상을 현실로 바꾸기 위해 일하는 그녀를 본 순간 꿈속으로 도망쳤던 자신이 부끄러워졌다.

눈을 떴다고 해야 하나…….

그리고 동시에 자신이 지금까지 했던 일과…… 하지 않았던 일을 돌아보게 되었다.

"저에겐 이제…… 샛길로 빠질 여유도 없고, 그쪽을 돌아볼 시간도 없습니다. 아르메리아의 이름에 부끄럽지 않도록 노력하겠습니다."

"……이제야 조금 멀쩡한 소리를 하는구나."

메를리스가 생긋 미소 지으며 말했다.

"하지만…… 그래도 '아직은' 부족해. 한 번 잃어버린 그이의 신뢰를 어떻게 되찾을지…… 앞으로 너의 행보를 기대하마."

"꽤나 가차 없는 말씀이시는군요, 어머님."

그 말에 메를리스는 그저 미소로 대답할 뿐이었다.

그 후 베른은 메를리스와 헤어져서 아이리스를 찾으러 갔다.

아이리스를 찾는 것은 쉬운 일이었다.

그녀 주위에 많은 사람이 모여 있었기 때문이다.

남녀를 불문하고 사람들이 그녀와 대화를 나누고 있었다.

──단, 모두 아이리스와 베른의 부모님과 비슷한 연령대였지만.

아이리스도 그들을 스스럼없이 대하는 눈치였다.

베른이 아이리스의 옆으로 다가가자 그녀는 안심한 듯 한숨을 쉬었다.

"여러분, 오늘은 정말 감사했어요. 베른도 왔으니 저는 이만 실례하겠습니다."

아이리스의 말에 따라 베른도 파티장을 빠져나왔다.

† † †

건국 기념 파티 다음 날.

알프레드 제1 왕자는 태후의 부름을 받고 별궁을 찾아갔다.

"……그 정도가 타협점인가 보군요."

어제 파티에 참석하지 않았던 그를 위해서 태후는 당시 상황을 그에게 들려줬다.

"그래. ……엘리아와 그녀의 친정이 그 자리에 나타나서 문제를 더욱 크게 만들었더라면 좀 더 재미있었을 텐데. 엘리아는 다른 귀족들과 이야기를 나누느라……. 그리고 자신의 세력으로 끌어들이느라 정신이 없어서 눈치채지 못한 모양이더구나. 마엘리아 후작은 눈치는 챘다만 그 자리에 끼어들어 봤자 불리할 걸 알아차리고 가만히 있었지."

태후가 불만스럽게 말했지만 알프레드 왕자는 만족스러운 듯이 고개를 끄덕였다.

"너무 욕심을 부려도 좋지 않죠. 타국의 사절들 앞에서 대대적으로 나라의 내분을 보여 줄 수는 없지 않습니까. 그래도 제2 왕자파의 기세를 꺾고…… 그리고 중립파들에 대한 견제가 됐을 겁니다. 과연 대단하시군요, 할머님."

"나는 아무것도 하지 않았다. 굳이 따지자면 에드워드 혼자 자멸한 셈이지……. 그런데 그 아이가 그토록 생각이 얕은 아이였나?"

"글쎄요……. 원래 고집스러운 구석은 있었지만 굳이 지금의 상태를 표현하자면 '제동 장치를 잃어버린 폭주 상태' 라고 할 수 있지요."

알프레드 왕자의 말에 태후는 "확실히……." 라며 고개를 끄덕였다.

"제동 장치를 없애 버린 것이 그 남작 영애란 말인가? 어떤 아가씨인지 너라면 당연히 조사했겠지?"

"네. 물론이지요. ……루디."

"예."

알프레드 왕자의 옆에서 대기하고 있던 루디가 한걸음 앞으로 나섰다.

"조사해 본 결과, 유리 영애는 노이어 남작가 가주의 사생아였습니다. 상대는 왕궁에서 일하던 시녀. 그녀는 퇴직과 동시에 노이어가에 들어갔습니다. 그리고 유리 영애를 임신하자마자 노이어 남작가를 떠났습니다. 노이어 남작은 그들의 행방을 찾았지만 십수 년간 찾지 못했고, 학원 입학 전에 다시 만나서 그녀를 가문에 입적했다고 합니다."

"십수 년간 찾은 걸 보면 그만큼 남작에게 중요한 인물이던 걸까……?"

태후가 말하는 '중요한 인물' 이란 물론 단순히 연모하는 여인이라는 달콤한 의미만은 아니었다.

약점을 잡혔다거나 어떤 이해관계로 얽혀 있거나…… 굳이 따지자면 그런 떳떳하지 못한 관계를 염두에 둔 말이었다.

슬프게도 귀족 세계란 소설 같은 로맨스만으로는 성립되지 않기 때문이다.

"죄송합니다. 그쪽은 아직 조사 중입니다."

"그래……. 알겠다. 그 밖에 어떤 사소한 정보도 놓치지 않도록 조사를 계속하렴."

"알겠습니다."

루디는 우아하게 예를 표하며 대답했다.

"……하지만 너에게는 제동 장치가 없는 쪽이 오히려 유리하겠구나."

"글쎄요. 무슨 말씀이신지."

태후의 물음에 알프레드 왕자는 시치미를 떼며 대답했다.

정말로 속내를 드러내지 않는 아이로구나……. 태후는 그의 반응에 내심 한숨을 내쉬었다.

"제2 왕자파 중에서 확실히 이번 일로 발을 빼는 자들도 있겠지만…… '왕자가 어리석으면 어리석을수록 조종하기 쉽다'며 기뻐하는 자들도 있을 게다. 그런 자들을 알아내는 데는 에드워드가 그런 모습을 보이면 보일수록 수월하겠지. 그러니 너에게는 더 유리하지 않겠니?"

"……그가 좋은 미끼가 될 거라고 생각하고 있다는 것만은 부정할 수 없군요."

알프레드 왕자가 쓴웃음을 지으며 말했다. 그 말에도 태후는 특별히 언짢은 기색을 보이지 않았다.

선두에 서서 백성들을 지키는 것……. 과거 귀족들처럼 그런 긍지를 지닌 가문은 이미 거의 존재하지 않는다.

그들의 관심사는 오로지 얼마나 가문을 번영시키느냐…… 얼마나 호화로운 생활을 할 수 있느냐, 그것뿐.

자기만족을 위해 지위를 앞세우고, 사리사욕을 채우기 위해 이권과 세력 다툼을 되풀이할 뿐이다.

그런 자들에게는 왕가조차 존경할 대상이 아니라 이용할 대상.

그리고 그러기 위해 에드워드 왕자만큼 좋은 군주는 없다.

적당히 떠받들어 주면 뒤에서 뭐든지 마음대로 할 수 있을 것 같은 모습을 보여 주고 있기 때문이다.

앞으로 그를 이용하기 위해 제2 왕자파에 붙는 자들도 나타날 것이다.

……알프레드 왕자가 표면에 나서지 않는 이상 더더욱 그렇다.

알프레드 왕자는 벌써 10년가량 공식 석상에 모습을 드러내지 않았다.

귀족 자제들이 다니는 학원에서도 왕족의 이름을 숨기고 다녔을 만큼 철저했다.

마지막으로 모습을 드러냈던 어린 알프레드 왕자를 기억하는 자는 과연 얼마나 될까?

이름마저 거론되지 않는 제1 왕자보다 이용할 수 있는 제2 왕자를……. 그렇게 생각하는 자가 많은 것도 이상할 건 없다.

하지만 반대로 지금은 그런 자들을 일거에 소탕할 수 있는 기회이기도 하다.

에드워드 왕자가 어제 파티처럼 행동하면 행동할수록 더더욱 그렇다.

"……그래서? 앞으로 계획은 세웠니?"

"……."

알프레드 왕자는 태후의 물음에 침묵을 지켰다.

그저 미소만 짓는 그를 바라보며 태후는 쓴웃음을 지었다. 내 손주지만 여전히 무슨 생각을 하는지 모르겠구나…….

"뭐, 좋아. 네 계획이 어쨌든 나는 이미 너와 함께하기로 했으니까. 결과가 어찌 되든 훌륭하게 광대 노릇을 해 주마.”

유리 남작 영애가 있는 한 에드워드 왕자에게는 아무것도 기대할 수 없다.

그것이 태후가 내린 판단이었다.

솔직히 에드워드 왕자를 앞세워 자신이 실권을 쥘까 하는 생각도 해 봤지만…… 그러기에는 장애물도, 리스크도 너무 크다.

결국 무슨 생각을 하는지는 알 수 없지만 이 나라의 미래를 맡길 수 있는 것은 알프레드 왕자 단 한 사람뿐.

설령 알프레드 왕자가 기대에 어긋난다 해도 에드워드 왕자보다는 낫겠지……. 태후는 그렇게 생각했다.

“……참, 이번에는 아이리스를 파티에 초대했단다. 아주 아름답게 성장했더구나.”

그가 태후의 말에 살짝 반응을 보였다.

곧 원래의 아무 감정도 읽을 수 없는 웃는 얼굴로 돌아가긴 했지만.

“할머님, 왜 일부러 그녀를 부르신 겁니까?”

살짝 가시 돋친 그의 목소리가 태후를 기쁘게 했다.

그만큼 그가 아이리스를 신경 쓰고 있다는 증거이기 때문이다.

“어머나, 나는 열심히 노력하는 아가씨를 좋아한단다. 한번 만나고 싶은 게 당연하잖니?”

메를리스를 닮은 얼굴과 루이의 혈통이 느껴지는 분위기.

메를리스가 활짝 핀 커다란 장미라면 아이리스는 백합처럼 꼿꼿하고 청아한 아름다움……. 서로 분위기는 다르지만 그녀의 취향에 꼭 들어맞는 모습이었다. 태후는 어제 만난 아이리스의 모습을 떠올리며 만족스럽게 웃었다.

"게다가 아이리스에게도 좋은 일 아니니? 다른 나라 사람들과 교류할 수 있어서……. 메리가 그러더구나. 국내 여기저기에서 초대장이 날아오고 있다고."

"……눈치가 빠른 자들은 그녀에게 접근하지 않을 리 없으니까요."

"그렇겠지. 그녀의 경력, 실적, 외모, 그리고 혈통……. 모든 것이 매력적이니까. 알프레드, 너도 그렇게 생각하지 않니?"

"그렇지요."

알프레드 왕자는 담담하게 대답했다.

그 반응에 태후는 '좀 더 표정을 무너뜨려도 좋을 텐데…….' 라고 조금 불만스럽게 생각했다.

그리고 태후는 그 마음을 숨기려고 하지도 않고 알프레드 왕자를 물끄러미 관찰했다.

그 시선을 눈치챈 그는 난처한 미소를 지었다.

"뭔가 하고 싶은 말이 있는 것 같은데?"

"아뇨, 딱히 없습니다."

더 이상 캐물어 봤자 아무 소용없다.

"그보다 알프레드, 네가 보기에 아르메리아 공작가는 어떠니?"

태후는 그의 동요를 살짝 엿볼 수 있었던 것만으로도 만족하자고 생각하며 일단 한 걸음 물러섰다.

"그게 무슨 뜻입니까?"

"영지 정책과 체제 말이다. ……다른 뜻은 없단다."

"한 마디로 말하자면…… 흥미롭습니다. 다양한 정책을 적극적으로 시행하고 있지요. 왕족으로서 한 가지 마음에 걸리는 점을 꼽자면 그 성장력과 전력입니다. 저는 100년 후에 나라 전체보다 아르메리아 공작령이 더욱 번영한다 해도 이상하게 생각하지 않을 겁니다."

"역시 그렇구나. ……본래 한 가문이 지나치게 강한 힘을 가지는 것은 좋지 않은 일이지. 하나 나라의 발전에는 각 영지의 발전도 필요불가결한 법. 그 사이의 균형을 맞추는 것은 늘 뜻대로 되지 않는 법이지."

"그렇게 말씀하시면서도 할머님은 그 가문에 아무 간섭도 하지 않으시겠지요. 근위병과 다름없는 실력을 자랑하는 공작가의 호위를 그대로 놓아두고 있는 것이 좋은 증거 아닙니까?"

"네가 할 말은 아닌 것 같다만? 너야말로 음으로 양으로 아이리스가 움직이기 쉽게 지원해 주고 있다는 걸 나는 알고 있단다."

알프레드 왕자가 태후의 말에 또다시 쓴웃음을 지었다.

"뭐…… 조금이라도 그 가문을 겪어 본 자라면 어지간히 비뚤어지지 않는 한 의심하는 게 바보스러워지니까. 그 가문만큼 나라와 백성을 위해 일하는 귀족다운 귀족은 없단다. 그보다 섣불리 간섭했다가 적대하게 될까 봐 그게 더 무섭구나."

섣불리 간섭했다가 적대하게 되면 아무리 왕족이라도 무사하지는 못할 것이다. 게다가 설령 힘을 깎아 낼 수 있다 해도 그러다 다른 가문에 그 힘이 분산되는 것보다는 믿을 수 있는 아르메리아 공작가가 이대로 힘을 유지하는 편이 낫다.

……그 후로 태후와 알프레드 왕자는 실무에 관해 몇 가지 이야기를 나눴다.

이미 알프레드 왕자는 왕의 부재중에 에드워드 왕자가 이것저것 저질러 놓은 사고들을 재상과 함께 뒤에서 조금씩 수습하고 있었다.

태후도 전면적으로 그에게 협력하고 있었다.

"그럼 할머님, 저는 이만 실례하겠습니다."

할 이야기를 모두 마친 후, 알프레드 왕자는 인사를 하고 루디와 함께 방에서 나갔다.

7장
공작 영애, 왕도를 분주히 뛰어다니다

"어머나, 초대장이 제법 많이 왔네."

건국 기념 파티를 마친 후, 그날은 하루 종일 쉬며 집에서 느긋하게 차를 마셨다.

몸은 그렇지 않지만 정신적으로 피곤했다.

어머님과 이야기를 나누며 느긋한 한때를 즐기고 있을 때…… 옆에 서 있던 비서가 편지를 가져왔다.

"먼로 백작과 루돌프 후작? 엘리아의 친정 가문에 붙어 다니는 사람들이 날 초대하다니……. 당연히 갈 리가 없는데."

꽤나 신랄하지만 어머님다운 말이었다.

"마님뿐만 아니라 아가씨께도 초대장이 왔습니다."

"점점 더 영문을 모르겠네. 뭐…… 어제 파티를 보고 연줄을 만들고 싶어 하는 마음은 알겠지만. 아이리스, 가고 싶니?"

"그럴 리가요……. 그럴 생각 전혀 없어요."

내가 제2 왕자파의 다과회에? 죽어도 싫다.

어떤 함정이 기다리고 있을지 모르잖아?

무엇보다 이제 와서 친분을 쌓을 이유도 없다.

"그렇겠지……."

어머님은 휴우 한숨을 쉬며 차를 마셨다.

"아, 다른 가문 중에 어디 가고 싶은 곳 있니?"

"던글리 후작가요."

"던글리 후작가? 아, 그곳 영애와 동급생이었지."

"네. 학원에서 친하게 지냈어요."

미모사, 어떻게 지내고 있을까……? 내가 학원을 떠난 후에도 가끔씩 편지를 주고받긴 했지만 벌써 2년 넘게 만나지 못했다.

"그럼 던글리 후작가로 결정이네. 또 가고 싶은 가문은 없니?"

"으음……. 어머님은 어디가 좋은 것 같으세요?"

사실은 빨리 영지로 돌아가고 싶지만 그래도 모처럼 왕도에 왔는걸.

현재 귀족 사회의 동향을 알기 위해서, 같은 귀족들과 친분을 쌓기 위해서라도 다과회 정도는 참석하는 게 좋을 것이다.

하지만 제2 왕자파 가문을 제외하더라도 내게 날아온 초대장은 꽤 많다.

영지를 너무 오랫동안 비워 둘 수 없기 때문에 모든 가문의 초대에 응하는 것은 시간적으로 불가능하다

그러니까 '어디'로 가느냐가 중요하다.

시간이 없으니까 더더욱 효율적으로……. 그런 가문 간의 교류는 나보다 어머님이 더 잘 아시기 때문에 의논을 드린 것이다.

"메시 남작가가 좋을 것 같구나. 그리고 드랑바르도 백작가도."

"드랑바르도 백작가? 아, 그리고 보니 드랑바르도 백작 부인과 친분이 있으셨지요."

머릿속 한구석에 어머님이 종종 드랑바르도가에 다녀오겠다고 했던 기억이 남아 있었다.

"그래. 드랑바르도 백작 부인은 센스가 뛰어난 데다 이야기를 나눠 보면 정말 재미있는 사람이거든."

"어머님이 그렇게 말씀하시는 걸 보면 정말 멋진 분인가 보네요."

"고맙구나. ……그리고 드랑바르도 가문 자체가 중립파 가문이니까 다과회를 열면 주로 중립파 귀족들이 모이거든. 왕도의 파벌 다툼을 알고 싶다면 안성맞춤 아닐까?"

역시 굉장해요, 어머님……. 그렇게 생각하며 나는 드랑바르도 가문의 다과회에 참석하기로 결심했다.

"아이리스가 가면 나도 가야지."

"네. 함께 가요, 어머님. 그럼 메시 남작가는 무슨 이유인가요?"

"메시 남작은 예전 트와일 전쟁에서 아버님과 함께 싸우셨던 분이야. 전공을 세워서 작위를 받았지만…… 트와일과 밀접한 지역이라 평소에는 국경을 지키기 위해서 시즌 중에도 거의 영지를 떠나지 않으시지."

"메시 남작……. 아, 마벨러스 님 말인가요? 예전에 할아버님께 들은 적이 있어요. 할아버님의 친우라지요?"

"그래. 그리고 아버님의 오른팔이라고 불릴 만큼 우수한 부관이었지. 트와일 전쟁에서 아버님의 부대가 크게 활약했던 건 알고 있겠지?"

"네. 물론이죠."

당시 열세였던 흐름을 뒤집고 타스멜리아 왕국에 승리를 가져다준 사람이 바로 할아버님이다.

덕분에 할아버님은 장군으로 임명되었고, 지금도 군·기사단 관계없이 아랫사람들의 존경을 받고 있다.

그때 그 활약상을 할아버님께 얘기해 달라고 꼬치꼬치 캐물었지만 할아버님은 쑥스러워하며 입을 다물어 버렸다.

"그래, 그 일은 역사서에도 실려 있으니까 자세한 설명은 생략하마. 어쨌든 그때 공을 세운 대가로 마벨러스 님도 작위를 받아 현재에 이르렀다…… 뭐 그런 얘기지."

"확실히 그렇다면 한번 만나 뵙는 게 좋겠네요."

좀처럼 보기 드문 기회다……. 한번 만나 보는 편이 좋을지도 모른다.

"그래. 그리고 메시 남작은 제1 왕자파란다. 당연히 다과회에는 제1 왕자파 가문들이 모이겠지."

"그렇다면 더더욱 가 봐야겠군요."

"그렇고말고. ……먼로 백작도 몇 번이나 파티를 열 시간이 있으면 메시 남작처럼 평소 국경을 지키는 일에 힘을 쏟는 게 좋을 텐데."

"……아."

어머님의 말에 머릿속으로 타스멜리아 왕국의 지도를 펼쳐 보았다.

그러고 보니 먼로 백작가는 메시 남작가와 영지가 이웃하고 있다. 즉, 트와일과 우리 나라 국경 부근에 자리 잡고 있다는 뜻이다.

게다가 분명 트와일 전쟁에서 주요 전장 아니었나?

곡창 지대라서 그 작물을 노리고 전쟁이 벌어졌었지.

우리 나라보다 북쪽에 위치한 트와일은 전체적으로 토지가 척박하다. 전쟁을 벌인 것도 풍요로운 작물이 목적이다.

사시사철 봄 날씨인 우리 나라는 전체적으로 땅도 비옥해서 작물이 무척 잘 자란다.

먼로 백작가는 타스멜리아 왕국 중에서도 북쪽에 위치하고 있지만 그렇기 때문에 사계절이 뚜렷하여 계절별로 작물을 수확할 수 있다.

"먼로 백작가는 그렇게 영지를 자주 비우나요?"

"그래. 보통 사교 시즌이 시작되기 전부터 계속 왕도에 머물지. 여기저기 파티에 얼굴을 내밀기도 하고, 반대로 빈번하게 파티를 열기도 하고."

"그렇군요……."

장소가 장소인 만큼 조금 불안하다.

트와일은 어디까지나 휴전 협정을 맺었을 뿐, 전쟁이 완전히 끝난 것은 아니다.

물론 그건 내 힘으로 어쩔 수 없는 영역이기 때문에 그런 우려 사항이 있다고 마음속에 새겨 두는 것이 고작 내가 할 수 있는 전부였지만.

"그건 그렇고── 이번에는 네가 시간이 없으니까 그 정도가 괜찮을 것 같은데, 어떠니?"

"네. 어머님 말씀대로 메시 남작가와 드랑바르도 백작가…… 그리고 던글리 후작가, 이 세 가문의 초대만 받아들일게요."

"그래. 그럼 빨리 답장해야지……. 제일 날짜가 가까운 건……."

"던글리 후작가입니다. 날짜는 모레. 이쪽은 파티라기보다는 사적인 모임 같습니다만."

옆에서 대기하던 집사가 재빨리 대답했다.

"그래? 그럼 아이리스. 내일부터 준비를 시작해 볼까?"

"네, 어머님."

그리하여 오랜만에 파티 순례가 시작되었다.

……그래 봤자 겨우 세 가문뿐이지만.

제일 먼저 방문할 곳은 던글리 후작가.

이곳은 사적인 모임이라 긴장할 것 없긴 하지만…… 결국 오랜만에 미모사를 만난다는 사실에 잔뜩 긴장하고 말았다.

† † †

던글리 후작가 고용인 일동의 인사를 받은 후, 나는 응접실로 안내받았다.

"……오랜만이군요, 아이리스 영애."

미모사는 이미 응접실에 앉아서 나를 기다리고 있었다.

"오늘 초대해 줘서 고마워요."

나도 인사를 건네며 자리에 앉았다.

그러자 곧 미모사가 시녀 한 명을 남겨 놓고 다른 고용인들을 방에서 물러가게 했다.

"인사는 이쯤하고 아이리스, 정말 오랜만이야. 잘 지낸 것 같아서 정말 다행이다……."

조금 전까지의 엄숙한 분위기는 어디로 간 걸까 미모사는 곧 평소의 그녀로 되돌아왔다.

미모사 던글리.

학원에서 나와 같은 반이었던 친구.

온화한 성격의 그녀는 살짝 쳐진 눈에 귀여운 얼굴의 소녀다.

내 얼굴은 조금 차가워 보이는 편이라 미모사와 합쳐서 반으로 나누고 싶은 마음이다.

"걱정했지? 미안해, 미모사……."

"그러게 말이야. 내가 감기에 걸려서 쉬는 동안 설마 네가 퇴학당할 줄은……. 그래서 그 사람들을 조심하라고 그렇게 말했잖니."

미모사는 내게 여러 번 주의를 줬다.

'유리 남작 영애를 지나치게 가까이하지 말아라, 얽히지 말아라.'라고.

그런데도 나는 에드 님에게 다가갔고, 그녀에게 손을 댄 결과로 혹독한 대가를 치러야 했다.

"반성하고 있어. 그때는 설마 그들이 그런 일까지 계획하고 있을 줄은 몰랐거든."

"그래. 예전의 그들이라면 그런 짓까지 벌이진 않았겠지. 하지만 그 애와 얽힌 후부터 그들은 변하고 말았어."

"맞아……. 미모사, 눈치채고 있었니?"

"네가 에드워드 님께 푹 빠져서 눈치채지 못한 것뿐이야. 네가 학원에 있을 때부터 얼핏 편린은 보였어. 아이리스…… 난 솔직히 그 애가 무서워."

"……무서워?"

애써 미소를 지었지만 미모사의 얼굴이 너무 진지해서 결국 그 웃음을 지우고 말았다.

파티에서 마주쳤을 때에는 어린아이처럼 천진난만하고 분별이 없는 소녀로만 보였는데.

"그 애…… 무슨 생각을 하는지 모르겠어. 그리고 어린아이처럼 천진난만함을 가장하고 있지만…… 그것만은 아닌 것 같은 기분이 들어. 그분들도 그 아이를 만나기 전까지는 신분에 걸맞은 교육을 받고 그럴듯하게 행동했잖아? 조금만 방심하면 금방 이용당하는 입장이라는 걸 알고 있기 때문에 경계심도 남들의 두 배였을 거야. 그런데 그 아이한테 푹 빠져서 그 애가 말하는 대로 움직이잖아. 그 상황을 그들 본인은 눈치채지 못할 만큼 그 애의 말과 행동이 교묘한 걸지도 몰라. 그 철부지 같은 행동도 뭔가 의도가 있지 않을까 의심스러워."

"……지나친 생각 아닐까? 그 애의 행동은 그 애 자신의 목도 조이고 있는걸."

이대로라면 그녀는 스스로 자신의 목을 조르게 될 것이다.

입장을 생각하면 말이다.

……하지만 완전히 부정할 수도 없었다.

첫 번째 이유는 학원에서 유일하게 유리 남작 영애를 경계하던 미모사의 말이라는 것.

그리고 또 하나 떠오른 생각이 있지만…… 너무 당찮아서 일단 그 생각을 머릿속 한구석으로 몰아냈다.

"그래……. 이제 이 얘기는 그만두자."

미모사는 납득하지 못한 눈치면서도 더 이상 반론할 말이 떠오르지 않는지 마지못해 동의했다.

"……그보다 아이리스, 넌 요즘 어때?"

안 좋은 생각을 떨쳐 버린 걸까 미모사가 부드러운 미소를 지었다.

미모사는 정말…… 여성스러우면서도 엄마처럼 포근한 분위기를 지녔다.

"글쎄…… 편지로 얘기했던 대로야. 상회를 운영하고, 영지를 꾸려 나가고, 뭐 그렇지."

"그 얘길 자세히 듣고 싶어. 정말 굉장해. 왕도에서 큰 판매점도 열고, 제일 인기 있는 카페도 아즈타 상회 계열이잖아? 어머님도, 나도 너희 상회 미용품의 열렬한 팬이야. 초콜릿으로 만든 과자도 굉장히 좋아해."

"고마워."

"게다가 이렇게 예뻐지다니……. 무슨 좋은 일이라도 있었니?"

황홀한 듯 눈가를 휘며 부드럽게 미소 짓는 그녀의 말에 나는 조금 당황했다.

"벼, 별로 아무 일도 없었어. 그럴 시간도 없고. ……너야말로 무슨 좋은 일 없니?"

"나도 아무 일도 없는데? 난 약혼자가 없으니까 원래 학원을 졸업한 후 왕도에 남아서 상대를 찾을 때까지 신부 수업을 할 생각이었는데…… 이 시기엔 아무래도 상대를 금방 찾을 수 없을 것 같아서 말이야. 그래서 조금 따분하던 참이야."

"그렇구나……."

묘하게 고개가 끄덕여졌다. 특히 뒷부분이.

약혼이란 가문과 가문의 결합이다.

지금처럼 파벌 다툼이 한창인 와중에 상대가 어떻게 나올지 알 수 없는 이상 약혼자를 선택하기는 어려울 것이다.

"뭐, 나야 상관없지만. 아직 결혼은 상상도 할 수 없는걸. 나 자신을 돌아볼 좋은 기회인 것 같아."

아무 일도 없었더라면 미모사에겐 많은 혼담이 밀려왔을 텐데……. 그렇게 생각하니 조금 아쉬웠다.

분명 미모사뿐만 아니라 중립파 가문은 지금 결혼 상대를 찾기가 힘들 것이다.

문득 차를 마시며 과자를 집으려던 손이 멈췄다.

스콘, 샌드위치와 함께 익숙한 백합 문양이 새겨진 초콜릿이 보였다.

"미안해, 아이리스. 너희 가게 상품이지만……. 아까도 말했지만 내가 무척 좋아하는 음식이거든."

"사과할 것 없어. 오히려 그만큼 좋아해 줘서 기뻐. 그러고 보니 이번에 왕도에 있는 가게를 시찰할 예정인데 미모사 너도 같이 갈래?"

"아즈타 상회의 가게 말이야?"

미모사가 눈을 반짝거렸다.

"계열사도 포함해서 전부 둘러볼 생각이라 조금 힘들겠지만. 앞으로 왕도에 머물 날도 얼마 안 남았거든……. 이 기회에 전부 살펴보려고. 물론 시찰은 최소한의 인원으로 행동해야 되니까 호위가 불안해서 갈 수 없다면 어쩔 수 없고."

아무래도 시찰하면서 사람을 주렁주렁 달고 다닐 수는 없다.

하지만 미모사는 귀족 영애인 만큼 그녀의 가족들이 경호가 불안하다고 반대할지도 모른다.

"몇 명까지 데려가도 돼?"

"으음……. 두 명까지. 우리 쪽에서는 라일이랑 디더, 그리고 타냐가 동행할 거야."

"라일 씨와 디더 씨가 함께라면 아버님도 반대하지 않으실 거야."

"어머, 그 두 사람을 무척 믿나 보네."

"당연하지. 왕국에서도 손꼽히는 실력자잖니? 그만큼 평판이 높은 분들인걸……. 당연히 신뢰할 수밖에."

"그런가. 혹시 허락하시면 편지로 알려 줘."

"응, 물론이지. 언제까지 보내면 될까?"

"서둘러서 미안하지만 이번 주까지 보내 줘."

"알았어."

그리고 우리는 해가 저물 때까지 학원 시절의 이야기와 왕도의 유행에 관한 얘기 등 끝없이 이야기를 나눴다.

즐거운 시간은 정말로 눈 깜짝할 사이에 지나는 법이다. 타냐가 '이제 그만 돌아가셔야⋯⋯.' 라고 말하지 않았더라면 그대로 한밤중까지 머물렀을지도 모른다.

† † †

"⋯⋯아가씨, 아까 미모사 던글리 님께 뭔가 말하려다 그만두셨지요?"

타냐가 돌아오는 길 마차 안에서 말을 꺼냈다.

멍하니 바깥의 풍경을 바라보던 나는 타냐에게 시선을 향했다.

"⋯⋯아까라니?"

"유리 남작 영애 얘기가 나왔을 때 말이에요. 주제넘는 말이지만 아가씨께서 한순간 생각에 잠기신 눈치였거든요."

"⋯⋯놀라워라. 타냐는 정말 관찰력이 대단하네."

"주인이 무슨 말을 하고 싶은지 살피는 것도 시녀의 역할이니까요."

타냐는 단호하게 말했다. 그래도⋯⋯ 정말로 대단하다.

최대한 얼굴에 드러내지 않으려고 노력했는데.

"⋯⋯아가씨께서도 미모사 님의 생각이 지나치다고 여기지 않으시는 눈치였습니다만."

"맞아. 하지만 정말 터무니없는 생각이거든?"

근거고 뭐고 아무것도 없다. 오히려 지나치게 비현실적이라서 말을 삼킨 것뿐이다.

"실례가 되지 않는다면 생각을 들려주시겠어요?"

……차라리 지금 털어놓는 게 좋을지 몰라.

타냐라면 아무에게도 말하지 않을 테니까. 무엇보다도 말을 하면서 생각을 정리하고 싶다.

"미모사한테는 그렇게 말했지만…… 그녀는 정말 자신의 목을 조르고 있는 걸까, 그런 생각이 들었어."

"그 말씀은?"

"먼저 구휼 활동. 귀족이나 관료들에겐 무리하게 밀어붙인다고 비판받고 있지만…… 백성들은 환영하고 있잖아? 자신들을 위해 준다고."

아버님께 들은 이야기를 통해 추측해 보자면 구휼 활동을 오랫동안 계속할 수는 없다.

이 나라에는 그만한 여력이 없다.

전쟁의 부채가 남아 있는 지금, 내 생각에는 조금 긴축 재정을 펼쳐서라도 나라의 살림을 안정시켜야 한다.

게다가 그렇게 돈을 들여 단발적으로 수차례 구휼 활동을 벌일 바에는 다른 일에 사용하는 편이 낫다.

그러나 백성들은 현재 나라의 재정을 모른다.

알 길도 없다.

즉 나라의 재정이 그렇게까지 좋지 못하다는 사실을 모르기 때문에 만약 세금을 올릴 경우, 어디까지나 나라를 원망할 뿐이지 제2 왕자에 대한 민심은 딱히 변하지 않을 것이다.

"그렇게 생각하면 유리 영애의 행동은 백성들을 자기편으로 끌어들이기 위한 계략이라고 볼 수도 있어. 귀족들도 마찬가지야."

"구휼 활동 말인가요?"

"아니, 건국 기념 파티에서 보였던 행동."

"제가 듣기로는 파티에서 보인 행동은 오히려 제2 왕자 파벌의 분들도 좋게 생각하지 않을 것 같습니다만……?"

"응, 맞아. 대부분의 귀족들은 아마 그럴 거야. 하지만 편리하다고 생각할 수도 있잖아?"

"편리……?"

"그래. 만약 내가 기득권을 유지하는 것뿐만이 아니라 더 큰 권력과 권세를 손에 쥐고 싶다면…… 존재를 알 수 없는 제1 왕자보다 제2 왕자를 선택할 거야. 제1 왕자가 어떤 사람인지, 어떤 생각을 갖고 있는지…… 알 수가 없잖아. 요 십수 년 동안 모습을 드러내지 않았으니까. 반면 에드 님이라면 유리 영애를 적당히 떠받들어 주기만 하면 쉽게 요구를 들어줄 것 같지 않아?"

"'조종하기 쉽다'는 말씀인가요?"

"쉽게 말하자면 그렇지. 평소 유리 영애의 제멋대로 철부지 같은 행동도 그런 인상을 더욱 강하게 만들기 위한 걸지도 몰라."

"그렇군요……."

"물론 근거는 없어……. 역시 내 생각이 지나친 걸지도 모르지."

음, 역시 지나친 생각 같다는 생각이 들기 시작한다.

그렇게까지 해서 얻을 수 있는 게 너무 적은걸.

단순히 에드 님을 왕위에 올리고 싶은 것뿐이라면 그런 짓을 하는 것보다는 정공법으로도 충분히 승부할 수 있다.

굳이 에드 님의 머릿속이 꽃밭이라는 걸 사람들에게 보여 줄 필요는…… 즉, 왕족의 허점을 드러내서 귀족이라는 하이에나를 불러들이고 한편으로 백성들을 끌어들일 필요는 없다. 그야말로 나라 안의 대립을 심화시키는 길이기 때문이다.

"하지만 아가씨, 혹시 모르니 주의하시는 게 좋지 않을까요?"

"그래. ……일단 앞으로 왕도에서 거래하거나 왕족을 상대할 때는 신중에 신중을 더할 생각이야. 하필 이럴 때 현왕께서 병으로 쓰러지시다니. ……솔직히 불안해서 견딜 수 없어."

아즈타 상회는 본래 왕도에 지나치게 집중되지 않도록 각 영지에 직접 지점을 운영하고 있다. 잘하면 앞으로 다른 나라와 무역도 시작할 생각이다.

최근 수익에 영향이 미치는 건 어쩔 수 없다 쳐도, 최악의 경우 이 이상 혼란이 심해지면 왕도에서 철수하는 것도 염두에 두지 않으면 안 된다.

영지 안의 다른 상회도 아마 같은 대책을 세우고 있을 것이다.

실제로 내가 처음 모네다와 담판을 지었을 때에도 이미 왕도와의 통상을 줄이고 있었던 모양이니까.

남은 건 영지의 치안을 유지하는 것.

왕도의 혼란이 심해지면 이쪽으로 불똥이 튀지 않는다는 보장도 없으니까……. 뭐 경비 강화는 진작부터 착수하고 있으니까 나머지는 라일, 디더와 이야기를 잘 해 보면 되겠지.

"최대한 많은 정보를 모으도록 하겠습니다."

"그래……. 잘 부탁해."

나는 집으로 돌아온 후 그대로 방에서 느긋하게 시간을 보냈다.

내일은 하루 종일 자유니까 우리 상회 말고 다른 곳을 둘러보며 왕도를 탐색해 볼까?

오랜만에 학원을 밖에서 구경하는 것도 좋을지 모른다.

미모사를 만났더니 왠지 옛날 생각이 나네.

그런 생각을 하며 그날은 그대로 잠이 들었다.

† † †

오늘은 드랑바르도 백작가를 방문하는 날.

지난번 던글리 후작가에 갔을 때와는 달리 오늘은 많은 사람이 초대받은 모양이다.

……그래서 굉장히 긴장이 됐다.

"아이리스, 그렇게 걱정하지 않아도 괜찮아."

하지만 이번에는 든든하게도 어머님과 함께였다.

정말 마음이 든든하다.

이다음에 만나기로 한 메시 남작가는 혼자 가기로 했기 때문에 오늘 어떻게든 사교 감각을 되찾고 싶다.

드랑바르도 백작가에 도착하자 고용인들이 모두 입구에 나와서 우리를 맞이했다.

그리고 그중 한 사람…… 연미복을 입은 남자가 우리를 안내했다.

남자를 따라 도착한 곳은 녹음이 아름다운 중앙 정원.

"와 주셔서 감사합니다, 메를리스 공작 부인, 아이리스 공녀."

둥근 테이블 중앙에 앉아 있던 여성이 자리에서 일어나더니 웃는 얼굴로 우리를 맞이했다.

부드러운 옅은 금빛 머리카락이 햇살을 받아 반짝반짝 빛났다.

조금 동글동글하면서도 밝고 상냥해 보이는 얼굴……. 드랑바르도 백작 부인이었다.

"초대해 주셔서 감사합니다. 딸과 함께 오늘을 무척 기대했답니다.”

어머님도 격식을 차린 말투로 대답했다.

드랑바르도 백작 부인과 평소 친하게 지내는 사이지만 아마도 다른 손님들의 눈을 의식해서일 것이다.

“어머나, 메를리스 님께서 그렇게 말씀해 주시다니 영광이네요. 자, 이쪽에 앉으시지요.”

드랑바르도 백작 부인이 웃는 얼굴로 그렇게 말하며 비어 있는 자리를 가리켰다.

이미 연미복을 입은 남성이 그 옆에서 대기하고 있었다.

“감사합니다.”

우리는 각각 비어 있는 자리에 앉았다.

구석구석 잘 손질된 정원은 녹음으로 가득 차 있었다.

그 속에서 파스텔그린의 클로스를 씌운 테이블은 주위의 풍경에 녹아들면서도 눈에 확 띄었다.

그리고 그보다 눈에 띄는 것은 이번에 참석한 사람들의 드레스.

옅은 핑크색과 옅은 노란색, 그리고 옅은 푸른색……. 모두 파스텔 색조다.

아마도 초대객들을 꽃으로 보이도록 세팅한 모양이다.

파티장이 정원인데도 꽃다운 꽃이 보이지 않는 것은 아마 그 때문일 것이다.

그렇군. 초대할 때 오늘 파스텔 계열 드레스를 입고 오라고 한 것은 이걸 노린 거였구나. 고개가 끄덕여졌다.

“소개해 드리죠. 이분은 레메디 카르디나 백작 부인.”

“잘 부탁드려요.”

내 쪽에서 볼 때 드랑바르도 백작 부인의 왼쪽 옆에 앉아 있던 부인이 가볍게 고개를 숙였다.

나도 살짝 고개 숙여 인사했다.

"이쪽은 도라 다나스 백작 부인."

"메를리스 님과 아이리스 공녀를 만나기를 기대하고 있었답니다."

레메디 백작 부인 옆에 있던 여성도 그렇게 말하며 가볍게 머리를 숙였다.

나도 고개를 까딱거리는 인형처럼 또다시 머리를 숙였다.

"그리고 그 옆에 계신 분이 살리아 미네스 남작 부인."

"만나서 영광입니다."

……그렇게 모두를 소개받았다.

슬슬 이름과 얼굴을 일치하기가 어려워지기 시작했는데…… 이쯤에서 끝나서 다행이다.

그 후로 다과회가 시작되었다.

테이블에 놓여 있는 달콤한 디저트를 먹으며 차를 마셨다.

으음, 맛있어…….

물론 대화를 따라가지 못하면 곤란하기 때문에 계속 대화에 귀를 기울이고 있었다.

"지난번 아이리스 공녀가 입었던 드레스, 정말 아름다웠어요. 그 드레스는 어디서 구하신 건가요?"

다나스 백작 부인이 그렇게 물었다.

"그 드레스는 동방과 무역을 해서 얻은 천으로 만든 거랍니다. 아직 물량을 확보하지 못해서 본격적으로 판매하려면 좀 더 기다려야 해요."

"어머나, 그렇군요. 그 천도 근사했지만 드레스 디자인도 무척 신선하고 멋졌어요. 그 드레스 디자인은 어느 분이……?"

"아르메리아 공작령 의상실에 부탁해서 만든 거예요."

"그럼 공녀께서 직접 디자인하신 건가요?"

"아뇨, 디자인이라고 할 정도는……. 저는 이런 느낌이 좋다고 대충 모양을 설명한 것뿐이에요."

편하게 입고 싶어서 만든 옷이라는 말은 차마 못 하겠군…….

일하는 동안 거의 편한 복장으로 지내다 보니 이제 와서 코르셋으로 허리를 졸라매고, 납덩어리처럼 무겁고 치렁치렁한 스커트를 입고 싶지 않았다.

그래서 의상실 디자이너에게 실컷 억지를 부린 덕분에 그다지 무겁지 않은 드레스가 완성되었다. 만족스럽다…… 라는 생각밖에 없었다.

"그런가요? 하지만 그 드레스는 앞으로 유행할 거예요. 그렇죠, 레메디 님?"

카르디나 백작 부인의 말에 나는 고개를 갸웃거렸다.

……그럴까? 만약 그게 사실이라면 아르메리아 공작령 의상실을 선전할 기회일지도 몰라.

그런 생각을 하고 있을 때, 어느샌가 대화의 주제가 바뀌었다.

요즘 유행과 각 가문의 분위기 등등.

대화의 중심은 주최자인 드랑바르도 백작 부인과 어머님이었다.

드랑바르도 백작 부인은 자연스럽게 사람들에게 말을 건네며 분위기를 부드럽게 만들었다.

어머님도 주최자가 돋보이도록 지나치게 나서지 않으면서도 분위기를 밝게 만들려고 마음 쓰는 것이 보였다.

"그러고 보니 먼로 백작가 말인데요. 요즘 재정 사정이 꽤 좋아 보인다는 소문이 있던데, 알고 계신가요?"

카르디나 백작 부인이 입을 열었다.

나는 한 마디도 놓치지 않도록 귀를 기울였다.

"맞아요, 요즘 먼로 백작가에서 파티가 자주 열리더군요. 부인이 커다란 다이아몬드 목걸이를 걸고 나타났다가 다음다음 날 파티에는 커다란 에메랄드 귀걸이와 목걸이. 집에 보석상이 찾아왔을 때 넌지시 물었더니 먼로 백작이 보석과 드레스를 열심히 사들이고 있다지 뭐예요? 아즈타 상회에도 꽤나 들락거리고 있나 봐요."

"저는 아즈타 상회의 경영만 맡고 있을 뿐 고객 관리는 다른 담당이 하고 있어서 거기까지는 모르겠지만…… 얘기를 들으니 굉장하군요."

내게로 시선이 쏠리는 바람에 일단 그렇게 대답했다.

나는 기본적으로 전체적인 그림만 살펴볼 뿐 고객 관리는 세이와 현장 사람들에게 맡기고 있어서 각 가문이 얼마나 상품을 구입하는지, 거기까지는 파악하고 있지 않다.

뭐, 알고 있어도 말하지 않겠지만.

그보다 카르디나 백작 부인의 말이 사실이라면 먼로 백작은 왜 그렇게 재정 사정이 좋은 걸까?

원래 그럴까? 아니다. 그곳 영지는 분명 곡창 지대다.

갑자기 사업을 시작했다는 얘기는 들은 적이 없다.

"그렇지요? 파티에서도 화제가 됐답니다."

"정말 부러워요. 보석하니까 말인데요, 도라 님. 지난번 파티에서 착용하셨던 보석은 어디에서 구하신 건가요? 정말 아름다워서 한눈에 반해 버렸답니다."

그때 어머님이 화제를 바꿨다.

조금 더 얘기를 듣고 싶었지만 아무래도 이쯤에서 물러나는 게 좋을 것 같다.

역시 어머님. 파티에서 다른 사람들을 정말 잘 지켜보고 계셨구나.

"토파즈예요. 붉은빛이 무척 아름답죠? 저도 첫눈에 반해서 남편에게 사 달라고 졸랐답니다."

"여성이 조르는 건 남성들의 능력을 보일 수 있는 좋은 기회죠. 다나스 백작도 기뻐하시지 않았나요?"

나는 드랑바르도 백작 부인의 말에 '그런가?' 라고 의문을 느꼈지만 그냥 입을 다물고 있었다.

다시 태어나기 전에는 남편이 없었고, 이번 세계에서는 약혼자가 있었지만…… 선물은커녕 에드 님은 함께 쇼핑하는 것조차 귀찮아했다.

……유리 남작 영애가 나타나기 전부터 내게 관심이 없었던 것이다.

사랑의 반대는 무관심……이라고 어디선가 들어 본 적이 있다. 그렇다면 유리와 대립하면서 엄청난 미움을 받게 된 나는 '아무래도 상관없는 존재' 에서 조금은 승격한 셈일까?

아냐, 그건 아니지…….

"아뇨, 남편은 보석을 잘 몰라서……."

"보석은 잘 몰라도 그 보석으로 꾸민 도라 백작 부인을 보고 다나스 백작도 분명히 다시 한번 반했을 거예요. 그렇지요, 메를리스 님?"

"도라 님은 앳되고 사랑스러우니까요. 오히려 다나스 백작이 파티 내내 안절부절못하셨을걸요?"

어머님의 말에 모두가 꺄아, 하고 환성을 질렀다.

그 후로 어느 가문의 누가 멋있는가 하는 이야기가 오갔다.

딸을 가진 부인은 어떤 사람을 사위로 삼고 싶은지 자신의 꿈을 이야기했다.

그 얘기는 미처 끼어들 수가 없어서 열심히 듣기만 했다.

……어머님도 내가 누군가에게 시집가길 바라고 계실까?

에드 님과 그렇게 되어 버렸으니 나는 혼처가 막힌 것이나 다름없다.

지금도 어머님은 날 마음 써 주는 건지 딸이 어떤 남자에게 시집갔으면 좋겠다는 이야기는 하지 않았다.

……물론 그래서 고맙긴 하지만.

"……아이리스 공녀는 어떻게 생각하나요?"

카르디나 백작 부인의 말에 나는 퍼뜩 정신을 차렸다.

아차, 다과회 중에 생각에 푹 빠지다니.

"죄송해요. 잠시 다른 생각을 하느라…… 무슨 말씀인가요?"

"장래의 남편 말이에요. 어떤 분이 좋은가요?"

"다들 아시다시피 저는 파혼을 당한 몸이라서요. 얌전히 영지에서 일생을 보낼 생각이랍니다."

장래의 꿈은 의지할 곳 없는 아이들에게 둘러싸여 생활하는 것.

……실은 꽤 기대하고 있기도 하다.

"어머나……. 아이리스 공녀, 농담도 잘하셔라. 아르메리아 공작가의 영애이자 영주 대행, 상회 경영이라는 화려한 경력에다 태후 마마가 특별히 총애하는 분인걸요. 아마 혼담이 물밀듯이 밀려올걸요?"

"……그럴까요?"

"그럼요. 우리 가문의 격이 조금 더 높았더라면 무슨 일이 있어도 꼭 혼담을 넣었을 거예요."

카르디나 백작 부인이 아쉬운 듯이 한숨을 쉬었다.

드랑바르도 백작 부인도 그에 동조하듯 고개를 끄덕였다.

설마 그렇게 생각하고 있을 줄은 상상도 못했기 때문에 조금 놀랐다.

그렇다고 해도 어떤 사람과 결혼할 거냐고 묻는다면 아직 생각해 본 적은 없지만.

그 후로 다과회는 해가 저물기 조금 전까지 계속되었다.

긴장했지만 끝나고 보니 무척 즐거운 다과회였다.

그것도 다 드랑바르도 백작 부인이 모두 즐길 수 있도록 애쓴 덕분일 것이다.

호스트가 되어 본 적도 없고, 앞으로도 있을지 없을지 알 수 없지만……. 언젠가 이런 부인들만의 다과회를 여는 입장이 되면 나도 드랑바르도 백작 부인처럼 부드러운 분위기의 다과회를…… 아니면 어머님처럼 세련된 다과회를 열 수 있도록 조금씩 수업을 해야겠다.

† † †

날이 밝았다. 오늘은 왕도의 점포를 시찰하는 날이다.

미모사에게 함께 갈 수 있다는 답장을 받고 줄곧 기대하고 있었다.

"……아가씨, 슬슬 미모사 님과 약속하신 시간입니다."

서류를 정리하고 있을 때, 타냐가 말을 건넸다.

"어머……. 벌써 시간이 그렇게 됐나? 이 편지, 조금만 있으면 다

읽으니까 미모사를 이쪽으로 안내해 줘."

"……그래도 괜찮으신가요?"

영지 운영과 상회 경영에 관해 다른 사람에게 보여 줄 수 없는 서류도 있다.

아마 타냐는 그걸 걱정해서 물은 모양이다.

"미모사는 친구니까 괜찮아."

하지만 지금 책상에 있는 서류 중에 특별히 다른 사람이 보면 안 될만큼 중요한 것도 없고…… 방금까지 읽고 있던 편지도 딘이 보낸거다.

특별히 숨길 만한 것이 아니다.

게다가 미모사라면 이상한 짓을 하지도 않을 텐데, 뭐.

왕도에 온 후로 가끔 딘에게서 편지가 날아오고 있다.

이미 딘도 계약이 끝나서 영지를 떠났을 텐데.

내가 왕도에 온 후로도 딘은 잠시 영지에 남아 있었다. 딘의 편지에는 그동안의 업무 보고가 적혀 있기도 했고, 최근 편지에는 자신이 떠올린 생각과 깨달은 점 등 여러 가지 의견이 적혀 있기도 했다.

그걸 보고 나도 새로운 아이디어가 떠오르곤 했기 때문에 편지를읽는 게 꽤나 즐거웠다.

그리고 편지 마지막에는 항상 『너무 무리하지 마십시오.』라는 걱정의 말.

그 말을 읽으면 마음이 따뜻해지는 기분이 든다.

흐음……. 중등부는 단순히 수준 높은 공부를 시키는 것보다는 직업 훈련 학교로 개설하는 게 어떻겠냐고……?

확실히 그게 유용할지도 모른다.

하지만 그렇다면 군이 학교로 만들지 않아도 될 것 같은데…….

지금도 직인들은 제자를 받아서 직접 경험을 쌓게 하며 일을 가르치고 있지만…… 교육체제는 잡혀 있지 않은 것 같기도 하고.

"미모사 님이 도착하셨습니다."

노크 소리와 함께 타냐가 들어왔다. 그 뒤를 따라 들어온 것은 미모사와 그녀의 호위인 듯한 두 사람.

"안녕, 미모사. 이런 곳까지 오게 해서 미안해."

"괜찮아. 그보다…… 너 무슨 좋은 일이라도 있니?"

"……좋은 일?"

질문의 의도를 이해할 수 없어서 고개를 갸웃거렸다.

"그 편지 말이야. 그렇게 소녀 같은 얼굴로 읽다니……. 혹시 좋아하는 사람이 보낸 편지야?"

"무슨……."

미모사의 말에 나는 할 말을 잃었다.

소녀 같은 얼굴……? 심각한 얼굴을 잘못 본 거 아닐까?

나는 지금 영지에 대해 이것저것 생각하고 있었는데.

"말도 안 돼. 이건 그냥 영지 운영에 관한 편지야."

"그래? 난 또 아이리스한테 새로운 사랑이 찾아온 줄 알았지."

"아이 참……. 미모사, 난 사랑 따위 할 시간이 없어."

내 말에 미모사는 슬픈 표정을 지었다.

"……내가 말을 잘못한 것 같네. 하지만 아이리스, 네 입에서 사랑 '따위'라는 말은 듣고 싶지 않아."

"미모사……?"

"학원에 있을 때 너는…… 에드워드 님을 사랑했을 때의 너는 정말 반짝반짝 빛났어. 결과적으로 지독한 꼴을 당하긴 했지만……. 게다가 네가 지금 바쁘다는 얘기도 들었어. 하지만 그 무렵의 너를 아는 내가 말하자면…… 네가 그렇게 사랑을 쓸모없는 거라고 깎아내리는 게 정말 슬퍼."

"하지만……."

미모사의 말은 내 생각을 정확하게 표현하고 있었다.

확실히 나는 사랑을 가볍게 취급하고 있다. ……아니, 쓸모없는 것이라고 생각하고 있다.

꿈을 꿀 수 없게 됐다고도 할 수 있다.

그렇지만…… 할 수 없잖아.

그런 꼴을 당해 놓고 사람을 사랑하는 마음을 믿을 수 있을 만큼 나는 훌륭한 인간이 아니다.

게다가 워낙 바쁘기도 해서 그런 나의 마음을 그냥 방치해 두고 있었다.

"……나는 그런 일이 있었기 때문에 더더욱 네가 행복해졌으면 좋겠어. 사랑에 인생을 던지라는 게 아니야. 하지만 처음부터 거절하진 마. 그때의 너를 스스로 부정하지 마."

"미모사……."

미모사의 상냥한 부탁에 살짝 마음이 흔들렸다.

"미안해. 내가 너무 멋대로 말했네. 그런데…… 잘 어울린다."

미모사가 도중에 이야기를 돌렸다.

더 이상 분위기가 무거워지지 않도록 배려한 것이다.

"미모사 너야말로."

그래서 나도 내심 안도의 한숨을 내쉬며 대답했다.

미모사도 오늘은 신분을 숨기고 거리에 나가야 하기 때문에 평소보다 수수한 차림이었다.

아마 상인의 딸 정도로 보이지 않을까.

"그리고 이런 옷차림일 때 난 앨리스라고 불러 줘."

"응? 그게 뭐야?"

미모사가 흥미진진하게 물었다.

"가명이야, 가명. 거리에서 내 이름을 공공연하게 부르는 건 좀……. 그리고 형식이 중요하다는 말도 있잖아? 이름만 바꿔도 마음가짐까지 꽤 달라지거든."

뭐랄까, 여배우가 된 기분?

그 이름으로 불리면 배역에 몰입하게 된다…… 뭐 그런 느낌?

"그렇구나……. 그럼 난 미샤라고 불러 줘."

"알았어. 그럼 미샤. 빨리 가 볼까? ……아, 그 전에 소개할게. 타냐는 알고 있겠지. 이 두 사람은 오늘 호위를 맡을 라일과 디더야."

내가 뒤에 서 있던 두 사람을 소개하자 정중하게 머리를 숙였다.

라일은 알겠지만 디더는 평소 워낙 표표한 느낌이라 왠지 위화감이 느껴졌다.

"만나서 반가워요. ……직접 만나는 건 처음이지만 이름을 많이 들어서 처음 보는 것 같은 기분이 안 드네. 오늘 잘 부탁해요. 그리고 이쪽은 내 호위인 해리와 댄이야."

미모사 옆에 서 있던 해리와 댄이 각각 머리를 숙였다.

"해리, 댄. 잘 부탁해요."

나도 두 사람에게 인사했다. 해리와 댄은 그야말로 '호위!' 라는 느낌에 조금 험상궂은 인상이었다.

일단 사복을 입고 있으니까 그나마 괜찮겠지, 뭐.

"그럼 시간 없으니까 빨리 가자."

먼저 왕도에 있는 카페로 향했다.

이곳에서는 초콜릿으로 만든 과자와 디저트를 먹을 수 있다.

그리고 허브티도 인기가 많은 편이다.

가게를 살펴보니 제법 성황을 이루고 있는 듯했다.

사람들이 줄을 서서 기다리고 있었다.

될 수 있는 대로 가격을 낮추려고 노력하고 있기 때문에 귀족이 아닌 서민이 많았다.

"자, 줄을 서 볼까?"

"……실례지만 앨리스 님, 이름을 말하고 들어가는 게 좋지 않을까요?"

타냐가 살며시 진언했다.

다들 같은 생각을 하고 있는 것일까? 모두의 머리 위에 물음표가 동동 떠 있었다.

"그러면 아무것도 알리지 않고 온 의미가 없잖아? 어떻게 접객하는지, 음식은 어떻게 내놓는지, 가게를 찾는 사람들은 어떤 분위기인지 손님으로서 살펴봐야지. 줄 서는 시간까지 포함해서 오늘 하루 통째로 시간을 낸 거야."

"제가 주제 넘는 참견을, 죄송합니다."

"미샤, 그러니까 오늘은 꽤 많이 걷거나 기다려야 될 텐데 괜찮겠니?"

"응. 걸으면 걸은 만큼 배고파질 테니까 오히려 잘됐네."

"다행이다."

그리고 우리는 꽤 오랜 시간을 기다린 후에야 겨우 가게 안으로 들어갔다.

……아무래도 가게를 확충해야 하나. 나는 가게 안의 모습을 보며 생각했다.

가게 안은 두 개의 공간으로 나눠져 있었다. 한쪽은 포장용 판매소.

다른 한쪽은 카페용 공간.

으음……. 포장용 판매소를 다른 곳에 따로 지을까.

하지만 카페에서 먹은 다음 사 가자…… 라고 생각하는 사람도 있을 텐데.

그렇다면 둘을 합쳐서 넓은 곳으로 이전할까?

아니면 2호점을 낼까?

으으……. 고민된다.

"어서 오세요. 몇 명이십니까?"

"7명이에요."

"죄송합니다. 두 자리로 따로 떨어져서 앉으셔도 괜찮으시다면 곧 안내해 드릴 수 있습니다만……."

"좋아요."

그리하여 자리는 따로따로 앉게 되었다.

자리가 비교적 가깝게 붙어 있어서 나, 미모사, 라일, 타냐, 그리고 다른 테이블에는 해리, 디더, 댄이 앉았다.

처음에는 밸런스를 생각해서 타냐는 나와 다른 테이블에 앉히려고 했지만, 그녀가 난색을 표시했다.

나와 떨어져서 앉을 수는 없다고……

그랬더니 미모사가 해리와 바꾸면 된다고 말해 줬다.

경호를 생각하면 그것도 좀 그렇지 않나 싶었지만 미모사는 라일과 디더가 있는 것만으로도 든든하다고 했다.

……왠지 우리 두 경호원을 굉장히 믿는 것 같네.

나는 케이크 세트를, 미모사는 초콜릿 소스를 얹은 모둠 과일 세트를 주문했다.

주문을 마치고 음식이 나오기를 기다리는 동안 나는 미모사와 가벼운 수다를 떨었다.

이 카페는 웨이트리스가 주문을 받으면 그걸 종이에 써서 주방에 오더를 내리는 시스템이다.

종이는 번호가 적힌 나무판에 끼워서 계산용 카운터에 보관한다.

번호는 전부 테이블의 가장자리에 놓여 있는 나무판의 숫자와 같다.

그리고 테이블의 나무판은 앞면은 나무무늬 그대로지만 뒷면은 하얗게 칠해져 있다.

모든 주문이 끝나면 하얀 면으로 뒤집어 놓고, 추가 주문을 받으면 다시 원래 면으로 돌려놓는다.

물론 추가 주문을 받으면 오더를 넣기 전에 카운터 종이에 추가로 적어 넣는…… 그런 시스템이다.

또 음식 값을 받을 때 계산하기 힘들다고 해서…… 주판을 도입해 봤다.

일본에 살면서 초등학생 때 주판을 배워 두길 잘했다…… 라고 절실하게 생각했다.

종업원들도 처음에는 당황했지만 이제는 익숙해졌다.

암산도 빨라졌다며 호평이 자자하다.

카페뿐만 아니라 영지 초등부 수업 시간에 가르치는 것도 괜찮을지 몰라……. 그런 생각에 요즘 검토 중이다.

이야기를 나누며 머릿속으로 그런 생각을 하고 있을 때, 어느 샌가 주문한 음식이 나왔다.

"와아…… 맛있겠다."

미모사가 기쁜 듯이 음식들을 바라보며 먹기 시작했다.

나는 이곳 요리사나 멜리다가 신상품을 고안하면 반드시 시험작을 먹어 보기 때문에 특별히 신선함은 없었다.

하지만 역시 가게에서 먹는 것과 집에서 먹는 건 왠지 느낌이 다르군.

"……으음! 맛있어!"

미모사가 만족한 듯이 말했다.

왠지 내가 만들기라도 한 것처럼 기쁘다.

"다행이다."

분주해 보이지만 접객도, 제공되는 음식도 소홀하지 않았다.

정말로 종업원들 모두 열심히 애쓰고 있는 것 같아서 기뻤다.

"근데 왜 카페를 시작하려고 한 거야?"

문득 미모사가 그렇게 물었다.

정신을 차리고 보니 그녀의 접시는 깨끗하게 비어 있었다.

"이렇다 할 이유는 없어. 그냥 우리 영지에 좋은 원재료가 있어서…… 그뿐이야."

"그런데 이렇게 인기 있는 가게가 되다니 놀랍네."

"내 주위에 워낙 뛰어난 인재가 많으니까."

내게 주어진 환경도 그렇고, 어릴 때부터 함께 자란 타냐와 다른 아이들도 그렇고,

……난 정말 축복받은 사람이다.

"……자, 그럼 슬슬 나가 볼까?"

대화하는 동안 나도 케이크를 모두 먹어 치우고 계산을 마친 후 가게를 나왔다.

"그럼 다음은 미용 용품점. 느긋하게 왕도를 구경하며 가 볼까?"

카페와 미용 용품점은 조금 떨어진 곳에 있기 때문에 꽤 오래 걸어

야 한다.

도중에 가게를 발견하면 안을 살펴보고, 왕도의 대체적인 물가를 알아보는 것도 잊지 않았다.

"……어라?"

문득 나는 도중에 발걸음을 멈췄다.

"왜 그러니? 아이리스."

"방금 유리 영애를 본 것 같았는데……."

인파에 뒤섞여 잘 보이지 않았다.

게다가 평소에는 추종자들에게 둘러싸여 있어서 눈에 확 띄지만…… 지금은 같이 있는 사람이 한 명인가 두 명밖에 되지 않았다.

"잘못 본 거 아닐까? 유리 영애는 절대 혼자 돌아다니지 않을걸."

"……그건 그래."

얼마 전 미모사를 만난 후에 타냐와 그녀 얘기를 했기 때문일까.

그녀의 존재가 머리에서 떨어지지 않아서 잘못 본 걸지도 모른다.

괜한 생각을 떨쳐 내고 다음 가게로 향했다.

미용 용품점도 카페처럼 줄을 서서 가게 안으로 들어간 후 분위기를 살펴보았다.

미모사는 이것저것 모두 갖고 싶어 했지만…… 어차피 이 다음에 회원제 가게도 둘러볼 거니까 참으라고 부탁했다

회원제 가게는 귀족들밖에 들어갈 수 없기 때문에 나도, 미모사도 신분을 밝힐 수밖에 없다.

접객은 모두 별실에서 이루어지지만 다른 귀족들과 가게 안에서 딱 마주칠 가능성도 있기 때문이다.

가게 안에 들어갈 수 있는 것은 회원 한 명당 수행인 세 명까지. 그래서 나, 타냐, 라일, 그리고 미모사, 해리, 댄, 이렇게 둘로 나눠서

들어갔다.

……제한을 두지 않으면 시녀와 호위를 주렁주렁 달고 와서 가게 안이 어수선해지기 때문에 취한 조치다.

그래서 가게 한쪽에는 주인을 기다리는 호위들을 위해 대기실도 마련되어 있다.

디더는 그곳에서 기다리는 대신 가게 입구와 주위를 경비하겠다고 주장했다.

그리고 우리는 가게 안으로 들어갔다.

……이 가게는 왕도 귀족들의 별저(別邸)가 모여 있는 구역에 자리 잡고 있다.

비어 있던 저택을 통째로 사들였기 때문에 정원도 있고, 부지 안으로 들어간 후 실제 가게 안에 도착할 때까지 거리도 멀다.

먼저 문에서 회원증을 제시해야 한다.

그리고 녹음이 우거진 아름다운 정원을 바라보며 저택까지 이어지는 길을 걸어서 가게 안으로 들어간다.

안으로 들어간 후에는 손님을 맞이하러 나온 집사에게 회원증을 제시해야 한다.

그리고 각각 별실로 안내받는다…… 그런 절차로 이루어져 있다.

"……아이리스 님, 어서 오십시오."

우리를 맞이하러 나온 집사는 나를 보고도 당황하지 않았다.

참고로 그의 이름은 바라트.

전에는 어느 상인의 가문에서 집사로 일했다고 한다.

"어머, 놀라지 않네."

"왕도에 오셨다는 것은 알고 있었습니다. 그래서 언젠가 찾아오시지 않을까 했습니다."

"어머, 그럼 여긴 불시에 시찰은 못 하겠네."

농담처럼 그렇게 말하자 바라트가 씨익 웃었다.

마음씨 좋은 할아버지같이 생겼는데 그 웃는 얼굴이 묘하게 박력이 있었다.

"죄송하지만 아이리스 님, 이곳은 귀족분들이 매일 찾아오시는 가게입니다. 사소한 일도 큰일로 번질 수 있다고 생각하면…… 한시도 마음을 놓을 수 없지요."

"그래? 그렇다면 가게 안을 살펴보는 게 기대되네. 당신과 잠깐 얘기를 나누고 싶으니까 미모사를 먼저 안내해 줘."

"알겠습니다. 미모사 님, 그럼 안내해 드리겠습니다."

"부탁해요."

"바라트, 나는 저기서 기다릴 테니까 안내가 끝나면 데리러 와 줘."

"알겠습니다."

바라트와 미모사를 보낸 후 나는 입구에서 떨어진 어느 방 안으로 들어갔다.

입구 근처에 있는 이 방은 딱히 용도가 정해져 있지 않은 방.

넓은 저택인 만큼 방도 상당히 많다.

2층은 기본적으로 손님들을 접대하는 방식

한 방에 한 명, 종업원 겸 고용인들이 따라다니며 고객이 원하는 것을 제공하거나 신상품을 안내한다.

그리고 1층에는 재고 창고와 종업원들의 휴게소가 자리 잡고 있다.

1층에는 지금 내가 있는 방처럼 용도가 정해지지 않은 방도 꽤 많다. 앞으로 이 가게가 붐비게 되면 이 방들도 활용할까 생각 중이다.

"어서 오십시오."

어머, 누가 왔나 보네.

입구 근처에 위치한 이 방에서는 현관 쪽에서 이야기하는 소리가 고스란히 들린다.

"오늘은 일행도 있다네. 잘 부탁하네."

살짝 문을 열고 살펴보자 바라트가 손님을 맞이하고 있었다.

누가 왔나 그 너머를 바라본 순간……. 어라, 저 사람은 먼로 백작이잖아.

조금 멀지만 저 뚱뚱한 체형과 이마를 가리고 있는 곱슬거리는 금색 앞머리……. 맞지?

호랑이도 제 말 하면 온다더니.

일행이라는 사람에게도 시선을 던졌다.

부인 아니면 아들……. 그렇게 생각했지만 한 번도 본 적 없는 사람이었다.

여자였다면 정부일지도 모른다고 생각했겠지만 뜻밖에도 별다른 특징이 없는 남자였다.

하지만 일행이라고 한 걸 보면 고용인이나 호위는 아닐 텐데……. 누구지?

그런 생각을 하는 동안 두 사람은 2층으로 올라갔다.

"기다리게 해서 죄송합니다, 아이리스 님."

멍하니 생각에 잠겨 있을 때, 노크 소리와 함께 바라트가 안으로 들어왔다.

"괜찮아. 그보다 바라트, 먼로 백작은 자주 오시는 편이야?"

"네. 그렇습니다. 일주일에 한두 번은 반드시 찾아오십니다."

"그래?"

꽤 자주 찾아오는 편이네.

……가게에는 잘된 일이겠지만.

"주로 어떤 상품을 구입하지?"

"백작님께서 제일 많이 구입하시는 건 과자 종류입니다. 그리고 최근 우리 가게의 오드콜로뉴도 구입하셨습니다. 부인과 자제분들을 데리고 올 때도 많습니다."

평범하다면 평범하다고 해야 하나……? 이 가게는 가격 자체가 비싸서 양에 따라 평범하지 않을 수도 있지만.

"흐음……. 부인과 자제분들은 어떤 상품을 구입하지?"

"부인은 역시 미용 상품이지요. 상담을 받으실 때도 많습니다. 자제분은 백작님처럼 초콜릿을 즐겨 구입하십니다. 두 분께서 상당히 많은 양의 초콜릿을 구입하시기 때문에 매번 마차에 싣느라 꽤 시간이 걸리곤 합니다."

많은 양이라…….

대체 어떻게 소비하는 걸까……? 한순간 그런 생각이 들었지만 먼로 백작은 파티를 자주 연다니까 초대객들에게 대접하는 걸지도 모른다.

음…… 그보다.

상품을 구입하는 자금의 출처가 궁금하군.

"아이리스 님……?"

바라트가 생각에 잠겨서 입을 다물고 있는 내게 말을 건넸다.

"아, 미안해. 아까 말했던 할 얘기란 그렇게 중요한 건 아니고…… 그냥 곤란한 점이나 개선하고 싶은 점, 뭐 그런 건 없는지 직접 듣고 싶어서. 물론 내게 보낸 보고서는 매번 꼼꼼하게 확인하고 있어."

기왕 이름을 밝힌 김에 현장의 소리를 듣고 싶었던 것뿐이다.

그리고 이곳은 귀족들을 상대하는 만큼 난처한 요구를 받거나 정신적인 고생이 다른 곳에 비해 많을 것 같으니까.

"그렇습니까. 아직까지 별다른 문제는 없습니다. 굳이 말하자면 종업원을 좀 더 늘려 주셨으면 감사하겠습니다만⋯⋯."

"종업원? 어떤 종업원?"

"제일 필요한 건 요리사입니다. 요즘은 이곳에서 음식을 드시고 가는 분들도 많으니까요."

"그렇군⋯⋯. 하지만 요리사는 연수 기간을 길게 잡아야 하니까 새로 채용하더라도 꽤 기다려야 할 텐데⋯⋯. 최대한 빨리 알아볼 게."

"잘 부탁드립니다. 그리고 욕심을 말하자면⋯⋯ 될 수 있으면 어느 정도 훈련을 받은 종업원이 필요합니다."

"훈련받은?"

"네. 귀족 가문에서 고용인으로 일했던 사람 같은⋯⋯. 아시다시피 이 가게를 찾아오는 고객들은 모두 귀족입니다. 나름대로 예법이 필요하지요. 회원을 늘릴 수 없는 건 일정한 수준을 지닌 종업원의 숫자가 아슬아슬하기 때문이기도 합니다."

"⋯⋯그렇군."

처음에는 프리미어를 노리고 시작한 시스템이었다.

하지만 지금은 많은 사람이 회원이 되기를 기다리고 있는 상태.

버틀러가 당장 종업원을 늘리자는 제안을 완강하게 반대한 건 그 때문이었나⋯⋯.

그렇지만 귀족 가문의 고용인으로 일한 경험이 있는 사람이라⋯⋯.

그런 인재는 그렇게 흔하지 않을뿐더러 운 좋게 찾는다 해도 당장 고용할 수는 없다.

우리 가문을 적대시하는 다른 가문의 스파이를 고용하지 않도록 경력 등을 철저히 조사하지 않으면 안 된다.

······어라? 그리고 보니 딘의 편지 중에 직업 훈련교 아이디어가 있었지.

영지가 아니라 아즈타 상회에서 자금을 대서 사립 학교를 설립하는 건 어떨까?

아즈타 상회를 위해서도 좋고······ 인재 파견까지 규모를 넓히는 것도 괜찮겠군.

"······고마워. 좋은 얘기를 들려줘서. 당장 대책을 마련할 수는 없지만 빠른 시일 안에 아이디어를 정리해서 실행할 수 있도록 노력할게. 그럼 나도 별실로 안내해 줘. 이제부터는 손님으로서 가게 안을 살펴보도록 할게."

"알겠습니다. 그럼 안내해 드리겠습니다."

그 후 고객으로서 대접을 받은 후 시찰을 마쳤다.

특별히 문제는 없었기 때문에 별말 없이 가게를 나왔다.

······그런데 미모사가 통 나오질 않네······. 그런 생각을 하며 그녀가 나오기를 기다렸다.

이윽고 미모사가 무척 만족스러운 얼굴로 나온 걸 보면 제법 흡족한 쇼핑을 한 모양이다.

······자세히 물어보진 않았지만.

그리하여 오늘 시찰은 끝.

이제 왕도에 머물 날도 얼마 남지 않았다고 생각하니 쓸쓸하기도 하고, 빨리 영지로 돌아가고 싶기도 하고······.

"오늘 고마웠어, 앨리스."

"나야말로 정말 고마웠어, 미샤."

……그런 복잡한 기분을 느끼며 나는 집으로 돌아왔다.

† † †

이제 왕도에서 머물 날도 곧 끝난다.

오늘은 메시 남작가를 방문하는 날.

어머님이 모아 준 정보에 의하면 메시 남작은 사교 시즌이 끝나기 한발 앞서 영지로 돌아간다고 한다.

오늘은 그를 위한 파티.

말하자면 송별회다.

제1 왕자 진영의 멤버이자 지방에 영지를 갖고 있는 사람은 기본적으로 영지 운영에 전념하는 사람이 많기 때문에 모두 한자리에 모일 기회는 그리 많지 않다.

바꿔 말하자면 이런 사교 시즌 중에 열리는 파티에는 참석률이 높다는 뜻이다.

그런 파티에 내가 참석해도 되는 걸까……? 라는 생각도 들기는 한다.

그래서 아침에 요가로 정신을 통일했다. 요가에 푹 빠진 어머님도 같은 복장으로 옆에서 함께 요가를 했다.

"어머나, 아이리스. 표정이 딱딱하구나. 벌써부터 그러면 금방 지쳐 버릴걸."

"그래요……?"

"그럼. 모처럼 몸을 풀고 있는데 얼굴도 풀렴. ……그래그래, 바로 그거야."

요가를 마친 후 샤워를 하고 옷을 갈아입었다.

오늘 파티는 저녁부터 시작되기 때문에 아직은 평상복 차림이다.

조금 시간에 여유가 있어서 세이와 세바스가 보낸 보고서를 훑어보고 지시가 필요한 사항에 재빨리 답장을 보냈다.

으음…… 역시 현장에 있는 게 중요하구나.

편지가 도착하는 시간을 생각하면 내가 편지를 받았을 땐 이미 상황이 변해 버렸을 수도 있고.

이 서류들을 보고 있자니 쓸데없는 감상은 버리고 빨리 영지로 돌아가고 싶었다.

서류와 격투하고 있을 때, 노크 소리와 함께 타냐가 들어왔다.

"아가씨, 슬슬 준비하실 시간입니다."

어라, 벌써 시간이 그렇게 됐나? 역시 집중하니까 시간이 빨리 가네.

지각하지 않도록 당장 준비를 시작했다.

오늘 파티는 밤에 열리기 때문에 지난번 드랑바르도 백작가를 방문할 때보다 좀 더 공식 행사에 가까운 드레스를 입었다.

하지만 역시 무거운 드레스는 입고 싶지 않아서 심플한 디자인을 선택했다.

타냐가 머리를 올려 주는 동안 나는 액세서리를 걸쳤다.

오늘의 드레스는 내 눈동자 색에 맞춘 짙은 푸른색.

내 머리카락이 은색이기 때문에 흰색이면 눈에 띄지 않을 것 같아서 액세서리도 푸른색 사파이어로 골랐다.

덕분에 드레스 전체에 수놓인 은실 자수가 더더욱 눈에 띄었다.

준비를 마치자 딱 적당한 시간이었다.

여자의 단장에 시간이 걸리는 건 어느 세계나 마찬가지라지만 드레스는 더더욱 시간이 걸린다.

애초에 누가 도와주지 않으면 입을 수조차 없다.

나는 그대로 마차를 타고 남작가로 향했다.

휴우, 긴장된다…….

우리 가문의 저택도, 메시 남작가도 같은 왕도…… 그것도 귀족들의 저택이 모여 있는 구역에 자리 잡고 있기 때문에 거리는 그다지 멀지 않다.

하지만 긴장해서 그런지 묘하게 멀게 느껴졌다.

긴장감으로 딱딱하게 굳은 채 메시 남작가에 도착해서 파티의 호스트인 메시 남작과 인사를 나눴다.

"오늘 초대해 주셔서 감사합니다."

"저야말로 참석해 주셔서 감사합니다."

메시 남작은 역시 군에 몸담고 있는 분답게 균형 잡힌 체형을 지니고 있었다.

……그런데도 동작 하나하나가 아름다워서 거친 느낌이 전혀 들지 않았다.

멋진 로맨스그레이 신사. 그것이 내가 그에게 느낀 첫인상이었다.

"할아버님께서 무척 아쉬워하셨어요. 이번 파티에 참석하지 못하셔서."

할아버님은 참석하고 싶어 하셨지만 아쉽게도 함께 오지 못했다.

다른 볼일이 있으시다나.

무슨 일인지 자세히 말씀해 주시지는 않지만 무척 아쉬워하셨다.

……뭐, 당연하다. 나보다 할아버님이 메시 남작과 훨씬 깊은 관계니까.

"저 역시 무척 아쉽군요. 다음 기회에 꼭 와 달라고 전해 주십시오."

"네, 꼭 전해 드릴게요."

호스트에게 인사를 마친 후 나는 파티장을 둘러보았다.

와아, 굉장하다.

……그것이 내가 받은 첫인상이었다.

여기저기 온통 유명한 사람들이 우글거리고 있었다.

귀족들은 대부분 공적을 세워서 귀족 작위를 받은 사람들.

나머지는 평민이지만 기술력을 인정받은 사람들과 뛰어난 예술성을 지닌 사람들.

관료로서 제1선에서 일하고 있는, 아버님을 통해 이름을 들어 본 적 있는 사람들뿐이었다.

이렇게 유명한 사람들만 모인 파티라니 놀라는 게 당연하다.

"……아이리스 영애, 오랜만입니다."

"어머나……. 사지타리아 백작님, 오랜만이네요."

사지타리아 백작은 이 나라의 재무 대신이다.

쉽게 설명하자면 아버님의 부하이기 때문에 나도 몇 번 만난 적이 있다.

백작은 태후마마께서 여왕이었을 때 그 역량을 인정받아 지금의 지위에 발탁되었다.

지금은 마음씨 좋은 할아버지 같아 보이지만 왕궁에서 만만치 않은 사람들과 싸우는 분이다……. 절대로 겉보기만큼 호락호락한 사람은 아닐 것이다.

"설마 사지타리아 백작님이 오셨을 줄은 생각도 못했어요."

나라의 행정 관료 중에서도 중요한 포지션에 있는 그가 설마 어느 한쪽 왕자의 편에 가세할 줄은 생각지도 못했다……. 그게 나의 본심이었다.

"나 같은 일개 관리가 왕위에 이래라저래라 참견할 수는 없지요."

뭐, 대놓고 말할 수는 없어도.

그의 영향력은 상당할 것이다. ……왕국의 재정을 쥐고 있는 분이니까.

나름대로 발언력이 있는 게 당연하다.

"하지만 왕국을 생각하면 어느 쪽이 나라를 위한 길인지…… 그리고 백성들을 위한 길인지, 그걸 생각하고 행동하는 것이 관료의 역할이라고 생각하는 것뿐입니다."

"그렇군요. 백작님께서는 그분이 나라를 위한 선택이라고 생각하신단 말이지요?""

사지타리아 백작은 내 말에 그저 더욱 깊은 미소를 지을 뿐이었다.

"그러고 보니 아이리스 영애, 오늘 밤 드레스도 아주 멋지군요."

"감사합니다."

"그것도 동방의 교역으로……?"

"아뇨, 이 드레스는 우리 영지의 의상실에 주문해서 만든 거랍니다."

"호오. 아르메리아 영지에는 뛰어난 인재들이 모여 있나 보군요. 바다와 인접해 있는 것도 부럽습니다. 소금 정제, 다른 나라와 무역으로 얻을 수 있는 외화……. 바다가 있으면 그만큼 영지를 풍족하게 만들 수 있지요. 보아하니 교역도 순조로운 것 같더군요."

"아, 네에……. 전부 영지민들 덕분이죠."

역시 사지타리아 백작. 각 영지의 동향을 잘 파악하고 있군.

"겸손의 말씀을. 영애의 지시가 큰 역할을 했다는 이야기는 저도 들었습니다만?"

나는 일단 그 물음에 웃음으로 대답했다.

왠지 말문이 막혔다.

별로 숨기는 건 없지만 괜히 캐묻는 것 같아서 조금 귀찮았다.

"영지 운영 쪽으로도 크게 활약하고 있다고 들었습니다. 세금 제도 개혁, 고아 보호, 그리고 군사력 강화 정책도 착수하고 있다지요. ……대체 영애의 최종 목적은 뭡니까?"

쉽게 말하자면 '교역으로 외화를 손에 넣고, 다른 영지와 상업을 통해 돈을 모으고, 자신의 영지 안에서 군대를 키워 뭘 꾸미고 있는 거냐?' 라는 뜻일까.

나도 지금 생각해 보고 나서야 깜짝 놀라고 말았다.

이래서야 사지타리아 백작이 아니라도 속셈이 뭘까 경계하는 게 당연하다.

"최종 목적……. 그런 건 생각해 본 적도 없어요."

내 말에 사지타리아 백작은 고개를 갸웃거렸다.

"저는 영주 대행이에요. 영주 대행으로서 영지에 사는 백성들을 안전하게 지켜 주고 생활을 안정시키는 것이 의무죠. 그런 목표…… 아니, 이상이라고 말하는 편이 맞겠군요. 그 이상에 어디까지 다가갈 수 있을까…… 이걸 영원히 추구하는 것 말고 다른 방법은 없답니다. ……그러니까 '최종' 목표 따윈 없어요."

"그렇군요……. 정말 감동했습니다. 백성들을 위한 정치라……. 영애는 아직 젊은데도 이미 훌륭한 나라의 관료로군요. 하지만 조심하세요. 의심하는 자는 당신이 일하는 모습을 보고 나라에 반역을 꾀하는 걸로 생각할지도 모릅니다."

"충고 감사합니다."

나라에 반역이라.

나는 별생각이 없지만 우리 아르메리아 공작가는 일단 왕가에 충성을 맹세한 가문.

아버님과 어머님…… 그리고 할아버님이 계시는데 반역을 꾀할 생각은 없다.

하지만 나는 그 이상으로 백성들을 지키지 않으면 안 된다.

그러니까 상황에 따라서는 나라와 대립할 가능성도 물론 있다.

그 선택지는 마지막 카드이자 가장 꺼내고 싶지 않은 카드로서 내 머릿속 한구석에 자리 잡고 있다.

……이 말만은 차마 솔직하게 말할 수 없지만.

"알프레드 전하께서도 영애의 능력을 높이 평가하고 계십니다. 아르메리아 영지의 정책 몇 가지는 나라에서도 시행하고 싶다더군요."

"어머나……. 알프레드 전하께서요?"

"놀라지 않으시는군요?"

"그분이 이 나라에 있다는 얘기는 이미 들어서 알고 있으니까요. 무엇보다도 이렇게 파벌이 있는 이상 그 파벌의 수장과 소속되어 있는 분들은 은밀히 연락을 하고 있지 않겠어요?"

실제로 이곳에 있는 사람들 중에는 유능하지만 뭔가 개성적인 사람들이 제법 눈에 띈다.

그런 사람들을 모아서 이끌기 위해서는…… 실제로 수장이 없으면 불가능하다.

특히 이런 어려운 국면에서는 대리를 세우기도 힘들 것이다.

"그리고 여기 계신 분들이 그분을 지지하고 있다면…… 우리 영지에 대해서도 보고를 드렸겠지요."

재무 대신 사지타리아 백작을 필두로 이곳에는 많은 관료가 모여 있다.

그들이 따르고 있다면 제1 왕자도 나름대로 정무를 보고 있으리란 사실은 상상하기 어렵지 않다.

"그분께서 저희 영지의 정책을 높이 평가해 주셨다니 무척 영광이 군요. 그 정책이 나라와 잘 맞을지는 모르겠지만……."

내가 이만큼 개혁을 추진할 수 있었던 것은 수장이 나 하나뿐이었 기 때문이다.

이 나라는 영주 권한이 크기 때문에 만약 국가 단위로 개혁을 진행 한다면 각 영주와 교섭, 조정, 그 밖에 여러 가지 문제로 상당한 시 간과 수고가 필요할 것이다.

"그분이라면 해내실 겁니다. 기존의 체재를 바꾸고, 이 나라를 진 정한 하나의 왕국으로 만드실 겁니다."

내 생각을 읽은 것일까. 사지타리아 백작이 웃으며 말했다.

하지만 그 마지막 한마디가 마음에 걸렸다.

기존의 체제를 바꾸고 진정한 하나의 왕국으로……?

사지타리아 백작은 마치 장난꾸러기 어린아이처럼 짓궂게 웃고 있었다.

마치 내가 뭘 생각하고 있는지 가늠해 보는 것처럼.

이 나라는 영주의 권한이 강하다.

기본적으로 영지는 하나의 국가이며 그 위에 국가가 존재하는 형 태.

그 때문에 세율과 영지 내 법률은 국법에 어긋나지 않는 한 어디까 지나 영주의 재량에 달려 있다.

내가 마음대로 개혁을 할 수 있었던 것도 모두 그 덕분이다.

유일한 예외는 왕도. 왕도는 왕국의 직할령이기 때문이다.

기존의 체제를 바꾼다는 말이 만약 이 체제를 바꾼다는 의미라면…… 혹시 왕권을 강화할 생각인가?

영주의 권력을 줄이고, 왕족에게 집중시키는……. 확실히 그편이 왕국의 체제를 정비하기에는 수월할지도 모른다.

하지만 반발이 클 것은 상상하기 어렵지 않다.

그게 정말 가능할까?

……그보다 사지타리아 백작이 어째서 지금 내게 그런 말을 한 걸까?

나는 파티에 참석하긴 했지만 제1 왕자파에 들어가겠다고 확실하게 밝히지도 않았는데.

거기까지 생각했을 때, 문득 내 머릿속에 좀 전의 대화가 떠올랐다.

『최종 목적이 뭡니까?』

설마 아까의 그 물음과 이어지는 얘기일까? 만약…… 정말로 가능성은 낮지만 체제를 바꿀 수 있다면 '나는' 어떻게 할 것이냐?

……그걸 물어보고 싶었던 걸까?

반발하고 독립할 것이냐…… 아니면 국가를 따를 것이냐?

아버님이 아닌 영주 대행으로서 실제로 영주 업무를 맡고 있는 내 생각을 알고 싶다…… 뭐 그런 건가.

"……저는 그분을 직접 뵌 적이 없어서 어떤 분인지 알지 못합니다. 그래서…… 잘 모르겠군요. 하지만 만약 이루어진다 해도…… 그게 백성들을 위하는 길이라면 제게 그보다 큰 기쁨은 없을 거예요."

알프레드 왕자와 만난 적이 없기 때문에 지금은 아무 말도 할 수 없다.

그게 나의 본심이다. 그래서 지금은 지지하느냐 마느냐 확실하게 말할 수 없다.

"그렇겠지요……. 이거 참 재미있군. 언젠가 그분의 옆에 당신이 나란히 서 있는 모습을 보고 싶을 만큼."

"어머……. 농담도 잘하시네요. 나란히 서다니, 너무 과분한 말씀이군요."

"실례. 장난이 지나쳤던 것 같군요."

사지타리아 백작과 헤어진 후, 다른 몇 사람과 인사하고 나서 잠시 쉬기 위해 구석에 놓여 있는 의자에 앉았다.

이렇게 살펴보니 파티장에 있는 손님들 모두 정말 쟁쟁한 사람들뿐이다.

사지타리아 백작과 대화할 때부터 너무 신경을 곤두세우고 있었더니 피곤하네.

그런 생각을 하며 잔을 기울이고 있을 때, 오늘의 호스트인 메시 남작이 내 옆으로 다가왔다.

"오늘 파티는 어떻습니까?"

"무척 즐겁습니다."

나는 생긋 웃으며 대응했다.

조금만 긴장을 풀면 지친 기색이 얼굴에 드러날 것 같았다.

"……그런데 메시 남작님, 한 가지 여쭤봐도 될까요?"

"뭡니까?"

"남작님께서는 왜 일찍 영지로 돌아가시는 건가요? 여기 있는 분들…… 왕궁에서 관료로 일하시는 분들은 제외지만…… 시즌 중에는 모두 왕도에 남으신다고 들었어요. 당연히 다른 분들도 돌아가실 줄 알았는데…….”

너무 당돌한 질문일까 걱정했지만 메시 남작은 순순히 대답해 줬다.

“그게 저에게 주어진 임무이기 때문입니다.”

“……임무?”

“네. 아이리스 영애는 가젤 님께 트와일 전쟁에 대해 들으신 적이 있습니까……?”

“물론 들었어요. 하지만 제 지식은 책에 실려 있는 것과 별로 다르지 않을 거예요.”

“그 정도면 충분합니다. ……영애가 들으신 대로 저는 과거에 트와일 전쟁 때 가젤 님의 밑에서 싸웠던 자. 그리고 그 전쟁에서 세운 무공으로 작위를 얻었습니다.”

그렇게 설명하는 메시 남작은 어딘가 아련한 눈빛을 하고 있었다.

“하지만 저는 어디까지나 군에 몸을 담은 자. 작위를 받는다 해도 그 사실은 변함이 없습니다. 그리고 트와일과의 전쟁은 아직 끝나지 않았지요. ……저는 국경을 지키는 몸으로서 너무 오랫동안 영지를 비울 수 없습니다.”

그건 그렇겠네……. 하지만 그렇게 생각하면서도 역시 석연치 않았다.

같은 국경의 영지를 다스리고 있다지만 ‘군 출신이니까’ 메시 남작이 먼로 백작보다 경계심이 강한 것은 이해가 되지만.

그래도 너무 일찍 돌아가는 거 아닌가?

공식 행사인 건국 기념 파티가 열리기 직전에 왔다가 끝나자마자 바로 돌아가 버리다니.

왠지 곧 전쟁이 일어날 것 같은 기분이 들어서 견딜 수 없었다.

"제 마음속에서 이 나라는 아직도 전쟁 중입니다. 그런 제가 영애에게 괜찮으니까 걱정할 필요 없다는 말은 차마 못하겠군요. 그러니까…… 조심하라는 말만 해 두지요. 저쪽도 당장 전쟁을 벌이지는 않을 겁니다. 하지만 그 나라는 항상 우리 나라를 노리고 있습니다."

"풍요로운 곡물과 자원 때문……인가요?"

"네. 그리고 30년 전 전쟁의 증오도 남아 있으니까요."

……전쟁이라.

아르메리아 영지는 트와일국과 정반대 쪽에 있기 때문에 상당히 거리가 멀지만……. 그렇다고 방심하지는 말라는 뜻일까.

일단 전쟁이 시작되면 여러 면에서 영지에 부담이 될 테니까.

"충고 감사합니다."

"저야말로 이런 파티에서 이런 재미없는 얘기를 해서 미안합니다. 그럼 전 이만 실례하겠습니다."

"별말씀을요. 무척 도움이 됐답니다."

그리고 얼마 후, 나는 집으로 돌아왔다.

지금까지 별로 교류가 없었던 사람들과 이야기를 나눌 수도 있었고, 성과는 제법 좋았다.

그날 밤 나는 푹 잠들었다.

……이걸로 왕도에서 해야 할 일은 전부 끝났다.

이제 남은 건 아버님께 인사드리고 돌아가는 것뿐.

† † †

"……아이리스 님."

다음 날 아침, 서류를 정리하고 있을 때 타냐가 말을 건넸다.

"무슨 일이지? 타냐."

"두 가지 드릴 말씀이 있습니다."

"뭔데?"

"첫째, 유리 남작 영애에 대해서입니다."

그 이름에 나는 손을 멈추고 타냐를 바라보았다.

"그 후로 그녀에 대해서 조사해 봤습니다. 아직 조사는 계속 하고 있지만 서둘러 알려드려야 할 것 같아서 그동안 알아낸 것부터 먼저 보고 드릴까 합니다."

"알았어. 그래서 뭘 알아냈지?"

"먼저 그녀의 출신에 대해서입니다. 그녀의 모친은 원래 노이어 남작가의 고용인이라고 생각했는데 그게 아니었습니다."

"어머, 나도 당연히 모시던 주인과 고용인이 관계를 갖게 된 줄 알았는데. 그럼 원래 어디에 있던 사람인데?"

"왕궁입니다."

"왕궁…… 왕궁에서 무슨 일을 했는데?"

"왕궁에서 시녀로 일했다고 합니다. 노이어 남작과 어떻게 만나게 됐는지, 거기까지는 알아내지 못했습니다만, 그녀는 퇴직과 동시에 남작가에 들어갔습니다."

"그럼 왕궁에서 만났단 말이지……. 남작이 왕궁에 입궁하는 게 아주 드문 일은 아니지."

만날 가능성은 있다.

하지만 그런 관계를 맺을 만큼 자주 만날 수 있을까? 뭐, 실제로 맺어졌으니 뭐라고 할 수는 없지만.

"예전의 그녀를 아는 자들에게 물어봤는데, 아무래도 동료들 중에서도 단정한 용모로 제법 유명했다고 합니다."

역시 여주인공의 어머니답군.

유리 영애는 여주인공답게 정말 귀여우니까.

"헤어진 뒤부터는 조사에 난항을 겪었습니다. 모친이 살아 있을 적의 얘기는 제법 알아낼 수 있었지만 그녀 혼자가 된 후로는 좀처럼 자취를 파악할 수 없어서⋯⋯."

"여자 혼자⋯⋯ 그것도 그렇게 눈에 띄는 외모인데 자취를 파악할 수 없다라⋯⋯. 그런데 마음에 걸리는 게 뭐지?"

"모친이 살아 있을 무렵, 동네 사람이 '여자 혼자 아이를 키우려니 힘들지? 의지할 곳은 없나?' 라고 물어봤다던데 그 물음에 모친은 '없다.' 라고 대답했다고 합니다. 하지만 모친이 세상을 떠난 직후 자칭 친척이라는 자가 나타나서⋯⋯."

"혹시 그 사람이 노이어 남작?"

"확실하지는 않습니다."

"⋯⋯그 친척이라는 자의 특징은?"

"이렇다 할 특징이 없어서 기억나지 않는다고 하더군요. 남자였 다는 것만 들었습니다만⋯⋯."

"그렇군⋯⋯."

의지할 곳이 없다고 했는데 친척이라는 자가 나타났다⋯⋯?

그것도 모친이 세상을 떠나자마자 곧바로?

생각할 수 있는 이유는 두 가지다.

첫째, 모친이 어떤 이유로 집안과 인연을 끊었을 경우.

모친은 그 이유 때문에 친정을 의지할 수 없었지만, 그녀가 세상을 떠난 후 유리만 보호했을 가능성이 있다.

⋯⋯만약 이 생각이 정답일 경우, 그렇다면 그 모친의 친정은 어

디인가가 마음에 걸린다.

그리고 또 하나는 단순히 노이어 남작 자신이 그녀를 몰래 데리러 갔거나, 또는 그가 심부름꾼을 보냈을 경우.

그 생각이 제일 가능성이 높지만…… 그렇다면 왜 유리의 존재를 학원에 입학하기 전까지 공표하지 않았을까? 그런 의문이 남는다.

어느 쪽이든 몹시 수상하다.

"그러고 보니 노이어 남작은 어떻게 유리 영애를 자신의 딸이라고 판단한 걸까? 증거고 뭐고 아무것도 없는데."

"모친이 남긴 펜던트를 보고 확인했다고 합니다. 무엇보다도 그녀는 모친과 꼭 닮았다더군요."

DNA 감정 같은 과학적인 증명을 할 수 없는 이상 상황 증거만으로 판단할 수밖에 없다.

반대로 이 세계에는 얼굴을 바꾸는 수단이 없으니 얼굴이 닮았다는 게 제일 큰 증거가 될 수 있다.

"그래도 10년이 넘게 찾았다니……. 노이어 남작은 그렇게 그녀를 사랑했던 걸까?"

"그 이유도 확실하지는 않습니다. 앞으로도 조사를 계속할 예정입니다. 이상, 유리 남작 영애에 대한 보고는 끝입니다."

"그래……. 잘 부탁해. 그런데 두 번째 보고는?"

"네. 아가씨께서 전에 확인해 두라고 지시하셨던 먼로 백작에 관한 것입니다."

"아, 그거."

전에 아즈타 상회 가게에서 봤을 때부터 마음에 걸려서 일단 타냐에게 지시를 내렸다.

다과회에서 들었던 먼로 백작의 이야기.

그리고 그 멘로 백작과 함께 있던 남자도.

"……그날, 멘로 백작과 함께 가게에 왔던 사람은 디반이라는 남자입니다. 멘로 백작가의 손님으로 머물고 있다더군요. 멘로 백작이 외출할 때 때때로 동행한다고 합니다. 아즈타 상회에도 확인해 본 결과, 목격 증언이 많습니다."

"손님……. 대체 누구일까?"

"아이라 상회의 회장이라고 합니다. 조사해 본 결과, 아이라 상회라는 곳이 상업 길드에 가맹되어 있습니다. 주로 식료품을 취급하는 상회죠. 하지만…… 거래에 관해서는 그 이상 조사할 수 없었습니다."

"……고객 정보를 공개하지 않는 건 할 수 없지. 하지만 저 백작이 일개 상회의 회장과 그렇게까지 가깝게 지내다니. 최근 멘로 가문의 씀씀이가 좋은 건 그 상회 덕분일까?"

"……아마도."

그 이외의 요인은 생각할 수 없다.

……그 지역은 곡창 지대.

그리고 아이라 상회가 취급하는 것은 식료품.

멘로 백작의 영지에서 구입하여 판매하는 것은 조금도 이상할 게 없다.

하지만 그럼 그 식료품은 '어디'에 판매하는 걸까?

"타냐, 서둘러서 그 디반이라는 남자를 조사해 줘. 아이라 상회에 대해서도 좀 더 자세하게. 특히 어디에 판매하고 있는지, 또 그 양에 대해서도."

"알겠습니다."

아아, 불길한 예감이 든다.

어제 파티도 그렇고, 정세는 어지럽게 변화하고 있다.

영지에 틀어박혀 있을 때에도 어느 정도 신경은 쓰고 있었지만 왕도에 온 후 내가 얼마나 외부와 단절되어 있었는지 새삼 깨달았다.

왕도를 떠나 영지로 돌아가고 싶다.

하지만 이 문제는 내버려 두면 안 될 것 같은 기분이 든다.

……내가 모르는 곳에서 뭔가가 차곡차곡 진행되고 있는 듯한…… 그런 기분이 들어서 견딜 수가 없었다.

† † †

"……아, 진짜. 왜 우리까지 참가해야 되는데?"

투덜거리는 디더의 옆에 있던 라일은 그의 말에 미간을 찡그렸다.

"할 수 없잖아, 디더. 사부님의 부탁이신데."

"하지만 오늘 특훈, 우리하고는 아무 상관도 없잖아?"

오늘의 훈련이란 군부와 기사단의 합동 훈련.

디더의 말대로 그들과는 아무 관계도 없지만, 그들의 사부인 가젤 장군이 억지로 끌어낸 것이다.

오늘은 아이리스가 메시 남작의 파티에 참석하는 날. 그들은 그녀의 호위로 동행하기 위해 처음에는 거절했다.

그런데 가젤 장군이 아이리스와 메를리스, 그리고 루이에게 어느샌가 미리 의논해서 결정해 버렸다.

최종적으로 메시 남작가라면 호위는 걱정이 없을 것이며, 그들과 가젤 장군의 특훈을 받은 경비대가 있으니까 걱정할 것 없다고, 라일과 디더도 스스로를 납득시켰다.

……무엇보다도 여차하면 타냐도 있으니까.

최근 타냐가 뭘 목표로 삼고 있는지 의문을 품고 있는 사람은 두 사람뿐만이 아닐 것이다.

어쨌든 아름답게 치장한 아이리스가 있는 파티장과 사내놈들만 우글거리는 땀내 나는 곳, 둘 중 어느 곳을 가고 싶으냐고 묻는다면 당연히 파티장이지……. 그게 디더의 본심이었다.

"상관은 없지만 기사단과 군부의 힘이 어느 정도인지 직접 겪어 보면 좋잖아. 모처럼의 기회를 헛되이 하지 말아라."

"그건 좋지만──. 꼭 오늘 부를 필요는 없잖아. 솔직히 껄끄럽단 말이야."

이번 훈련은 한마디로 친교를 다지기 위한 것이다.

기사단과 군부는 사이가 나쁘다.

군은 기사단을 '실전을 모르는 도련님들'이라고 깔보고, 기사단은 기사단대로 군을 '몸으로 때우는 것밖에 모르는 멍청한 놈들'이라고 깔보고 있다.

라일과 디더가 보기에는 둘 다 거기서 거기지만.

그래서 이렇게 때때로 교류를 겸해 합동 훈련을 하는 것이다.

그나마 이것도 기사단과 군부 모두 존경하는 가젤 장군이 있기 때문에 실현할 수 있는 것이다.

가젤 장군으로서는 자신의 심복 부하였던 메시 남작의 파티에 가고 싶었지만, 지금 군과 기사단의 미묘한 관계를 보면 내버려 둘 수 없다……라는 이유로 할 수 없이 이쪽에 참가한 것이다.

불운이 겹친 사부님은 안됐지만 우리까지 끌어들일 필요는 없잖아. 디더는 내심 한숨을 쉬었다.

왕궁 옆에 있는 훈련장에는 이미 기사단과 군에 소속된 자들이 모여 있었다.

가젤 장군은 보이지 않았다.

아무 관계 없는 라일과 디더가 모습을 나타내자 군인들과 기사들도 수상하다는 듯이 그들을 바라보았다.

"오, 너희도 왔느냐."

그들 뒤에서 가젤 장군이 나타났다.

가젤 장군이 나타난 순간, 그 자리의 모두가 자세를 바로하며 그를 바라보았다.

"가젤 장군님, 실례지만 저 두 사람은……."

그중 한 사람이 대표로 입을 열었다.

"내 제자라네. 마침 왕도에 머물고 있어서 불렀지."

"가젤 장군님의 제자……."

가젤 장군의 말에 조금 전과는 다른 시선이 그들에게 쏟아졌다.

도전적인…… 아니, 품평하는 듯한 시선이었다.

그들의 반응을 보니 새삼 가젤 장군의 인기를 실감할 수 있었다.

가젤 장군의 훈련을 받고 싶어 하는 자는 셀 수 없이 많지만 그 때문에 개인 훈련을 받을 기회는 거의 없다.

그렇기 때문에 라일과 디더에게 아까 그런 시선을 던졌던 것이다.

"자아, 시작해 볼까. 기사단장."

"예. 잘 부탁드립니다, 가젤 장군."

기사단장…… 도르나 카타벨리아.

그의 모습을 본 순간, 라일과 디더의 눈이 야릇하게 빛났다.

이자가 그 도르센의 아버지인가…….

하지만 두 사람은 딱히 아무런 행동도 하지 않고 그대로 가젤 장군과 도르나 기사단장의 대화를 바라보고 있었다.

"후아암……."

디더가 커다랗게 하품했다.

훈련이 시작된 지 약 1시간.

디더도, 라일도 멀리서 훈련을 바라보고 있을 뿐.

"심심해 보이는구나."

가젤 장군이 쓴웃음을 지으며 두 사람에게 말했다.

"그렇게 보이면 빨리 해방시켜 줘요, 스승님."

"싫다. 이제부터 너희도 참가시킬 생각이니까…… 내 상대로 말이지."

"헉……."

가젤 장군의 말에 두 사람 모두 뺨이 일그러졌다.

"그건 그렇고……. 어떠냐? 훈련 풍경을 본 소감은."

"재미있어 보이는 녀석은 10명. 싸우고 싶은 녀석은 4명…… 정도?"

디더가 될 대로 되라는 듯이 던진 대답에 가젤 장군은 흥미롭다는 듯이 웃었다.

"호오……. 라일은?"

"글쎄요……. 싸우고 싶은 사람은 2명 정도? 다른 녀석들은 훈련장이라면 상관없지만…… 적어도 전장에서 함께 싸우고 싶지는 않습니다. 검이 너무 가볍습니다."

물론 검이 가볍다는 것은 물리적인 무게가 아니다. 그들이 검을 드는 각오에 대해 말하는 것이다.

"호오, 라일이 더 혹독하군."

그걸 알고 있기 때문에 가젤 장군의 웃음은 쓴웃음으로 바뀌었다.

"새삼스럽긴. 사부님, 이 녀석의 신조는 자신에게 엄격하게, 타인에게도 엄격하게거든."

"디더, 네가 너무 물러터진 거 아닌가?"

"으음——. 라일 너야말로 너무 바라는 게 많은 거 아니야? 겨우…… 이 정도 기초 훈련에도 빌빌거리는 녀석들한테."

디더는 아무 감정도 읽을 수 없는 눈동자로 훈련을 받고 있는 그들을 바라보았다.

지금 그들의 눈앞에서 펼쳐지고 있는 것은 체력을 향상시키기 위한 기초 훈련.

군과 기사단의 정규 훈련에 비하면 가혹한 편이지만…… 평소 가젤 장군의 훈련을 받고 있는 두 사람에게는 준비 운동이나 마찬가지였다.

"사부님…… 놀러 다니지 말고 좀 더 훈련을 시키지 그래? 그리고 실전 경험도 시켜 줘야지."

"너무 그러지 말아라. ……애초에 트와일 전쟁 이후로 전쟁다운 전쟁도 없었지 않느냐. 게다가 기사단은 실전에 투입될 일은 거의 없으니까. 군에 속해 있는 놈들도 실전 경험자는 거의 국경에 상주해 있고."

"흐응……."

"아, 나를 부르는군. 너희도 알아서 끼어라."

가젤 장군이 그렇게 말하며 떠났지만 라일도, 디더도 움직이지 않았다.

기초 훈련은 이미 이곳에 오기 전…… 아침 일찍 마쳤다.

"그런데 라일, 네가 싸우고 싶은 녀석은 누구냐?"

"……저 갈색 머리 기사와 안쪽에 있는 검은 머리 군인."

"뭐야, 나랑 똑같잖아. 나중에 나는 갈색 머리 기사랑 싸울 테니까

넌 군인을 맡아라."

"나도 너한테 똑같은 말을 하려고 했는데."

두 사람은 악동처럼 씨익 웃었다.

······기껏 여기까지 왔는데 강해 보이는 자와 싸우고 싶다는 게 두 사람의 공통된 생각이었다.

"······이봐, 당신들."

그런 대화를 나누고 있을 때, 누군가가 두 사람에게 말을 걸었다.

두 사람이 의아해하며 시선을 돌리자 그곳에 서 있던 사람은······ 도르센 카타벨리아였다.

"무슨 일이지?"

디더가 불쾌한 기분을 감추지 않으며 물었다.

"무슨 일이냐고? 몰라서 묻나. 빨리 여기서 사라져라."

"뭐?"

"······무슨 수로 가젤 장군의 환심을 샀는지는 몰라도 주제넘는 꿈은 꾸지 말고 분수에 맞는 세계에서 살아라."

"······주제넘는 꿈?"

"어차피 너희도 기사가 되고 싶다는 꿈을 꾸고 있겠지? 이곳은 그걸 위한 인맥을 만들기에 안성맞춤인 곳이지."

일촉즉발의 분위기를 눈치챈 걸일까 다른 기사가 허둥지둥 달려왔다.

"야······ 도르센! 그만둬, 이 사람들은······."

"우리가 기사단에? 재미있는 농담이군. 안 그래, 라일?"

디더의 냉소에 라일이 무표정한 얼굴로 고개를 끄덕였다.

"나라를 지키는 건 생각해 본 적도 없는데. ······나라가 우리한테 뭘 해 줬는데? 우리에겐 우리를 구해 준······ 은인이자 주인이 있어. 그 사람을 떠나서 다른 곳에 갈 생각은 요만큼도 없거든. 그러니까 도련님, 우린 기사 따위가 되고 싶은 생각은 털끝만큼도 없으니까 안심하시지."

"기사 '따위'라고? 무례하다……! 네 이놈, 검을 뽑아라."

도르센의 말에 디더가 소리 높여 웃었다.

"검을 뽑으라고……? 좋아. 상대해 주지."

그리하여 디더는 도르센과 함께 격투장으로 향했다.

"이, 이봐…… 디더."

당황하며 말을 거는 가젤 장군을 향해 디더는 절대 영도의 미소를 지었다.

"이 도련님이 나한테 싸움을 걸었거든. 괜찮겠지…… 기사단장님?"

디더의 물음에 도르나는 덤덤한 얼굴로 고개를 끄덕였다.

"어리석은 아들이 폐를 끼쳐서 정말 죄송합니다."

"기사단장님도 허락해 주셨으니…… 싸워 볼까?"

'싸워 볼까?'라는 말이 '죽여 줄까?'라는 말로 들렸지만 가젤 장군은 애써 그 말을 못 들은 척했다.

"……심판은 내가 맡도록 하지."

"응. 부탁해, 사부님."

디더와 도르센은 주위에 있던 기사와 군인들을 물리고 서로 대치했다.

"시합 개시……!"

가젤 장군의 말에 도르센이 먼저 움직이기 시작했다.

그의 검은 신입 기사치고는 정확하고 빨랐다.

그러나 디더는 그 공격을 하나하나 깨끗하게 막았다.

"……기사의 임무는 왕궁과 왕족을 수호하는 거라지?"

그뿐인가, 필사적인 도르센에 비해 디더는 여유만만하게 입을 열었다.

"일개 경호원에게 이런 말은 듣고 싶지 않을지도 모르지만…… 뭔가를 지키는 자에게 제일 필요한 소양은 뭐라고 생각해?"

도르센이 디더의 물음에 '뭐?'라고 말하고 싶은 듯한 의아한 표정을 지었지만 그에게는 그 말을 입 밖에 낼 만한 여유 따윈 없었다.

"적을 얼마나 많이 죽일 수 있느냐? ……아니, 그게 아니야."

지금까지 방어에 전념했던 디더가 도르센의 검을 튕겨 냈다.

그리고 적의 급소를 가차 없이 노리며 공격을 시작했다.

"으윽……!"

너무나도 빠르고 예리한 검의 움직임. 도르센은 그저 그 검을 막는 것만으로도 벅찼다.

지금까지 쌓아 온 기술로 막는 것이 아니었다.

막지 않으면 안 돼…… 라고 본능적으로 느낄 만큼 디더의 검은 무시무시한 위압감과 공포를 불러일으켰다.

"가장 중요한 건 상대의 역량을 얼마나 잘 파악하느냐다. 만약 당해 낼 수 없는 상대와 대치할 때 지켜야 할 주인이 있으면, 어떻게 상대를 쓰러뜨릴지 생각할 수 있어? 아니잖아? 어떻게 주인을 지켜야 할까, 라고 생각한 결과 도망치는 게 최선의 선택이라면 그것도 괜찮아. 설령 주인 이외의 누군가를 버려야 한다 해도 주인을 지킬 수만 있다면."

도르센이 드디어 검을 막지 못하고 엉덩방아를 찧었다.

"기초 훈련하는 모습을 보아하니 넌 확실히 다른 신입 기사들보다 체력이 뛰어나더군……. 나름대로 실력도 있을지 몰라. 하지만 '나름대로' 일 뿐이야. 그런데…… 자신의 힘을 과신해서 상대의 역량을 파악하지 못하고 싸움을 걸었지. 여자에게 손을 올리지 않나, 기사다운 예절도 각오도 아무것도 보이지 않는군."

디더가 도르센에게 다가갔다.

그리고 손에 쥔 검을 치켜들었다.

"네가 기사라는 것에 얼마나 자부심을 갖고 있는지는 모르지만…… 넌 '기사'가 아니야."

"그만해라! 디더."

검을 휘두르려던 순간, 가젤 장군이 그를 막았다.

"사부님은 걱정도 많으셔. 진짜로 벨 생각은 없었어. 어차피 훈련용 검이라 날도 뭉툭하잖아."

"아니…… 너 진심으로 내리치려고 했잖느냐? 내 눈은 못 속인다."

가젤 장군의 지적에 디더는 웃음으로 대답했다.

"자, 끝."

"……알았어, 사부님."

디더는 가젤 장군이 시키는 대로 그 자리에서 물러섰다.

주위의 분위기는 뭐라 말할 수 없을 만큼 미묘했지만 가젤 장군이 분위기를 띄워서 훈련은 다시 시작되었다.

그런 가운데, 도르센만이 그 자리에서 떠나지 못한 채 바닥에 누워 있었다.

"……너 바보냐?"

선배 기사가 어이없어하며 말했다. 한순간 도르센은 얼굴을 일그러뜨렸다.

"저 두 사람은 인맥 만들기 따윈 필요 없어. ……오히려 기사단에서도, 군에서도 스카우트 제의를 받았을 정도야."

"네⋯⋯?"

"하긴, 가젤 장군님이 아끼는 제자니까. 그들의 역량은 기사단으로 따지자면 말콤 대장과 비슷한 수준일걸."

"그런⋯⋯."

선배 기사의 말에 도르센은 할 말을 잃었다.

말콤 대장⋯⋯. 그는 기사단 최고의 실력자로 이름 높은 인물이기 때문이다.

"⋯⋯네가 기사단에 긍지를 갖고 있는 건 순수하게 기뻐. 선배 기사를 존경하고, 동기에게는 상냥하지. 하지만 너의 세계는 지나치게 좁아. 실제로 기사가 된 이상 자신의 말과 행동에 책임을 지지 않으면 안 돼. 아까처럼 멋대로 단정 짓고 무례하게 구는 건 절대 해서는 안 되는 짓이야."

그 엄격한 말에 도르센은 아무 대답도 할 수 없었다.

† † †

⋯⋯아침에 일어나서 일을 마친 후 차를 마시고 있을 때였다.

"아이리스, 잘 잤느냐?"

"어라, 할아버님. 어서 오세요. ⋯⋯어젯밤에 라일과 디더가 돌아오지 않았는데 알고 계세요?"

"미안하다. 내가 술을 너무 많이 먹인 것 같구나."

할아버님이 어쩐지 겸연쩍은 얼굴을 하고 있더라니, 라일과 디더를 데려다주러 오신 모양이다.

워낙 말술인 할아버님의 술상대가 되어 드렸다면 어쩔 수 없는 노

릇이다.

"타냐, 두 사람에게 물을 충분히 마시게 해 줘."

"알겠습니다."

옆에 서 있는 타냐에게 지시를 내리며 나는 할아버님의 맞은편에 앉았다.

"할아버님, 할아버님이 아무리 강하셔도 과음은 몸에 좋지 않아요. 할아버님도 술을 조금 줄이시는 게 좋지 않을까요?"

"음……."

할아버님이 조금 어색하게 시선을 피했다. ……하긴 워낙 술을 좋아하시는 분이니까.

"그런데 어제는 얼마나 마신 거죠?"

"기사단과 군부 녀석들과 함께 마셨다. 뭐…… 별로 즐겁게 마시지 못해서 그 후에 셋이 다시 마셨지."

"어머나……."

원인은 마지막의 그거구나.

옛날부터 할아버님은 '마시면서 한계를 익혀라.' 라고 말하며 두 사람을 술자리에 끌고 가서 둘이 인사불성이 된 후에야 집으로 돌아오곤 했다.

할아버님이 말씀하시기를, 두 사람을 워낙 예뻐하셔서 자꾸만 너무 많이 마시게 된다고 했다.

"……실례합니다."

"어머, 타냐. 무슨 일이야?"

"가젤 님을 모시러 루디우스 님께서 오셨습니다."

"……뭐라고!"

순간 할아버님이 당황하며 허둥댔다.

좀처럼 보기 드문 그 모습에 그만 웃음을 터뜨리고 말았다.

"나는 없다고 전해 다오."

"그게……."

말하기 껄끄러운 듯이 머뭇거리는 타냐의 뒤에서 루디우스가 불쑥 나타났다.

"할아버님, 다 들었습니다. 또 가게의 술을 모조리 마시셨다지요."

"아니, 그게……."

"자중하시라고 몇 번을 말씀드려야 아시겠습니까? 할아버님은 이 나라의 유명인입니다. 평소에 아무리 강해도 술을 마신 후에 습격당해서 어처구니없는 실수라도 하면 어떻게 얼굴을 들고 다니겠습니까? 제발 밖에서는 너무 많이 마시지 말라고 말씀드렸잖습니까!"

루디우스의 정론에 할아버님의 커다란 몸은 점점 작아졌다.

루디우스는 어머님의 오라버니, 즉 외삼촌의 아들이다. 한마디로 나의 사촌이자 현재 앤더슨 후작가를 이끄는 가주의 적자다.

덧붙여 말하자면 백부님인 앤더슨 후작은 자신이 할아버님만큼 강하지 않다면서 군부와 기사단에 들어가지 않았다.

루디우스 역시 어느 쪽에도 소속되지 않은 채 후계자로서 다양한 공부를 하고 있다.

구체적으로 뭘 하는지는 모르지만.

……하지만 역시 할아버님의 손주.

움직임이 왠지 라일이나 디더처럼 무인의 움직임인 데다 몸매도 호리호리하지만 잘 단련되어 있다.

"오랜만이야, 루디."

"오랜만이다, 아이리스. 아, 미안. 오랜만에 만났는데 만나자마자 이런 모습을 보여서."

나보다 두 살 연상이라 1년 정도 함께 학원에 다녔었다.

하지만 학년이 다르면 별로 접점도 없고, 내가 학원을 쫓겨난 뒤로는…… 뭐, 더 말할 나위도 없다.

"괜찮아. 나도 할아버님께 술을 줄이라고 말씀드리고 있었어."

"그래? 아이리스 네가 그렇게 말해 주니 고맙다. 할아버님께선 내 말은 들은 척도 안 하시면서 네 말이라면 들으시거든."

"그렇지 않아. 아, 루디도 차 마시고 갈래?"

"모처럼 권해 줬는데 미안하지만 지금부터 약속이 있어. 자, 할아버님, 돌아가시죠."

"으음……."

"할아버님, 라일과 디더를 데려다주셔서 고맙습니다. 할아버님도 얼른 집으로 돌아가서 푹 쉬세요."

"으음……. 나는 여기 남으련다."

할아버님이 미간을 잔뜩 찌푸리며 말했다.

"무슨 말씀이십니까? 자, 돌아가시죠."

그 말을 단호하게 끊어 버리는 루디우스.

두 사람의 대화는 여전히 보고 있으면 재미있다.

"아이리스, 다음 기회에 천천히 얘기를 나누자꾸나."

루디우스는 그렇게 말하며 할아버님을 끌고 갔다.

저 호리호리한 몸 어디에 그런 힘이 있는 걸까? 신기하다.

태풍이 지나간 것처럼 순식간에 주위가 고요해졌다.

"……타냐, 한 잔 더 줄래?"

"알겠습니다."

이대로 조금만 더 쉬자…… 라고 생각했을 때 이번에는 베른이 방으로 들어왔다.

"함께 차를 마셔도 될까요?"

"물론이지. 자, 거기 앉으렴."

내 말에 우수한 시녀인 타냐는 어디서 가져왔는지 베른의 앞에 찻잔을 내려놓았다.

"너와 이렇게 얘기하는 것도 오랜만이네, 베른."

건국 기념 파티 이후엔 얼굴을 거의 마주치지 못했다.

나는 나대로 이것저것 일이 많았고, 베른은 아버님을 따라 일하느라 바빴기 때문이다.

"네, 그러네요."

베른이 내 말을 긍정하며 허브티를 마셨다.

입맛에 맞는지 얼굴이 살짝 풀어졌다.

"누님도 이제 곧 영지로 돌아가시지 않을까 해서요."

"그러게. 오랫동안 영지를 비웠으니 슬슬 돌아가야지. ……베른 넌 요즘 어떠니?"

"……아버님을 따라다니며 많은 걸 배우고 있습니다. 지금까지 편하게 지냈던 만큼 그 시간을 만회해야죠."

"그동안 놀았던 것도 아닌데, 뭐 어때? 학생 때밖에 경험하지 못할 일도 얼마나 많은데."

전생에서 뼈저리게 느꼈다.

학생 시절이란 정말로 귀중한 시간이라고.

……일하기 시작한 후, 특히 그 사실을 더욱 절실하게 느꼈다.

또래의 아이들이 모여서 같은 공간에서 공부하고, 친구가 되고, 싸우고……. 힘든 일도 있지만 그것까지 모두 포함해서 반짝반짝 빛나는 시간이었다.

청춘이라는 말의 의미를 알게 되는 것은 아마도 학창 시절이 끝나고 나서 아닐까.

"······그 귀중한 시간을 제가 누님에게서 빼앗고 말았군요."

"······?"

갑자기 목소리가 작아지는 바람에 나는 베른의 말을 알아듣지 못했다.

안색이 좋지 않은 걸 보면 뭔가 좋은 말이 아니라는 것만은 알겠지만.

"누님, 제가 사죄할 수 있게 허락해 주십시오."

"갑자기 무슨 말을 하나 했더니······. 대체 무슨 사죄?"

무슨 사죄인지······ 굳이 묻지 않아도 학원의 추방을 비롯한 일련의 사건이라는 것은 짐작할 수 있었다.

"누님을 학원에서 추방한 것 말입니다."

그래도 굳이 물어본 것은 그 행위 중 무엇에 대한 사죄인지를 그의 입으로 듣고 싶었기 때문이다.

"학원에서 추방한 건······ 사과할 필요 없어. 그건 내가 감정에 휩쓸려서 행동한 결과······ 말하자면 내 실수였으니까."

"전에도 누님은 그렇게 말씀하셨죠. 하지만 전 그렇게 생각하지 않습니다. 그때는 저 또한 그저 그녀에게 사랑받고 싶다는······ 그 마음 하나로 움직였으니까요. 그야말로 감정적으로 행동한 셈이죠. 그 후의 영향은 아무것도 생각하지 않고."

"그러니까 너는 재상을 목표로 하는 사람으로서 내게 사죄라는 이름으로 결의를 표명하고 싶은 거니?"

앞으로는 감정에 휩쓸려서 생각 없이 행동하지 않겠다, 그렇게 말하는 것처럼 들렸다.

아버님의 곁에서 수업하면서 그렇게 생각하게 된 걸까?

"그것도 있습니다. 하지만 그것만은 아닙니다."

"……달리 또 뭐가 있는데?"

"저는 그녀에게 푹 빠져서 감정에 휘둘려 움직였으면서도 그런 자신은 모른 척하고, 저처럼 감정적으로 움직이는 누님을 함정에 빠뜨렸습니다. 누님에게도 마음이 있고, 그렇기 때문에 상처를 받아서 저지른 행동이었는데……. 그런 당연한 사실을 헤아리지 못했습니다. 그러니까 저는 가족으로서 누님께 사과하지 않으면 안 됩니다."

"……."

베른의 말에 나는 아무 말도 할 수 없었다.

이제 와서 새삼스럽게 라는 마음과 약간의 기쁨이 느껴졌다.

그 엔딩 장면 이후로 내 마음속에서는 베른을 가족으로 생각하지 않게 되었다.

그때 그 순간, 그는 유리 남작 영애를 선택했으니까.

전생의 '나'는 '뭐, 좋아하는 애 편을 드는 건 할 수 없지.'라고 차갑게 식은 마음으로 생각했던 것에 비해 아이리스였던 '나'는 '왜, 어째서?'라고 마음속으로 '나'에게 호소하듯 외쳤다.

'왜 이해해 주지 못하는 거야?', '베른까지 날 버리다니' 등등.

내 마음은 '나'도 충분히 이해할 수 있었고, '나'는 그렇게 호소하며 외치는 '나'를 동정했다.

……솔직히 도르센과 반은 나와 별 관계가 없었기 때문에 아무래도 상관없었지만.

그렇지만 에드 님과 베른은 다르다.

그 순간, 나는 모든 것에 절망했다.

사랑하는 사람에게 비난받고, 가족조차 나를 버렸다.

두 사람이 유리를 선택하고 나를 너무나도 쉽게 버린 것이 내게는 충격이었던 모양이다.

그리고 그런 굴욕을 맛본 것도.

많은 사람 앞에서 바닥에 억눌려 비난당한 기억.

그때 전생의 기억이 되살아나서 다른 곳에 정신이 팔렸기에 다행이지 보통은 공황상태에 빠졌을 것이다.

그렇기 때문에 그날 이후 '나'는 다시는 사랑을 하지 않겠다고 맹세했다.

그리고 사람을 완전히 믿어서는 안 된다고 다짐했다.

가족조차 나를 버렸으니까.

그런 식으로 내 가치관을 변화시킨 사건에 가담한 그를 '아, 그래.'라고 쉽게 용서할 수는 없다.

지금 이 순간에도 뭘 새삼스럽게…… 라고 싸늘한 감정으로 흘려넘기는 '나'와 동생과 화해하길 바라는 '나'가 서로 싸우고 있었다.

"……사과는 받아들일게. 하지만 지금 당장 용서한다는 말은 못 하겠네."

그녀…… 유리 남작 영애라면 이럴 때 용서한다고 말해 줬을까?

그런 쓸데없는 생각이 머릿속에 떠올라서 무심코 자조 섞인 미소를 지었다.

"제겐 그걸로 충분합니다."

하지만 베른은 내 대답에 만족스럽게 미소 지었다.

† † †

……자, 그럼 이제 슬슬 돌아갈까?

그런 결의를 가슴에 품고 아버님의 방 앞에 도착했다.

노크하고 안으로 들어갔다.

"……실례합니다, 아버님."

산더미 같은 서류에 둘러싸인 아버님이 나를 물끄러미 바라보았다.

학원에서 추방당한 직후, 이렇게 아버님과 마주 앉아 이야기를 나눴는데. 지금은 그게 아주 먼 옛날의 일처럼 느껴진다.

"……돌아가는 거냐?"

"네. 내일쯤 왕도를 출발하겠어요."

"그래."

탁. 아버님이 손에 들고 있던 펜을 책상 위에 내려놓았다.

그리고 책상 앞에 놓인 의자에 앉으라고 손짓으로 내게 말했다.

"실례합니다."

나는 시키는 대로 의자에 앉았다.

"너에게 충고하고 싶은 게 한 가지 있다."

아버님의 엄격한 목소리에 나도 자연스레 자세를 바로잡았다.

왠지 전에 대치했을 때보다 더 긴장된다…….

"뭐죠?"

"엘리아 왕비와 그녀의 친정…… 마엘리아 후작가를 조심해라."

"제2 왕자파의 수장이니까 당연히 앞으로도 그들의 동향에 주의할 생각이지만……."

충고의 진의를 이해할 수 없어서 나는 마음속으로 고개를 갸웃거렸다.

"그런 게 아니다. 너는 이번 건국 기념 파티에서 태후라는 뒷배를 갖게 됐다는 것이 안팎으로 알려졌다."

"그래서 엘리아 왕비와 마엘리아 후작가가 저를 방해물로 간주할 거란 말씀인가요?"

나는 제2 왕자에게 파혼당한 몸.

그렇기 때문에 자신의 진영으로 끌어들이는 건 불가능에 가깝다는 사실을 알고 있을 것이다. 내 감정만 문제가 아니라 대외적으로도 보기 좋지 않으니까.

그렇다면 나라는 존재는 엘리아 왕비에게 그저 방해꾼에 불과할 것이다.

"아니……. '네가' 아니라 '아르메리아 공작가'가 말이다."

"그건……."

"본래 마엘리아 후작가는 아르메리아 공작가를 눈엣가시로 여겼다. 마엘리아 후작가가 왕비를 배출했다지만 나는 재상, 메리는 태후의 총애를 받고 있는 데다 사교계에서 절대적인 발언력을 지녔기 때문에 우리 가문이 우위에 서 있지. 하나 나는 중립파에 속해 있고, 메리도 메리 나름대로 철저하게 왕궁의 세력 다툼을 피했다. 그래서 마엘리아 후작가 입장에서는 우리 가문은 방해가 되기는 해도 굳이 리스크를 짊어지면서까지 공격하려고 하지는 않았다. 하지만……."

"제2 왕자에게 파혼당한 아르메니아 공작가의 딸인 제가 힘을 얻고 만 거로군요……."

"그래. 너는 내가 상상했던 것 이상으로 영지를 발전시켰고, 상회를 만들어 지금까지 축적했다. 너는 너무나도 빨리 그 모든 것을 해

내고 말았지. 그 때문에 마엘리아 후작가에게 우리 가문은 그냥 둘 수 없는 존재가 된 것이다."

"죄, 죄송해요……."

한심하다. 모든 것이 척척 순조롭게 진행되는 행운을 그저 누리기만 했을 뿐, 거기까지는 생각이 미치지 못했다.

조금만 생각해 보면 당연한 일인데.

나라는 존재가 마엘리아 후작가에 얼마나 성가신 방해물인지.

내가 그곳에서 지낼 수 있었던 건 그저 아버님의 온정 덕분이었는데.

또다시 가문에 피해를 끼치다니……!

"……아니, 너의 역량을 잘못 판단한 내 실수이기도 하다. 그러니까 사과할 필요 없다."

"하지만……."

"다행히 아직 아무 일도 일어나지 않았다. 그러니까 아이리스, 더욱 주의를 기울이며 영지를 다스리거라."

"네……."

문득 아버님이 들고 있던 벨을 울렸다.

곧 시녀 한 명이 방 안으로 들어왔다.

"마실 것을 가져와라."

"알겠습니다."

그리고 거의 곧바로 내 앞에는 차가 담긴 찻잔이 놓였다.

마음을 가라앉히기 위해 감사히 그 차를 마셨다.

"……이건 사족이다만……."

말하기 껄끄러운 듯이 아버님이 입을 열었다.

"마엘리아 후작가를 조심하는 건 당연한 일이다만, 엘리아 왕비에게는 더더욱 주의를 기울이거라."

"그건…… 아까도 말씀하셨잖아요……?"

"……엘리아 왕비는 왕궁에 들어온 후 변해 버렸다……."

조심스럽게 말을 고르는 것처럼 아버님은 천천히 말을 이었다.

왜 이렇게 머뭇거리시는 걸까……?

"정비가 죽은 건 엘리아 왕비의 짓이라는 소문도 있을 정도다."

"아버님…… 그렇게 큰일이 벌어졌는데 왜 진상을 조사하지 않으신 건가요?"

"남아 있는 물증이 아무것도 없었다. 그런데 어떻게 제2 왕비인 후작 영애를 조사하란 말이냐?"

"……제가 실언했군요."

생각해 보면 과학 수사 같은 게 없는 이 세계에서 흑백을 가리기란 매우 어렵다.

게다가 상대가 권력자일 경우 강경하게 나갈 수도 없고…….

제1 왕자파가 고의로 흘린 소문일지도 모르고 진실일지도 모른다.

뭐가 진짜인지는 알 수 없지만 그런 소문이 떠도는 인물은 일단 주의하는 편이 좋다.

"어쨌든 그런 무서운 소문도 있다. 부디 신변은 조심하거라."

"네."

몸이 부르르 떨렸다.

적으로 돌리고 싶지는 않지만…… 상대는 분명 나를 적으로 인식하고 있을 것이다.

"타냐, 라일, 디더에게도 잘 일러뒀다. 너도 조심하도록 해라."

"아버님의 충고, 마음에 깊이 새기겠습니다."

자칫하면 유폐당할 뻔한 처지에서 간신히 여기까지 왔다.

나는 아직 죽고 싶지 않다. 그리고…… 지금 여기서 죽어 버리면 영지민들을 볼 면목이 없다.

지금 착수하고 있는 개혁과 영지 정책도 모두 중단되어 버릴 테니까.

"……그리고 너, 지금 유리 노이어 남작 영애에 대해 조사하고 있는 것 같다만?"

"어머나……. 아버님, 정보망이 대단하시네요."

"뭐, 그렇지. 그런데 너는 어디까지 조사했느냐?"

"유리 영애의 모친이 왕궁의 시녀였다는 것까지요."

"그렇구나. ……하나 더 알려 주자면, 그녀의 신원을 보증했던 것은 루벤스가라고 한다."

"……루벤스가?"

들어 본 적 없는 가문의 이름에 나는 고개를 갸웃거렸다.

"이 문제에 대해 내가 알려 줄 수 있는 정보는 여기까지다."

그 단호한 말투에 나는 아버님께 그 이상의 정보를 듣는 것은 포기했다.

"너라면 이 정보를 통해 나라에서 일어나고 있는 일을 알아차릴 수 있을 것이다. 하지만 너무 깊이 관여하지는 말거라. 안 그래도 너는 지금 몹시 힘든 상황에 놓여 있으니까."

"그렇다면 아버님은 어째서……."

"너의 아이들이 왕궁을 얼씬거리며 지나치게 여기저기 들쑤시고 다닐까 봐 그런 것이다. 가문의 이름을 조사하는 것쯤은 책만 읽으면 알 수 있겠지?"

"……정보 고맙습니다."

더 이상 조사하지 말라는 뜻인가…….

아까 얘기도 그렇고, 계속 멋대로 행동할 수는 없다.

역시 아버님. 반박할 여지가 없군.

"시간을 내주셔서 고맙습니다. 그럼 전 이만 실례하겠습니다."

"그래. 돌아가는 길 조심하거라."

내게는 돌아가는 길 '도' 조심하라고 말하는 것처럼 들렸다.

……그리하여.

대대적인 송별회도 없이 가까운 사람들에게 인사만 마친 후 나는 영지로 돌아가게 되었다.

가족 모두와 고용인이 전부 나와서 나를 배웅해 줬다.

영지로 '돌아가는' 건데도 왠지 조금 쓸쓸하게 느껴졌다.

"……아가씨, 최대한 서둘러 돌아가겠습니다. 가는 길이 쾌적하진 못할지도 모르지만 용서해 주세요."

"괜찮아, 타냐. 다들 내 안전을 걱정해서 그런 거잖아? 그럼 나도 괜히 투정 부릴 수는 없지."

타냐의 말대로 돌아가는 길은 쾌적함과는 거리가 먼 여정이었다.

낮 동안은 계속 마차를 타고 달렸고, 밤에는 신분을 숨기고 마을 여관에 묵었다.

그리고 일출과 동시에 또다시 마차를 타고 달렸다.

그런 나날. 힘들지만 전부 나 때문이니까 불평할 수는 없다.

……오히려.

"……다들 미안해."

나는 마차를 타고 가서 그나마 낫지만 호위들은 거의 쉬지도 못한 채 계속 말을 타고 달려야 한다.

분명히 나보다 훨씬 힘들 것이다.

너무 미안해서 짧은 휴식 시간을 틈타 그들에게 사과했다.

"아가씨, 사과하실 필요 없습니다. 저희는 아가씨의 호위니까요."

"……나를 노리고 있을지도 모르는 상대가 상대인 만큼 라일도, 디더도 평소보다 더 신경을 곤두세우고 있잖아?"

어릴 적부터 함께 자란 덕분에 타냐의 무표정한 얼굴에서 감정을 읽을 수 있는 것처럼, 두 사람의 분위기와 사소한 행동에서 그들의 생각을 파악할 수 있었다.

평소에는 여유를 잃지 않는 두 사람이지만 이번 여정에서는 늘 긴장을 늦추지 않고 있다.

신경이 팽팽하게 곤두선 듯한 느낌.

습격당하지 않을지도 모르고, 습격당할지도 모른다.

습격당한다면 어떤 형태일까?

정면으로 공격할지도 모르고, 그야말로 어둠을 틈타 소리 없이 암습할지도 모른다.

폭력을 쓸지도 모르고, 독약 같은 도구로 목숨을 노릴지도 모른다.

그 도구도, 암살자도 얼마든지 준비할 수 있다. 그런 상대니까.

애초에 왕족이 목숨을 노리고 있을지도 모르는…… 그런 귀찮은 주인 따윈 빨리 버리고 어디든지 갈 수 있을 텐데.

특히 라일과 디더는 더더욱. 그런데도 그들은 굳이 내 곁에 남아 줬다.

그게 너무나 기쁘고 미안했다.

그런 생각을 하고 있을 때, 라일이 내 마음속을 들여다본 것인지 바로 앞에서 무릎을 꿇었다.

"……저는 아가씨의 검이자 방패임을 자랑스럽게 생각합니다. 지금까지도, 앞으로도…… 아가씨를 지켜드리고 싶습니다."

뒤이어 디더도 라일의 옆에 무릎을 꿇었다.

"……저는 아가씨의 검이자 방패임을 자랑스럽게 생각합니다. 지금까지도, 앞으로도…… 저는 나의 주인이신 당신을 위해 검을 휘두를 것입니다."

디더의 말이 끝남과 동시에 다른 호위들이 내게 경례하며 동시에 말했다.

"그날의 맹세는 변함없이 우리의 마음속에."

그날의 맹세……. 그것은 영지를 시찰할 때를 말하는 것이리라.

『너희의 모든 걸 내게 맡겨 줘.』

그렇게 말한 내게 고개를 끄덕였던 그들.

나는 그 말과 지금 눈앞에 펼쳐진 광경에 놀라고 말았다.

"다들 고마워."

짧은 휴식이 끝나고, 나는 또다시 마차에 몸을 맡긴 채 달리기 시작했다.

커튼 틈새로 멍하니 바깥 풍경을 바라보았다.

이제 곧 영지에 도착한다.

……빨리 영지에 도착했으면.

나는 그렇게 간절히 기도하며 흘러가는 풍경을 바라보았다.

……그리고 겨우 영지에 도착했다.

그리운 마음도 물론 있지만 역시 무사히 도착했다는 안도감이 제일 컸다.

"어서 오십시오, 아가씨."

세바스와 세이를 필두로 영지에 남아 있던 고용인들이 모두 나와 우리를 맞이했다.

"돌아오시는 길에 있었던 일은 모두 전해 들었습니다. 어서 편히 쉬십시오."

"고마워, 세바스. 다들 마중 나와 줘서 고마워."

세바스의 말이 솔직히 고마웠다.

역시 나도 여기 오는 내내 긴장하고 있었기 때문인지 몹시 피곤했다.

안심하고 나니 모든 피로가 단숨에 밀려왔다.

나는 세바스의 안내를 받아 방으로 향했다.

방에 도착해서 샤워를 하고, 편한 옷으로 갈아입었다.

의자에 앉아서 한숨 돌린 후 타냐가 준비해 준 허브차를 마셨다.

"수고했어. 오늘은 타냐도 푹 쉬도록 해. 나도 그만 자야겠네."

"알겠습니다."

타냐도 역시 피곤했는지 그렇게 대답하며 순순히 물러갔다.

후우……. 긴 한숨을 내쉬며 부르르 떨리는 몸을 자신의 팔로 감싸 안았다.

이번에는 아무 일도 없었다.

하지만 그렇다고 방심해서는 안 된다.

나는 이 자리에서 쫓겨나는 것뿐만 아니라 누군가 목숨을 노리고 있을 가능성조차 있다.

하지만 무섭다고 멈춰 설 수도 없고, 도망치는 것은 더더욱 있을 수 없는 일이다.

아아, 하지만. 역시 오늘은 그만 푹 쉬자.

……그리하여 나는 침대에 누워 그대로 깊은 잠에 빠졌다.

8장
공작 영애, 영지에서 일하다

다음 날 아침. 나는 평소와 비슷한 시간에 눈을 떴다.

어젯밤에 상당히 일찍 자서 오늘 아침은 일찍 일어날 줄 알았는데……. 뭐, 그만큼 피곤했던 걸까.

덕분에 몸이 굉장히 상쾌하다.

요가를 하고 샤워를 한 뒤 옷을 갈아입자 완전히 평소와 똑같은 아침이 시작했다.

아침 식사용 방에서 오랜만에 영지의 요리를 먹었다.

"……아가씨."

식사를 마친 후 차를 마시고 있을 때, 세바스가 조금 죄스러운 표정을 지었다.

"알았어, 세바스. 오늘부터 당장 업무를 시작할게. 편지로도 보고를 받았지만 각 부문의 보고서를 나한테 가져다줘. 필요한 게 있으면 담당자의 얘기도 들어 봐야지."

내가 없는 동안 밀린 서류 결재와 현재 상황을 파악해야 한다.

영지에 있는 이상 먼저 그 일부터 하지 않으면 안 된다.

서재에 도착하자 책상 위에는 잘 정리되어 있지만 산더미 같은 서류가 쌓여 있었다.

"그럼 먼저 서류를 훑어볼게. 나중에 부르면 와 줘."

"알겠습니다."

"그리고 라일과 디더를 불러 줘."

세바스가 방에서 나간 후, 나는 서류와 격투를 시작했다.

이 서류들, 언제쯤 확인을 마칠 수 있을까……. 조금 아련한 눈으로 서류 더미를 바라보고 있을 때, 노크 소리가 들려왔다.

"들어와요……. 딘!"

생각지도 못한 인물의 등장에 나는 조금 놀라고 말았다.

"오랜만입니다, 아가씨."

"그러게, 정말 오랜만이네. ……내가 왕도에 가 있는 동안에도 가끔 들렀다면서? 고마워, 딘."

"아닙니다. 별말씀을."

"그래? 그럼 오자마자 미안하지만……. 딘, 몇 가지 질문을 하고 싶은데……."

"네. 저도 몇 가지 보고드릴 게 있어서 급히 찾아온 겁니다."

나는 인사도 대충 생략하고 지금까지 읽은 부분 중에서 명료하지 않은 점들을 딘에게 질문했다.

내가 없는 동안 딘과 세바스가 분담해서 업무를 맡았기 때문에 이 타이밍에 딘이 와 줘서 정말 다행이었다.

"……그럼 영도(領都)의 구획 정리는 끝. 호적은 영지 내 모든 지역에서 작성이 끝났고, 남은 것은 영도 이외의 토지 소유권을 정비하는 것뿐이란 말이지."

내가 왕도로 떠나기 전부터 시행했던 일들이 얼마나 진척됐는지 확인했다.

영도는 주택이 많아서 토지 소유권도 알기 쉽다.

매매할 때 기본 계약서를 주고받는 경우가 많으니까.

하지만 영도를 벗어나면 사정은 달라진다.

역시 농촌 지역 같은 곳에서는 어디부터 어디까지가 누구의 땅인지 명확하지 않은 곳이 많기 때문이다.

"네. 덧붙여 말씀드리자면 동쪽 지역도 거의 완료되었습니다. 남쪽 지역도…… 특히 카카오를 산출하는 마을 쪽은 아즈타 상회와 계약할 때 토지 소유권을 정리했기 때문에 거의 끝나가고 있습니다만…… 문제는 서부와 북부입니다."

"으음……. 이것만은 최대한 그 지역 주민들의 말에 귀를 기울이며 해 나갈 수밖에 없겠네."

"네. 아비탄테(민생부)에서는 현재 그 업무를 최우선으로 삼고 있습니다. 또 그와 병행해서 영도에서는 전에 아가씨께서 말씀하셨던 주민표 작성에 착수하고 있습니다."

"그래? 앞으로도 방침은 그대로 진행하도록 하지."

그대로 확인을 계속하고 있을 때, 또다시 노크 소리가 들려왔다.

"어머나……. 제가 타이밍이 안 좋게 찾아왔나요?"

"어라, 메리다. 오랜만이야. ……조금만 기다려 줘."

"아뇨, 전 이만 실례하겠습니다. 관계 부서에 지시를 내리고 여기저기 돌아다니며 사전 교섭을 해야 해서요."

"잘 부탁해, 딘."

딘이 인사를 한 후 성큼성큼 방에서 나갔다.

"왠지 미안하네."

"괜찮아. 메리다야말로 바쁠 텐데 웬일이야?"

상회의 카페 라인 현장을 맡고 있는 메리다는 평소 가게에 있거나 각 점포를 돌아다니기 때문에 이 저택에서 만나는 건 정말 오랜만이다.

"아가씨만큼 바쁘진 않거든? 아가씨가 위험에 처했다는 얘긴 들었어. 당연히 걱정돼서 달려왔지."

"고마워. 하지만 보다시피 난 무사해."

"당연하지. 안 그러면 내가 라일이랑 디더를 혼내 줬을 거야."

나는 메리다다운 그 말에 무심코 웃음을 터프렸다.

"그리고 아가씨가 말했던 신제품이 완성됐어."

"아, 그거? 지금 갖고 왔어?"

"아니, 보고만 하러 온 거야. 급하게 뛰어오느라 정작 중요한 물건을 깜빡했지 뭐야. 나중에 만들어서 보여 줄게."

"기대할게."

메리다에게 부탁한 것은 이웃 나라와의 무역을 통해 손에 넣은 한천을 이용한 디저트 개발.

"그리고 그 커피인지 뭔지 하는 음료수는 언제부터 가게에 내놓을 거야?"

그리고 왕도에 있는 동안 커피가 완성되었다.

참고로 커피 원두는 아직 발견되지 않았기 때문에 이번에 만든 것은 민들레 커피.

전생에서 매일 커피를 마셨던 내 입장에서는 커피 원두와는 조금 다른 것 같지만…….

"아직 선전이고 뭐고 아무것도 안 했으니까 좀 더 나중에 선보일 생각이야. 가게에 내놓을 때까지 커피를 사용한 디저트도 생각해 주면 고맙겠는데."

"알았어. 어차피 오랜만에 당분간 저택에서 지낼 생각이니까 그동안 거기에 주력해 볼게."

"잘 부탁해."

"그런데 오랜만의 왕도는 어땠어?"

"……좀 더 여러 가지 감정이 밀려올 줄 알았는데 아무것도 느껴지지 않았어."

"……아무것도?"

"응. 물론 친구나 가족들을 만났을 땐 그립기도 하고 기쁘기도 했지만, 아무래도 왕도라는 곳에는 더 이상 아무 미련도 없나 봐."

"깨끗이 털어 버렸나 보네."

메리다가 속 시원하다는 듯이 쿡쿡 웃었다.

"깨끗이 털어 버렸다기보다는…… 거긴 원래부터 '내가' 있을 곳이 아니었기 때문일지도."

'내'가 되살아난 것은 그 사건이 한창 진행되던 와중이었다.

그리고 왕도에 깊은 감정이 생기기 전에 이곳으로 와 버렸다.

왕도에 있을 때는 '나' 역시 공작 영애라는 신분과 유리 남작 영애와의 마찰 때문에 본연의 내 모습대로 지낼 수 없어서 숨이 막혔다.

"흐음, 그래?"

"응. ……내게는 여기가 고향이고, 너희라는 소중한 가족도 있어, 그러니까 그걸로 됐어."

"하하하. 무지 영광이네."

메리다는 그 뒤로 두세 마디 더 이야기를 나눈 후 방에서 나갔다.

그리고 나는 또다시 서류를 확인하기 시작했다.

……세수는 제법 훌륭한 편.

타국과의 무역이 활발해져서 상회의 수익이 상승했다.

고등부에서 개발한 물품의 판매 수익도 순조롭게 상승 중이고.

또 일자리가 많아져서 개인의 수입도 올라갔다.

남은 것은 지방 인프라 정비.

……영도는 불편을 느끼지 않을 정도로 인프라가 정비되어 있지만, 지방은 아직 상하수도 시설이 없는 곳도 많다.

각각 발전 정도를 확인하고, 필요한 곳에 사인하거나 수정하다 보니 그날도 밤늦게까지 서재에서 시간을 보내고 말았다.

† † †

"아……. 역시 좀 피곤한가?"

그렇게 중얼거리며 눈 앞머리를 손가락으로 주물렀다.

창밖을 바라보자 이미 밖은 어두웠다.

아르메리아 공작가의 저택답게 이곳의 부지는 몹시 광대하다.

그래서 가까이에 민가가 없기 때문에 밤의 어둠도 한층 깊다.

대신 밤의 어둠 속에서 빛나는 별빛이 무척 아름답다.

나는 잠시 서류에서 눈을 떼고 별이 빛나는 하늘을 바라보았다.

"……실례합니다. 들어가도 될까요?"

그렇게 말하며 방 안으로 들어온 것은 딘이었다.

"어라……. 무슨 일이죠?"

"밤늦게 죄송합니다. 이 서류 말입니다만……."

아무래도 급하게 대응이 필요한 서류를 갖고 온 모양이다.

나는 그 서류들을 확인하며 처리했다.

"쉬는 중이신 것 같은데 정말 죄송합니다."

대충 처리가 끝났을 때, 딘이 미안한 듯이 머리를 숙였다.

"괜찮아. ……그보다 이 시간까지 일하고 있었어?"

"그 말, 아가씨께만은 듣고 싶지 않군요. ……뭐 제가 여기 머물수 있는 시간은 한정되어 있으니까요. 다음에 올 때까지 조금이나마 일이 쌓이지 않도록 처리할 수 있는 일은 최대한 처리하고 싶습니다."

다음에 올 때까지 일이 쌓이지 않도록……이라.

마치 자신이 편하기 위해 일하는 것처럼 말하고 있지만 결국 다음에 올 때까지 내 부담을 최대한 줄여 주고 싶다는 뜻이다.

딘이 일하는 만큼 내 일도 줄어드니까.

애초에 딘은 '다음에' 꼭 와야 하는 입장도 아니다.

"정말 무리하지 않아도 괜찮아."

"……무례한 짓이라는 건 알지만 아가씨, 잠시 쉬시겠습니까? 저도 함께 쉬겠습니다."

"그래……. 그렇게 할까?"

우리는 발코니로 나갔다.

왕도로 떠나기 얼마 전에 발코니에 테이블과 의자 세트를 가져다 놓았다.

일하는 도중에 휴식을 취할 때 기분 전환을 하기 위해서.

타냐는 '쉬실 때만이라도 서재에서 나오셨으면……' 하고 무마땅한 얼굴을 했지만.

"왕도는 어땠습니까?"

"글쎄……. 딱히 이렇다 할 일은 없었어."

"아무것도 말입니까……?"

"응. ……이건 비밀인데 사실은 빨리 영지로 돌아오고 싶어서 죽을 뻔했어."

"하하하⋯⋯. 모두 동경하는 무도회가 열리는 시즌의 왕도도 아가씨와 얘기하다 보면 별거 아닌 것처럼 느껴지는군요."

"후후⋯⋯ 그런가?"

화려하고 눈부신 무도회.

하지만 그 실체는 너구리와 여우들이 서로 속고 속이는 곳이다.

게다가 그곳에는 정말로 좋은 추억이 없다. ⋯⋯이번 엘리아 왕비와의 문제도 있고.

"당신은 어때? 딘."

"저도 특별히 이렇다 할 일은 없었습니다. 가문의 일을 돕고, 여기저기 교섭하러 다니고⋯⋯ 그 정도입니다."

"그러고 보니 당신의 가족 얘기는 들은 적이 없네. 형제는 있어?"

그렇게 물은 순간, 딘의 얼굴이 어두워졌다.

물어보면 안 되는 걸 물어봤다는 사실을 금방 알 수 있는⋯⋯ 그만큼 감정이 확연하게 드러난 표정.

"미안해. 내가 이상한 걸 물었나 보네."

"아뇨, 괜찮습니다. ⋯⋯남동생과 여동생이 있습니다."

"어머, 남동생이랑 여동생이? ⋯⋯저어, 딘. 한 가지 이상한 걸 물어봐도 될까?"

동생이 있다는 얘기에 순간 베른을 떠올렸다.

"딘은 동생들이랑 싸운 적 있어?"

"⋯⋯왜 그런 걸 물으십니까?"

"그게, 알고 있겠지만 나도 남동생이 있거든. 동생과는 오래전부터 사이가 별로였는데⋯⋯ 그러다가 내가 영지로 돌아오기 전에 결정적으로 틀어졌어. 그런데 동생이 얼마 전 나한테 사과를 하지 뭐야. ⋯⋯하지만 난 용서할 수 없었어. 도저히 동생에 대한 분노를 깨끗하게 털어 버릴 수가 없었어."

나는 저도 모르게 자조 섞인 미소를 지었다.

"나는 박정한 누나일까? 누나로서 이 분노를 떨쳐 내도록 노력해야 하는 걸까? ……음, 대답하기 어려운 질문이지?"

"확실히 대답하기 어렵군요."

딘이 내 물음에 난처한 듯이 웃으며 말했다.

"응. 역시 그렇지."

하지만 딘은 곧 또다시 입을 열었다.

"네. 왜냐하면 저도 동생들과 사이가 좋지 않으니까요."

그리고 흘러나온 말에 나는 깜짝 놀라고 말았다.

"어머나…… 당신도?"

"네. ……여동생과는 나름대로 사이가 좋은 편입니다만…… 남동생과는 아마도 당신과 당신 동생보다 더 심할 겁니다."

나보다 더 심하다는 말이 마음에 걸렸다.

동생과 사이가 나쁜 게 자랑은 아니지만 나와 베른보다 더 틀어진 사이는 그렇게 많지 않을 것이다.

몇 년 동안 말 한마디 나누지 않았고, 독설을 들은 적도 있고, 무엇보다도 그런 일조차 있었으니까.

그보다 더하다니, 대체 얼마나 심하길래? 라는 생각이 들었다.

"이미 가족이라는 인식조차 없습니다. 다른 집안에 태어났더라면 서로 얽히지 않고 끝났겠지만, 무슨 인과인지 같은 핏줄로 태어났죠. 그렇기 때문에 서로를 눈엣가시로 여기고…… 서로가 방해되는 존재로 인식하고 있습니다."

내 의문은 딘의 말에 날아가 버렸다.

이미 싸늘함을 넘어 무섭게 느껴지기조차 하는 그의 얼굴.

표정도, 눈동자도…… 감정을 억누르고 있는 듯 아무것도 비치지 않았다.

하지만 이상하게도 불쾌하게 느껴지지는 않았다.

하긴 나도 남 말할 처지는 아니지.

"그런 저로서는 아무 말도 할 수 없습니다. 여동생 덕분에 가족의 따뜻함과 고마움은 알고 있습니다. ……하지만 남동생과는 어떻게든 해 볼 생각조차 들지 않습니다. 그것마저 포기해 버렸으니까요."

"그렇구나……."

나는 살짝 웃었다.

"딘 덕분에 홀가분해졌어. ……나 형제 '라면' '이래야 한다'고 조금 생각이 굳어 있었나 봐. 이번 일도 '누나라면' 이렇게 해야 한다…… 라고 생각했어. 그러니까 먼저 그 생각을 떨쳐 버려야지."

"그렇군요."

딘도 살짝 웃었다.

왠지 마음속을 가득 채우던 답답함이 조금 가신 듯한 기분이 들었다.

"……저도 한 가지 물어봐도 될까요?"

"응, 좋아."

"……아까 제가 '다시 오겠다' 라고 말했을 때, 왜 다음이라는 말에 그런 반응을 보이신 겁니까?"

딘의 담담한 물음에 내 사고는 한순간 정지했다.

……아, 괜히 머뭇거리면 그야말로 긍정하는 것 같잖아. 나는 흠칫 정신을 차리며 후회했다.

무심코 웃음이 흘러나왔다.

"……왜 그렇게 생각해?"

"아가씨의 표정을 보고. 그리고 아까 묘하게 저를 신경 쓰는 기분이 들었으니까요. 저택 안도 묘하게 긴장감이 감돌더군요."

……졌다.

그렇게까지 내 마음을 꿰뚫어 보면 더 이상 반박할 마음도 들지 않는다.

"딘, 거기까지 알고 있다면…… 당신이라면 내 입장을 이해하고 있을 텐데?"

상대가 왕비라는 건 상상하지 못해도 그러면 지금의 내가 불안정한 입장에 놓여 있다는 것쯤은 예상하고 있을 것이다.

딘이 긍정하는 것처럼 미소 지었다.

"하지만 그것과 제가 여기 오는 건 다른 문제이지 않습니까?"

너무 의외의 대답에 내 머리는 한순간 그 말의 의미를 이해하지 못했다.

"……딘. 당신, 진심으로 하는 말이야?"

"진심입니다만? 안 그러면 이런 말은 하지 않을 겁니다."

물끄러미 딘을 바라보았다.

무슨 생각을 하고 있는지 진의를 알 수 없는 눈동자.

하지만 그 눈동자에 진지함이 담겨 있다는 것만은 알 수 있었다.

"……엘리아 왕비와 마엘리아 후작이 나를 눈엣가시로 여기고 있어. 그 얘길 들어도 당신은 그렇게 말할 수 있을까?"

"의외로군요. 제가 그렇게 박정한 인간으로 보이십니까?"

그는 오히려 뜻밖의 말을 들은 것처럼 눈을 크게 떴다. 내가 그렇게 이상한 말을 했나?

"박정 운운하기 이전에 머물 이유가 없잖아. 원래 당신과는 매번 단기 계약만 맺었으니까 머물 의무도 없고. 그리고 당신이라면 다른 곳과 계약을 맺어도 파격적인 보수를 받을 수 있잖아. 위험한 곳에 일부러 머물 필요는 없어."

딘과의 계약에는 보수도 정해져 있다.

그는 내 오른팔로서 영지 정책을 총괄하고 있기 때문에 영지의 일반 관리직보다 보수가 조금 높다.

하지만 조금 높다고 해도 애초에 관리직의 수입 자체가 엄청나게 높은 편은 아니다.

수입만 따져 보면 상회의 고문이 되는 편이 더 낫다.

영지 관리직의 메리트는 영지가 망하지 않는 한 안정적으로 수입을 얻을 수 있다는 점 정도일까.

하지만 그는 이 영지에 상주하는 것이 아니기 때문에 그 메리트도 없다.

내게는 그를 붙잡을 권리가 없고, 그 또한 계약 기간을 제외하면 자유의 몸이다.

그렇다면 굳이 이곳을 고집할 필요는 없다.

"……아가씨가 저를 그렇게까지 높이 평가하고 계신 줄은 몰랐습니다."

딘이 농담하듯 웃으며 말했다.

나는 진지하게 말하고 있는데.

"그렇지 않으면 그렇게까지 중요한 일을 맡기진 않았겠지."

한숨을 쉬며 그렇게 말하자 딘이 미소를 지었다.

"뭐…… 확실히 저는 지금까지 일만 따로 떼어 놓고 보면 뭔가 벽에 부딪혀서 고생한 적은 한 번도 없습니다."

갑자기 웬 잘난 척이야……? 같은 생각은 들지 않았다. 그런 점이

딘다웠다.

오히려 그러면 그럴지도 모른다는 생각마저 들었다.

"……하지만 그건 굉장히 지루한 일입니다. 공부도, 운동도 그렇지 않습니까? 뭔가 난관에 부딪히고, 그걸 뛰어넘어야 성취감을 얻을 수 있죠. 뭐든 쉽게 이뤄지면 재미도, 애착도 느껴지지 않는 법이죠."

입장을 바꿔서 생각해 보니 확실히 고개가 끄덕여졌다.

전생에서도 그랬지만 어려운 일을 해내면 고생했던 만큼 성취감이 느껴졌다.

……그가 왜 지금 이런 얘길 하는지는 모르겠지만.

"……그런데 이곳에 와서 저는 무척 즐거웠습니다. 제가 생각도 못 했던 참신한 아이디어를 떠올리는 아가씨, 그리고 아가씨를 보좌하며 일하는 우수한 고용인들. 개혁이 진행되면서 활기가 넘치는 영지. 다음에는 뭘 할까, 뭐가 튀어나올까? 그런 생각을 하며 일하는 건 오랜만이었습니다. 정말 재미있었습니다."

그도 나를 물끄러미 바라보았다.

"그래서 전 이곳에 오는 겁니다. 처음에는 한 번으로 끝낼 생각이었는데, 자꾸만 이곳으로 발걸음이 향하더군요."

어딘가 즐거워 보였던 그가 갑자기 웃음은 거두고 진지한 표정은 지었다.

"아가씨가 저를 완전히 믿지 못하는 것도 무리는 아닙니다. 저는 단기 계약밖에 맺지 못하는 제약이 있는 데다 아가씨께는 어릴 때부터 함께해 온 믿을 수 있는 부하들이 있으니까요."

물론 나는 그들을 모두 믿고 있다.

아니……. 오히려 아버님과 어머님을 제외하면 내가 믿을 수 있는 건 오직 그들 '뿐' 이다.

"그 사람들과 똑같이 취급해 달라는 말은 하지 않겠습니다. 함께 한 시간의 길이도, 밀도도 그들에겐 한참 미치지 못하니까요. 하지만 아가씨. 저는 당신의 손이 되고, 발이 되는 것을 진심으로 즐겁게 생각하고, 또 바라고 있습니다. 계약하지 않은 동안에도."

"……딘……."

"부디 저를 스스럼없이 대해 주세요. 지금은 아직 이렇게 짧은 시간밖에 곁에 있을 수 없지만…… 저는 이미 당신의 것입니다."

그의 말에 얼굴이 뜨거워졌다.

언제나 고백하듯 스카우트를 한 건 내 쪽인데.

반대 입장이 되어 보니 몹시 낯간지러웠다.

딘은 하고 싶은 말을 마친 후, "다시 일하러 가겠습니다."라고 말하며 방에서 나가 버렸다.

홀로 남겨진 나는 한동안 그저 멍하니 앉아 있었다.

† † †

그로부터 일주일이 지났다.

쌓였던 일도 제법 정리가 끝났다.

이번에는 딘도 꽤 오랫동안 머물러 줬다.

딘은 그 후로도 놀랄 만큼 평소 그대로였다.

나는 어색하고 부끄러워서 앞으로 어떻게 대하나 걱정했는데…… 조금 불만스러웠다.

……그건 그렇고.

오늘은 아버님이 주신 정보를 조사하기 위해 도서관으로 향했다.

도서관은 저택 별채에 자리 잡고 있다. 안으로 들어가면 아득히 높은 천장까지 책장이 뻗어 있고, 그곳에 책이 빼곡하게 꽂혀 있었다.

"어라? 아가씨가 여기 오시는 거, 오랜만이네요오."

안으로 들어가자 레메가 있었다.

"레메, 오늘은 여기 있었네."

"네에──. 오늘은 학원 수업이 없어서……. 그런데 아가씨는 무슨 일이신가요?"

"루벤스가에 대해 조사하려고."

"루벤스 공작가 말인가요오? 희한한 이름을 다 듣네요."

역시 레메.

레메는 잠깐 생각에 잠기는 기색도 없이 즉각 내 물음에 반응했다.

……그런데.

"공작가라니! 나 왜 들어 본 적이 없지……?"

"그야 당연하죠──. 몇 대 전 왕제가 세운 가문인데, 아마 영지도 없이 왕도에 저택을 갖고 있을 거예요. 최근 화제가 된 건 아마 30년쯤 전일걸요……?"

"30년 전…… 트와일 전쟁?"

"네, 맞아요오. 정전(停戰)의 증거로 트와일의 공주님이 시집을 왔는데, 당시의 왕은 여왕님이었어요. 게다가 왕자는 너무 어려서 나이가 맞지 않았죠. 게다가 트와일의 공주를 왕가나 왕가와 가까운 가문에 시집을 보내면 왕위 계승권이 복잡해져서 결국 루벤스 공작가가 선택된 거예요. 가문의 중심이 되는 귀족이 세상을 떠나지 않는 한 왕위를 계승할 염려도 없고, 하지만 확실하게 왕가의 혈통을 물려받은…… 그런 가문이었으니까요오."

……그러니까 루벤스 공작가에는 트와일의 피가 섞여 있단 말이

지.

그리고 유리 노이어의 어머니는 그 루벤스 공작가의 소개로 왕궁의 시녀가 되었다.

고용인을 모집하는 와중에 공작가의 소개장을 들고 온다면 아마 거절하기 어려울 것이다.

나라의 명령으로 트와일의 공주를 받아들였는데, 그걸 이유삼아 거절하면 공작가의 취급에 대해…… 좋지 않은 소문이 나고 말 것이다.

아버님의 성격상 역으로 이용하려고 감시라도 붙였을 것 같지만.

그건 그렇고……. 아, 뭔가 연결이 된다.

불길한 방향으로.

즉 유리 노이어의 어머니는 트와일과 관련된 자일 가능성이 매우 높다. 그리고 유리도 어쩌면 그런 어머니의 영향을 받았을지 모른다.

여기까지 생각하자 묘하게 납득이 갔다.

이건 아버님의 말씀대로 내가 발을 들여놓을 영역이 아니다.

국가 간의 신경전에 일개 영주…… 그것도 대행에 불과한 내가 끼어들 여지는 없다.

특히 기반을 다지지 않으면 안 되는 이 시기에 그런 일까지 손을 뻗었다가는 그 때문에 공연히 발목을 잡힐지도 모른다.

"……왜 그러시죠, 아가씨? 안색이 무지 안 좋아요오."

"……잠깐 이것저것 생각 좀 하느라. 하지만 괜찮아."

그래, 괜찮겠……지? 아버님이라면 분명히 또 다른 정보를 모아서 대책을 세우고 계실 거야.

다만…… 한 가지 마음에 걸리는 것은 유리의 존재다.

만약 그녀가 정말 트와일의 간자라면.

결과부터 말해서 무사히 제2 왕자의 약혼자가 되었지만…… 만약 그러지 못했더라면 트와일은 어떻게 나왔을까?

트와일이 그런 도박 같은 책략밖에 세우지 않았을 리 없다.

이왕 계략을 꾸민다면 그녀 외에도 뭔가 손을 썼을 것이다.

그리고 그녀의 말과 행동.

……간자라면 간자답게 좀 더 눈에 띄지 않게 굴었을 텐데.

'내'가 전생에 스파이 소설을 너무 많이 읽었나? 왠지 그녀의 임무와 언동이 잘 맞지 않는 기분이 든다.

"……타냐."

내 뒤에 서 있던 그녀의 이름을 불렀다.

"타냐는…… 내 편이지?"

"죄송하지만 그 물음은 아무 의미도 없습니다. 저는 아가씨의 것. 아가씨가 필요 없다고 말씀하시면 저는 존재할 가치가 없습니다."

"그래? ……그럼 유리 영애를 조사하는 건 중지하도록 해."

"네."

"먼로 백작과 가까운 사이라는 상회와 상인은 계속 조사해 줘. 그리고 각 가문의 동향을 알아봐 줘. ……물론 아버님도 포함해서. 이 일을 최우선 사항으로 움직여 줘."

자신이 섬기는 가문에 대해서도 조사하라니, 내가 타냐에게 몹시 무리한 지시를 내리고 있다는 건 알고 있다.

하지만 티냐는 아무런 동요도 보이지 않았다.

"알겠습니다. ……즉시 수하들을 움직이겠습니다. 그리고 저도 잠시 다녀오겠습니다."

"응, 알았어. ……부탁해."

티냐는 홀연히 그 자리를 떠났다.

나도 타냐가 떠난 후 즉각 서재로 돌아왔다.

이 저택에서 제일 긴 시간을 보내는 곳이라서 그럴까. 이상하게도 이곳에 있으면 마음이 가라앉는다.

남은 일을 확인한 후 슬슬 시작해 볼까……. 그런 생각에 라일과 디더, 그리고 딘을 불렀다.

"……실례합니다."

세 사람이 나란히 방으로 들어왔다.

"이렇게 셋이 함께라. 보기 드문 조합이네. 대체 무슨 일을 시키려고 그래?"

디더와 똑같은 생각을 한 것인지 딘도 쓴웃음을 지으며 고개를 끄덕였다.

라일은 여전히 디더의 말투에 눈썹을 찌푸렸다.

"맡기고 싶은 일은 경호, ……경호 대상은 물론 나야."

그렇게 말한 순간, 공기가 팽팽하게 긴장됐다.

"흐응, 이 셋이서 말이지……. 공주님, 대체 어딜 가려는 거야?"

"디더! 전 반대입니다, 아가씨. 아무리 영지 안이라지만 아가씨께서 공연히 밖으로 나가실 필요는……."

"필요하니까 나가는 거야. 조심하고 싶어서 세 사람을 부른 거고……."

순수하게 전투 능력만 따지자면 라일과 디더 다음으로 강한 것이 바로 딘이다.

타냐는 다른 일을 처리하러 갔고…… 더할 나위 없는 조합이다.

"그러니까 가 볼까?"

† † †

저택을 나서자 화창한 햇살이 따뜻하게 느껴졌다.

그러고 보니 밖에 나온 게 얼마 만이었더라……. 그런 생각이 들어서 문득 쓴웃음을 지었다.

거리를 걸으며 상황을 관찰했다.

……음, 오늘도 마을은 평화롭군.

"……아가씨, 이제 그만 오늘의 목적을 가르쳐 주시지 않겠습니까?"

라일의 말에 내 정신은 현실로 돌아왔다.

"오늘은 목적이 아주 많아. ……다음에 언제 나올 수 있을지 모르니까. 고등부를 시찰하고, 루카 학원장을 만나서 의논하고, 그리고 라피엘 사제의 교회를 방문하고, 마지막으로 고아원에 들르면 끝."

"그렇군요……. 루카 학원장님과는 무슨 의논을 하시려는 겁니까?"

"딘, 당신이 제안한 안건 때문에."

"그건 제가 제안한 안건이 아니라 원래는 아가씨께서 생각해 내신 겁니다. 저는 거기에 살짝 손을 댄 것뿐입니다."

"그런가?"

서로를 바라보며 미소를 지었다.

음, 다행이다……. 아무것도 변하지 않았다.

나는…… 아니, 우리는 여전히 평소대로다.

나는 그렇게 스스로를 타이르며 디더의 뒤를 따라 걸었다.

완전히 세 사람에게 에워싸인 듯한 대형이다.

"……그러고 보니 앨리스 님, 또 새로운 가게가 생겼답니다. 맛있다고 평판이 자자하던데요."

"어머, 잘됐네. 참고로 정보원은?"

"초소 담당 녀석들한테 들었습니다———."

"아, 그럼 믿을 만하겠네."

전에 디더가 맛있다는 소문을 들었던 곳은 좋게 말해서 미묘했다.

어디서 들은 소문이냐고 물었더니 영지의 관리들…… 그것도 보르사(재무부) 관리들에게 들었다고 한다.

디더의 인맥이란 대체……. 그렇게 생각하는 동시에 왜 굳이 관리들한테 그런 걸 물어본 걸까, 하고 고개를 갸웃거렸다.

영지의 관리들…… 특히 보르사(재무부) 관리들은 일밖에 모르는 데다 식사란 즐기기보다는 영양소를 섭취하기 위한 행위라고 말하는 자들이기 때문이다.

배속된 당초에는 그렇지 않았던 사람들도 보통 한 달만 지나면 일벌레로 변한다고 평판이 자자하다.

그런 환경을 만들어 낸 사람이 다름 아닌 나인 만큼 책임감이 느껴지긴 하지만.

……그건 그렇고.

"초소 하니까 말인데, 영지 경비도 강화해야 될 거야."

"강화…… 말입니까?"

경비를 강화한다는 말에 라일이 반응을 보였다.

"응. ……저쪽에서 나 한 사람이 아니라 영지 전체를 공격할 가능성도 있으니까."

"그걸 알면서 왜 오늘 밖에 나오신 겁니까!"

나는 라일의 엄격한 질책에 쓴웃음밖에 지을 수 없었다. 사실 라일의 말이 정론이다.

"이 문제는 장기간 해결되지 않을 거야. ……해결될 때까지 기다리다가는 영영 밖으로 나오지 못할걸. ……이번에 모두를 데리고 온 건 그 때문이야."

"그렇군. 한심하지만 아직 우리 말고 다른 호위나 경비대는 딘만큼 강하지 않아. 그래서 딘이 있는 동안 밖으로 나온 거구나?"

"맞았어."

안 그러면 군이 대하기 어색한 딘을 데려오진 않았을 것이다.

"영광입니다."

딘이 여전히 감정을 읽을 수 없는 얼굴로 그렇게 웃으며 대답했다.

"주제넘는 말씀이지만 영지의 경비를 강화한다면 부디 영지 경계선과 관문도 강화하는 편이 좋을 겁니다. 특히 최근 상업이 활발해서 상인이 많이 오가는 것뿐만 아니라 다른 영지에서 이주해 오는 자들도 있으니까요."

딘은 여전히 좋은 의미로 내 일거리를 늘려 주는군.

"그래. ……저쪽의 입김이 닿은 자들이 올 가능성도 있단 말이지. 관문 강화는 이주민을 고려하면 아비탄테(민생부) 관할이겠네. 단 경비대와의 연대는 반드시 필요할 거야. ……좋아, 돌아가면 생각을 정리해 볼까."

그런 대화를 나누는 동안 학원에 도착했다.

여전히 많은 사람이 모여 있는 이곳.

영립 고등 학원.

……성별도 상관없고, 직업도 상관없고, 그리고 연령도 제각각.

하지만 반짝반짝 빛나는 눈동자만은 모두 똑같다.

배움에 탐욕스러운 그 모습을 보는 것이 나는 무척 좋았다.

학원의 분위기를 즐기며 나는 안으로, 안으로 걸음을 옮겼다.

"여긴 굉장하군요."

딘이 작게 중얼거렸다.

……그러고 보니 딘은 여기 와 본 적이 없었지.

"그렇게 말해 줘서 기뻐."

학원장실에 도착해서 노크를 한 후 안으로 들어갔다.

"오랜만이네요, 학원장님."

"오랜만입니다, 아이리스 님."

루카 학원장이 마음씨 좋은 할아버지 같은 미소를 지으며 우리를 맞이했다.

"학원의 분위기는 어떤가요?"

"특별히 달라진 점은 없습니다."

"그렇다면 다행이군요. 혹시 문제가 있으면 뭐든지 말씀하세요."

"든든한 말씀이군요. ……그런데 오늘은 무슨 일로 찾아오신 겁니까?"

"……교육 현장 최전선에서 일하시는 학원장님의 의견을 듣고 싶어요."

"호오……."

"저는 지금 중등부 설립에 착수하고 있어요. 현재 우리 영지에는 초등부에서 글과 계산을 가르치고 있죠. 그래서 중등부에서는 좀 더 각 직업에 맞춰서 공부를 가르칠 생각이에요."

"구체적으로 어떤 방법을 생각 중이십니까?"

재미있다는 듯이 눈을 반짝거리면서도 그의 표정은 진지하기 짝이 없었다.

"현재 검토 중인 건 부족한 교사를 보충하기 위한 교육과 경비대를 위한 훈련, 그리고 의료과예요."

나머지는 영립이 아니라 상회에서 자금을 내는 사립 집사. 시녀 양성 학교.

　그건 지금 이 자리에서는 관계없는 문제이기 때문에 굳이 얘기를 꺼내진 않았다.

　"……의료과라. 의료과는 이미 있는 과인데 굳이 나눌 필요가 있습니까?"

　"이 고등부에 들어오기 전에 기초를 가르치고 싶어요. 현재 입학한 사람들은 이미 의료와 관계된 일을 하고 있는 사람이 많죠. ……하지만 아이들은 달라요. 중등부에서 기초를 배우고, 고등부에서는 보다 고도의 교육 또는 연구를 하는 거예요. 그러는 편이 좀 더 각 레벨에 맞는 공부를 할 수 있을 것 같은데……. 학원장님의 의견은 어떠신가요?"

　"……호오, 재미있군요. 확실히 앞날을 생각하면 그 방법이 효율적일 것 같습니다."

　"그럼……."

　루카 학원장이 내 말이 끝나기도 전에 입을 열었다.

　"저도 한 가지 제안해도 되겠습니까?"

　"네, 물론이죠."

　"만약 중등부를 설립하다면 차라리 이 고등부 커리큘럼도 근본적으로 개혁하고 싶습니다만."

　"구체적으로는 어떻게 말인가요?"

　"각 분야의 전문 지식을 가르치는 것이 고등부의 역할이라면 의료과를 보다 세분화해서 의료과와 약학과로 나누고 싶습니다. 현재 의료과의 수업 체계는 기초학, 의술과, 약학과가 모두 혼재되어 있습니다. 이래서는 배워야 하는 양이 너무 막대해서 얇고 넓게 공부할 수밖에 없지요. 만약 기초 학과를 분리한다면 그곳에서 어느 정도 지식을 쌓고, 그 후 전문 지식도 각각 나눠서 배울 수 있도록 했으면 합니다."

"그렇군요……. 물론 그렇게 편성하는 건 가능해요. 하지만 저는 커리큘럼에 대해서는 아무것도 몰라요. 루카 학원장님께 전적으로 맡겨도 될까요?"

"물론입니다. 교직원 회의를 열어서 의견을 모은 후 서둘러 커리큘럼을 짜도록 하겠습니다."

"고맙습니다."

"그런데 아이리스 님은 교육에 굉장한 열의를 갖고 계시는군요."

학원장이 흥미롭다는 듯이 웃었다.

"……그런가요?"

"네, 그럼요. 저는 제 손녀딸만큼이나 어린 당신을 진심으로 존경합니다."

"그런……. 저는 모두가 힘을 키우길 바라는 것뿐이에요."

"힘이라……."

"네. 지식은 힘이에요. 지식이 있으면 선택의 폭도 넓어지죠. 일을 할 때도 그렇고, 생활을 하면서 뭔가 판단을 내릴 때도 마찬가지예요."

이 세계에 다시 태어난 후 나는 전생에 받았던 교육의 고마움을 처음으로 깨달았다.

당연하게 글을 배우고, 모두가 계산할 수 있다는 건 얼마나 굉장한 일인가.

"영지민들이 스스로 생각하고 스스로 일어서서 살아갈 수 있기를, 그렇게 되기를 바라고 있답니다."

"호오, 그렇군요……. 역시 훌륭해. 감동했습니다. 아이리스 님, 저는 당신께 협력을 아끼지 않겠습니다."

"……고맙습니다."

온화한 웃음을 짓는 학원장을 따라 나도 미소를 지었다.

그렇게 부드러운 분위기 속에서 회담은 끝났다.

다만 그때 루카 학원장님과 좀 더 이야기를 나눴으면 좋았을 걸…… 하고 나는 나중에 후회했다.

학원의 이념은 어느샌가 '지식은 힘'이 되었고, 그때 내가 했던 말이 커다란 간판으로 만들어져서 현관 옆에 걸리게 됐기 때문이다.

"……그분이 그렇게까지 말씀하시다니."

학원장실을 나온 후, 딘이 작게 중얼거렸다.

"그분이라면 학원장님 말이지? 딘, 루카 님을 알아?"

"네, 일방적이지만. 그분은 유명한 분이지 않습니까? 그야말로 의술의 1인자라고 불릴 정도의 사람이니까요. 왕의 주치의를 그만 둘 때에도 많은 귀족이 모셔 가려고 애썼다는 얘기를 들었습니다."

"그렇구나. 그런데 그분이 무슨 이상한 말씀이라도 하셨나?"

"네. 그분은 까다롭기로 유명한 분이십니다. 당신을 칭송하는 것도, 당신의 부탁을 들어준 것도 정말 놀랍습니다."

"그래? 상냥한 할아버님인 것 같은데."

처음 만났을 때부터 학원장은 무척 호의적이었다.

의술의 1인자라고 칭송받는 분이 이렇게 친절하다니, 놀랍다고 생각했을 정도다.

"……당신이 어지간히 마음에 들었나 보군요."

쓴웃음을 짓는 딘에게 나는 그런가? 하고 고개를 갸웃거리며 걸음을 옮겼다.

학원장과 무사히 회담을 마치고, 나는 라피엘 사제가 있는 교회로 향했다.

"앨리스 님, 지금 향하고 있는 교회는 아이리스 님과 뭔가 관계가 깊은 곳입니까?"

"교회는 기도하러 가는 곳이잖아? 요즘 통 찾아가지 못했거든."

내 대답에 딘은 잠시 생각에 잠겼다.

"……내가 교회에 기도하러 가는 게 이상해?"

뒤이어 흘러나온 그 물음에 딘뿐만 아니라 디더도, 라일도 난처한 듯이 쓴웃음을 지었다.

"이상할 건 없지만…… 앨리스 님이라면 신께 기도하기 전에 자신의 힘으로 어떻게든 할 것 같아서요."

웃음이 나왔다. 그건 그렇다.

전생을 떠올린 탓일까. 나는 무신론자까지는 아니지만 신앙심이 희박한 편이다.

그나마 귀족의 필수 교양인 기도 예법도, 성서 암기도 몸이 기억하고 있기 때문에 체면만은 유지할 수 있지만.

나는 세 사람과 함께 영도 변두리에 있는 교회를 방문했다.

라피엘 사제의 교회는 그 이외의 성직자가 고작 두 명뿐인 아담한 곳이었다.

고풍스러운 외관이 왠지 안도감과 따뜻함을 느끼게 했다.

문을 열고 제단으로 향했다.

교회 내부에는 그럭저럭 많은 사람이 모여 있었다.

다릴교……. 모든 생명을 낳은 어머니 여신 릴을 숭배하는 종교.

타스멜리아 왕국의 모든 백성이 믿는 종교이며 그 때문에 귀족은 물론 백성들의 생활에도 뿌리를 깊이 내리고 있다.

결혼 선서, 아이가 태어날 때의 축복, 기도, 죽을 때의 장례식…… 얼핏 생각나는 것만으로도 이렇게나 많다.

또 가난한 백성들을 돕기 위해 구휼을 행하거나, 치료를 베푸는 기능도 있었지만…… 지금의 교회에서 하는 일은 거의 없다.

어느 조직도 부패할 가능성은 있다……. 그것이 설령 신의 대리인이라고 주장하는 교회라 해도 예외는 아니다. 뭐, 그뿐이다. 실제로 교회의 구휼 행위는 특별히 조성금이 있는 것은 아니라고 한다.

하지만 그런 일을 행하는 얼마 안 되는 교회가 바로 라피엘 사제가 있는 이 교회.

그 때문에 나도 앨리스라는 이름으로 돈을 기부하며 그들을 지원하고 있다.

걷다 보니 어느덧 제단 앞에 도착했다.

먼저 제단을 향해 기도했다. ……영지의 안녕을 위하여.

기도를 마친 후 근처에 있는 성직자에게 말을 건넸다.

"……라피엘 사제님은 계신가요?"

"사제님은 외출하셨습니다. 실례지만 당신은……."

"앨리스 님, 오랜만입니다."

수상하다는 듯이 묻는 성직자의 목소리를 가로막고 라피엘 사제가 나타났다.

"라피엘 사제님, 오랜만이네요."

"오늘은 왜 여기에……?"

"요즘 통 만나 뵙지 못해서요. 미리 약속도 안 했는데 죄송해요."

"아닙니다. 아…… 괜찮으시면 이쪽으로 오시죠."

라피엘 사제가 안내한 곳은 예배당 옆의 작은 방이었다.

응접실까지는 아니지만 안에는 책상과 의자가 놓여 있었다.

"오늘은 어디 다녀오시는 길인가요?"

"네, 뭐. ……마을까지 왕진을……."

"어머나……. 여전히 환자가 있다는 얘기를 들으면 여기저기 뛰어다니시는군요."

"도움을 청하는 목소리를 거절할 수는 없으니까요."

라피엘 사제가 부드럽게 미소 지으며 말했다.

"……실례합니다."

그때 좀 전의 성직자가 차를 가지고 나타났다.

"조금 전에는 실례가 많았습니다. ……노류라고 합니다."

"아, 괜찮아요. ……노류 사제님, 아까 제가 라피엘 사제님의 이름을 말했을 때 왠지 난처한 기색이셨는데…… 혹시 사제님도 라피엘 사제님께 볼일이 있으셨나요?"

"아뇨, 실은 라피엘 님을 소개해 달라고 하시는 분이 많아서……. 특히 젊은 여성분들이."

노류는 그렇게 말하며 난처한 듯이 웃었다.

"어머나……."

"라피엘 님은 보시다시피 무척 아름다운 분이니까요. 또 자비가 흘러넘치고, 곤경에 처한 사람을 보아 넘기지 못하는 분. 그런 사제님의 아름다운 마음과 아름다운 모습에 마음을 빼앗기는 것도 이해는 되지만…… 개중에는 지나치게 적극적으로 행동하시는 분도 계셔서요."

노류의 말에 나도 쓴웃음을 짓고 말았다.

확실히 라피엘 사제는 단정한 용모를 지녔다.

그리고 이 상냥한 마음.

……음, 홀딱 반하는 사람이 있는 것도 이해가 가네.

"그만. 이상한 소리 하지 마십시오."

노류를 나무라는 라피엘 사제의 말에 무심코 웃고 말았다.

"후후후……. 노류 사제님도 고생이 많으시겠네요."

"아닙니다……. 이야기 나누시는 도중에 실례했습니다."

노류는 또다시 쓴웃음을 지으며 방에서 나갔다.

"죄송합니다. 괜한 얘기를……."

"아니에요. ……라피엘 사제님도 힘드시겠군요."

"노류를 비롯해서 교회 사람 모두가 마음을 써 주셔서……. 그분들의 마음을 받아드리지 못하는 건 괴롭습니다만……."

"어머나……. 엄밀하게 따지면 성직자의 혼인은 금지되어 있지 않을 텐데요……?"

"저는 평생을 신께 바치기로 맹세한 몸입니다. ……그런데 그쪽분은……?

그러고 보니 라피엘 사제는 딘과 만난 적이 없지.

라일과 디더는 나와 함께 온 적이 있지만.

"아…… 소개가 늦어서 죄송해요. 이분은 딘이라고 해요. 나와 같은 직장에서 일하고 있어요."

"처음 뵙겠습니다. 딘이라고 합니다."

"정중한 인사, 감사드립니다."

두 사람은 훈훈한 분위기로 인사를 나눴다.

"아닙니다. ……저어, 라피엘 사제님. 한 가지 여쭤봐도 괜찮겠습니까?"

"네, 뭡니까?"

"라피엘 사제님은 왜 치료를 베풀고 계십니까? 의술을 배운 분들

중에 그런 분은 무척 드물던데."

"확실히 그렇지요."

라피엘 사제는 그렇게 말하며 여전히 난처한 듯 미소를 지었다.

"딘 님, 솔직하게 말씀하셔도 괜찮습니다. ……의술을 배운 자가 아니라 성직자 중에는 드문 편이라고."

라피엘 사제의 말에 딘도 쓴웃음을 지었다.

아마도 그 말이 사실이기 때문일 것이다.

"……옛날 교회는 백성들의 수호자였습니다. 헌금을 모아 가난한 백성들에게 먹을 것을 나눠 주고, 치료를 베풀고, 그리고 부모를 잃은 아이들을 보호했지요. 이윽고 국교가 되어 나라에서 지원금을 받게 된 후에도 그 활동은 변함이 없었습니다……. 언제부터일까요. 교회에 모인 자금을 자신들이 호화롭게 살기 위해 사용하게 된 것은. 백성들을 천시하고, 일신의 안위를 지키기에 급급하게 된 것은."

라피엘 사제는 슬픈 표정을 지었다.

"부끄럽지만 딘 님의 말씀은 틀리지 않습니다. 지금 다릴교는 다릴교가 아닙니다. 본부에서는 가르침을 잊고 부에 눈이 어두워 파벌 싸움만 되풀이하고 있습니다."

"라피엘 사제님…… 괜찮으십니까? 우리에게 그런 말씀을 하셔도."

"사실이니까요. ……저는 이래 보여도 본부 중추에 있던 몸입니다. 하지만…… 나는 대체 무엇을 위해 여기에 있는 걸까, 하고 매일 고민하곤 했습니다. 동경은 산산이 부서지고, 꿈을 꾸기에는 너무 많은 현실을 보고 말았습니다. ……조금만 틈을 보여도 눈 깜짝할 사이에 밀려나는 이권 다툼에 지나치게 몸을 던져서 나 자신을 잃어버릴 뻔했습니다. 그런 자신에게 염증이 나서 저는 도망치듯 이곳으로 왔습니다. 지금 저는 제가 하고 싶은 대로 살고 있습니다. ……이제야 겨우 편히 숨을 쉬는 것 같습니다."

단호하게 말하는 라피엘 사제는 무척 후련한 미소를 짓고 있었다.

"당신에게는 지금 당신이 하고 있는 일이야말로 다릴교 본래의 모습이라는 말씀입니까?"

"글쎄요……. 저 같은 게 감히 그걸 판단할 수는 없지요. 다만…… 제가 사제가 되기로 결심한 계기가 되어 줬던 수녀님 같은 사람이 되고 싶습니다."

딘의 물음에 라피엘 사제는 어깨를 으쓱하며 대답했다.

"사제님께서 동경하는 수녀님입니까……?"

"네. 그녀는 무척 훌륭한 분이셨습니다. 가난한 집안 출신인 저에게 공부를 가르쳐 주고, 병에 걸리면 치료해 주셨습니다. 어린 저에게 그분은 정의의 용사 그 자체였습니다. '당신처럼 되고 싶다.'고 말한 저에게 그분께서 본부가 운영하는 학원에서 공부하라고 권하지 않으셨더라면, 저는 계속 그분의 밑에 있었을 겁니다."

"멋진 분이군요. 한번 만나 뵙고 싶습니다……."

"그건 불가능합니다. 그분은 이미 신의 곁으로 가셨으니까요."

"어머나……."

"……그리고 보니 앨리스 님은 상가 출신이라고 하셨지요. …… 혹시 아르메리아 공녀님을 만나 뵌 적이 있습니까?"

라피엘 사제의 말에 한순간 심장이 철렁 내려앉았다.

설마 내 정체를 눈치챘나?

"……아뇨, 전 한 번도……."

옆을 보니 딘의 눈동자에 경계의 빛이 감돌았다.

그의 감정은 나 자신의 정체가 들통났을지도 모른다는 경계심과는 달리 아마도 권력자와 만나려고 하는 라피엘 사제의 태도를 경계하는 것이리라.

아무래도 딘은 교회와 성직자에 좋지 않은 감정을 갖고 있는 것 같으니까.

"그렇습니까."

아쉬운 듯이 한숨을 쉬는 라피엘 사제에게 나는 그 진의를 묻기 위해 입을 열었다.

"왜 그렇게 아쉬워하시는 건가요?"

"아닙니다. ……그저 만약…… 앨리스 님의 가문이 공녀님과 가깝다면 한번 만나 뵙고 싶어서……. 너무 뻔뻔스럽지요?"

"실례지만 왜 만나고 싶어 하시는 건가요?"

"……아르메리아 공녀님께서 제가 존경하는 수녀님의 뜻을 이어 받아 주셨기 때문입니다. 수녀님께서 돌아가신 후, 공녀님께서 고아원을 창설하고 수녀님께서 돌보시던 아이들을 받아들여 주셨다고 들었습니다. 그래서 한번 만나 뵙고 인사를 드리고 싶은 것뿐입니다."

그 고아원 말이구나! 나는 깜짝 놀라면서도 얼굴에 드러나지 않도록 애쓰며 말했다.

"어머나……. 그럼 고아원에 가 보신 적은 있나요?"

"사실은 없습니다. ……부끄럽지만 저는 본부를 그만두고 이곳에 올 때까지 그 고아원의 상황을 몰랐습니다. 미나라는 여직원과 편지를 주고받긴 했지만 그녀는 그런 문제는 한마디도 의논하지 않았습니다. 항상 제 걱정만 할 뿐……. 고아원을 옮기게 된 그때, 처음으로 저는 미나의 편지를 읽고 그 사실을 알았습니다. 그런 제게 그들을 만날 자격은 없습니다."

"아니에요. 그러지 말고 꼭 가 보세요. ……저는 사제님의 말만 들었을 뿐, 미나 씨의 기분도 아이들의 기분도 몰라요. 하지만…… 지금 사제님이 애써 눈을 돌리며 도망치고 있다는 것만은 알 것 같아요. 피하고 도망친 거리만큼 상대의 마음은 알 수 없게 되는 법이죠."

처음에는 멍하니 듣고 있던 라피엘 사제는 내 말이 끝난 후 난처한 듯이 미소를 지었다.

"제 생각이 짧았습니다……. 이래서야 누가 사제인지 모르겠군요."

"후후후……. 그렇게 대단한 말을 한 것도 아닌걸요. 혹시 고아원에 갔다가 운이 좋으면 아르메리아 공녀님을 만날지도 모르죠. 공녀님도 가끔 시찰하러 오신다니까요."

"고맙습니다. ……그렇군요. 다음에 용기를 내서 찾아가 보겠습니다."

그렇게 말하는 라피엘 사제의 얼굴은 무척 밝아 보였다.

9장
공작 영애, 사건에 휘말리다

영지를 시찰한 지 벌써 몇 주일이 지났다.

 저택으로 돌아온 후, 타냐를 비롯한 모든 고용인에게 야단을 맞았지만 무척 유익한 시찰이었다.

 그 후 영지 안은 물론 영지 경계선 경비도 강화했다.

 영지 안을 오가는 상인들뿐만 아니라 이주를 희망하는 백성들에 대한 대응도 맡았다.

 막 시작한 일이라서 시간이 걸리거나 여러 가지 문제가 따르긴 했지만 조금씩 대응하며 해결해 나갈 수밖에 없다.

 영지민들의 안전을 최우선으로 생각해야 하니까.

 그리고 중등부 설립 준비도 순조롭게 진행되고 있다.

 이미 루카 학원장으로부터 고등부 커리큘럼 변경은 완료되었고, 남은 건 가동하는 것뿐이라는 연락을 받았다. 또 그가 중등부의 커리큘럼도 만들어 줬다.

 나는 그보다 먼저 아즈타 상회에서 자금을 투자하여 사립 학교를 설립했다.

승부는 처음 몇 년 동안.

그 몇 년 안에 학원의 이름을 브랜드화 시키고 싶다.

나는 느긋하게 책상에 앉은 채로 도서관에서 들고온 자료 책을 한 손에 들고 이것저것 서류를 처리하고 있었다.

업무량은 늘었는지 모르지만 영지로 돌아왔을 때의 그 절망스러운 서류 산에 비하면 지금의 서류 더미는 귀여운 수준이다.

바닥이 서류로 다 가려지지도 않았는데 뭐.

하지만…… 그런 일상을 부수는 것처럼 문이 열렸다.

요란한 소리와 함께 들어온 것은 세바스와 타냐였다.

"아가씨! 큰일 났습니다!"

"……대체 무슨 일이야?"

내 목소리도 자연스레 딱딱해졌다.

이 두 사람이 이렇게까지 필사적인 표정을 짓다니…… 분명 보통 일이 아닐 것이다.

"다릴교에서 아가씨께 파문 선고를 내렸습니다……!"

"뭐라고……!"

나도 모르게 비명 같은 목소리로 외쳤다.

핏기가 가셨다.

빈혈로 머리가 어질어질한 한편 심장이 쿵쿵 시끄럽게 뛰었다.

……다릴교는 이 나라의 국교.

이 나라의 모든 사람이 신자라고 할 수 있다.

즉.

이 나라 백성들의 신앙의 대상인 신의 대리인, 다릴교 교황과 신관들의 발언은 커다란 영향력을 지니고 있다.

때로는 귀족들의 권력을 훌쩍 뛰어넘을 만큼.

다릴교 교황의 아들이 본래 귀족들밖에 다닐 수 없는 학원에 당연하게 다녔던 것도 그런 배경이 있기 때문이다.

다릴교의 파문 선고란 그 다릴교에서 신자로 인정할 수 없다……있는 그대로 말하자면 제적당한 것이나 마찬가지다.

모든 백성이 믿는 다릴교.

거꾸로 말하자면 그 다릴교의 신자가 아니라는 것은 이 나라의 백성들에게 그것만으로도 '이단'이라는 뜻이다.

하물며 파문이라니. 교회에 있어서 죄인이며 경멸의 대상이 되는 것이다.

나라의 모범이 되어야 할 귀족 영애가 그렇게 되다니……. 남 보기 부끄러운 정도가 아니다. '있어서는 안 되는' 일이다.

물론 지금까지 쌓아 올린 신뢰와 인맥도 잃게 될 것이다.

전생에서 말하는 카노사의 굴욕(신성로마제국 황제와 교황이 주교를 임명하는 서임권을 둘러싼 싸움에서 교황이 승리한 사건)을 떠올리면 그것과 비슷할지도 모른다.

이 파문 선고를 계기로 이때다 하고 나를 물어뜯겠지……. 생각만 해도 머리가 아프다.

"이유는?"

"그게, 교회를 멋대로 파괴했기 때문이라고 합니다. 신께 기도를 바치는 땅을 파괴하는 것은 신을 두려워하지 않는 소행이며 용서받기 어려운 짓이다…… 라는 이유라는군요."

"교회를 멋대로 파괴하다니? 설마 그 구획 정리 때문에……?"

확실히 교회 하나를 부수긴 했다.

그것은 예전에 미나가 살았던 고아원을 겸한 곳.

하지만 그곳은 '이미 교회의 소유물이 아닌, 누구의 것도 아닌 땅'

이었기 때문이다.

게다가 그 대신 다른 곳에 큰 교회를 새로 지을 예정이다.

완전히 나를…… 아르메리아 공작가를 공격하기 위한 선고라고 밖에 생각할 수 없다.

……교황의 아들인 반이 뒤에서 손을 쓴 걸까? 아니면 교황이 직접? 그도 아니면 제2 왕자 일파 중 누군가가?

설마 이런 수법으로 나올 줄이야……!

"해명장을……. 그래, 새로 건설할 예정인 교회 설계도와 계획서를 함께 제출하겠어. 파괴한 게 아니라 이전하려는 거라고."

지금은 누가 한 짓인지는 중요하지 않다. 물론 그것도 중요하지만…….

지금 먼저 생각해야 할 것은 그 사실 자체다.

이대로 범인을 찾는 것보다는 파문을 어떻게든 해야 한다…….

아버님과 어머님께 피해가 미치는 것은 물론, 영지민들에게 불안이 전염되어 정책에 차질이 생길 것이다.

상회가 얼마나 타격을 입을지도 헤아릴 수 없다.

"세바스, 당장 준비를."

"알겠습니다."

세바스는 예를 표한 후 곧 발걸음을 돌려 방에서 나갔다.

"타냐, 타냐는 또 무슨 일이지? 말해 봐."

이젠 무슨 말을 들어도 놀라지 않을 것 같다. 교회에 죄인으로 낙인찍히는 것보다 큰일은 없을 것이다.

"네……. 아르메리아 공작령 북부와 인접해 있는 메디너스 영지가 아르메리아 공작령에 통상과 통행료를 올리겠다고 선고했습니다."

"뭐라고?!"

나는 또다시 비명 같은 목소리로 외쳤다.

……이웃 영지는 우리 영지에서 왕도로 통하는 주요 행로다.

아르메리아 공작령 북쪽에 위치한 영지.

동쪽은 바다와 접해 있고, 서쪽은 험준한 산들이 이어져 있다.

그리고 남부에서 북서쪽에 위치한 왕도로 가려면 멀리 돌아가야 한다.

필연적으로 우리 영지에서 왕도로 물품을 수출하려면 북쪽의 이웃 영지를 통과하는 경우가 대부분이다.

"이유는……?"

다만 이웃 영지는 애초에 영지가 작았고, 북부의 절반은 산.

게다가 교역의 요충지이기 때문에 숙박업과 관광에 힘을 쏟고 있어서 경작지는 얼마 되지 않는다.

그 때문에 우리 영지에서 수출되는 곡물에 의존하고 있다.

게다가 영주는 중립파 가문이다.

그래서 방심하고 있었는데…….

"위에 선 자가 파문당한 죄인이기 때문이라고 합니다. 또 자신의 영지의 농작물 가격을 지키기 위해서라고……."

"자신의 영지의 농작물 가격을 지키기 위해서라고……? 거긴 인구만 많고, 경작지는 얼마 없잖아."

그러니까 식량 자급률을 따라잡을 수 없을 텐데.

한마디로 우리 영지 이외에 다른 곳에서 싼값에 농작물을 손에 넣을 방법이 생겼단 말이지…….

이것도 제2 왕자파의 공격일까?

……그건 그렇고.

"이렇게 동시에 공격하다니……!"

이웃 영지의 선고 자체가 뼈아픈 타격이다.

다른 영지…… 특히 제2 왕자파 영지는 이때를 노려 그에 편승할 것이다.

그러면 왕도에 수출하는 것뿐만이 아니다.

다른 영지에 있는 점포에도 영향이 미칠 거야……!

그동안 조금씩 왕도뿐 아니라 다른 영지와 다른 나라와의 교역 영역을 확대해 왔다.

왕도에서 내분이 일어나도 어느 정도 버틸 수 있도록.

하지만 나라 곳곳에서 관세를 올리면 손쓸 방도가 없다.

"타냐, 레메에게 남쪽으로 우회해서 운반하려면 며칠이나 걸릴지, 비용은 어느 정도일지, 비교해서 보고해 달라고 전해 줘. 그리고 빨리 모네다와 세이를 불러 줘."

해명장 준비가 되면 이 사태가 세바스와 영지 정책에 미칠 영향도 의논해 봐야 한다.

그때는 영지의 주요 관리들도 불러서.

"알겠습니다."

타냐도 발걸음을 돌려 방에서 나갔다. 나도 방을 나갔다.

도중에 휘청 쓰러질 뻔했지만 간신히 버텼다,

……지금은 쓰러질 때가 아니잖아! 라고.

서재까지 가는 길이 이상할 만큼 길게 느껴졌다.

악몽이라면 얼마나 좋을까?

하지만 내 뺨과 등을 타고 흐르는 식은땀이 이것이 현실임을 알려 줬다.

어쨌든 빨리 서재로 가야지…….

† † †

……머리가 무겁다.

생각하지 않으면 안 되는 것이 너무 많아서 두통이 난다.

관자놀이를 누르며 서류를 넘겼다.

파문 선고를 받은 후, 세바스와 함께 작성한 해명장을 보냈다.

토지가 다른 곳에 팔렸고, 건물이 낡아서 수리가 필요했다고.

토지가 팔렸을 때 작성했던 매매 계약서는 내가 보관하고 있다고.

수리뿐 아니라 다른 땅에 교회를 새로 지을 생각이라고.

그리고 그 전에 교회에 문의했다고.

하지만 교회에서는 파문을 철회하지 않았다.

"……마치 도마뱀 꼬리 자르기로군……."

"네. 아르메리아 공작가의 힘을 이용해서 이전에 교회를 매각한 신관을 찾았지만 찾지 못했습니다. 아마 처분해 버렸겠지요. 아이리스 님이 교회를 철거할 때 서신을 보냈던 담당도 마찬가지입니다. ……교회란 특수한 조직입니다. 역시 공작가의 힘을 사용해도 얻을 수 있는 정보는 한정되어 있기 때문에 이 이상의 조사는 어려울 겁니다."

"그 신관만 찾으면 쉽게 해결될 텐데……."

신관들을 모조리 데려오라고 할 수도 없고…….

찾지 못했다는 정보를 이렇게 단기간에 얻은 것만으로도 그나마 나은 편이다.

"그래서? 영지 상황은?"

"……불과 며칠 동안이었지만 이미 불안의 목소리가 퍼지고 있습니다.”

“그렇겠지. 영지 관리들은?”

“마찬가지입니다. 사퇴하는 자와 휴직을 하는 자들이 드문드문 나오기 시작하고 있습니다. 뭐, ‘그보다 일이나 하자!’ 라는 보기 드문 일 중독자들 덕분에 현상 유지는 하고 있습니다만……”

그도 그렇겠지. 지금 상황이나 경위를 알지 못하는 사람들에게 나는 무단으로 교회를 파괴한 자……. 신의 땅을 부수고 신을 두려워하지 않는 소행을 저지른 자에 지나지 않을 테니까.

영지를 다스리는 입장이기 때문에 자신의 이익을 위해서 그 같은 짓을 저질렀다…… 라고 보여도 어쩔 수 없다.

“교역도 대폭 줄어들었군. 영지 전체에 영향이 굉장해.”

이웃 영지에 이어 다른 제2 왕자파도 아르메리아 영지에서 물품을 수출할 경우, 또는 그 때문에 영지를 지날 경우 통상료를 올리겠다고 선언하기 시작했다.

……이유도 같다.

그 때문에 우리 영지를 거점으로 삼고 있는 다른 상회도 막대한 손해를 입고 있다.

아르메리아 공작령을 거점으로 삼고 있다는 것만으로도 그런 사태에 직면한 것이다 ……빨리 손을 쓰지 않으면 우리와 손을 끊어버릴지도 모른다.

물론 아즈타 상회에도 엄청난 타격이다.

총수인 내가 죄인으로 낙인찍힌 것이다.

기피하는 사람이 생겨도 이상할 건 없다.

그리고 이곳에서 출하하는 상품도 있는데, 그 상품들은 가격을 올릴 수밖에 없는 것도 뼈아픈 타격이다.

아즈타 상회의 상품을 애용하던 귀족들은 가격이 오른 것에 적잖이 불만을 품었으나 내 상황을 알기 때문에 표면적으로는 불만을 드러내지 않았다.

서민들 사이에서는 불만이 터져 나오고 있는 것 같지만.

그리고 안 그래도 가격 인상으로 며칠 사이 상회의 매상이 눈에 띄게 떨어진 마당에 쐐기를 박듯이 종업원들이 차례차례 다른 상회로 스카우트되었다.

그것도 왕도나 다른 영지에 있는 가게의 종업원이.

그 때문에 생산이 떨어져서 상회의 매출도 하락하고 말았다.

게다가 우리 상회에서 선보이는 것과 비슷한 상품이 차례차례 다른 곳에서 판매되고 있다.

지금까지 그런 경우가 없었던 것은 아니지만 이번에는 우리 상회에서 나간 자들이 직접 제조에 관여하고 있어서…….

그렇다면 파문 선고 받은 총수가 있는 상회의 상품보다 저쪽의 비슷한 상품을 사자고 생각하는 사람도 나올 것이다.

"……지독한 얼굴이네……."

서재 구석에 놓인 거울을 들여다보자 눈 밑에는 짙은 다크서클이 드리워져 있고, 머리카락은 부스스. 피부도 거칠었다.

일본에 살던 '내' 입장에서야 교회의 파문 따위…… 라고 생각하겠지만 이 세계의 교회는 정말로 막강하다.

발언력 또한 새삼 말할 것도 없다.

저쪽은 신이라는 뒷배가 있기 때문에 아르메리아 공작이라는 이름은 거의 통용되지 않는다.

교회라는 조직 자체가 불가침 영역이기 때문에 좀처럼 교섭도 불가능하다.

애초에 그 창구에 도달하는 것조차 어렵다.

……죄인으로 낙인찍힌 나 때문이기도 하지만.

내가 파문 선고를 받은 후 제2 왕자파는 그 기세를 몰아 아버님을 공격하기 시작하는 중이다.

어머님도 파티 참석을 자숙하고 있다.

태후가 표면에 나서서 크게 움직일 수 없는 것은 그만큼 교회라는 것이 표면상으로는 권력에 굴하지 않는 조직이었기에 일을 너무 크게 벌일 수 없기 때문이다.

나는 문득 위를 올려다보았다.

아아, 머리가 무겁다……. 일어서면 현기증이 날 것 같아.

겨우 며칠. 그러나 며칠.

거의 한숨도 못 자고 시시각각 변하는 상황을 파악하며 대책을 생각하고, 대화를 나누고.

시간과의 싸움이기 때문에 초조하고, 그리고 더할 나위 없는 긴장의 연속인 나날들.

또다시 시선을 아래로 내렸다.

역시 시야가 어질어질 일그러지는 것 같았다.

조금만 더…… 조금만 더 하면 준비는 끝난다.

하지만 승산은 아직 보이지 않는다.

이걸로 괜찮은 걸까, 하는 불안이 마음에 어두운 그림자를 드리운다.

싸워야 하는 상대가 지나치게 거대하기도 했다.

시간만 충분하다면, 사전 준비만 탄탄하게 할 수 있다면……. 그렇지만 그런 말을 하고 있을 때가 아니다.

"……아가씨, 괜찮아?"

세바스와 세이는 각각 흔들리는 영지와 상회의 대응을 맡고 있다.

타냐는 왕도의 동향과 교회를 조사 중. 라일과 디더는 영지 내의 치안 유지를 강화하기 위해 움직이고 있다.

모네다는 은행과 상업 길드 사이의 조율을 맡고 있고, 레메는 세바스를 돕고 있다.

그러니까 평소 내가 접하는 고용인들 중에 지금 이 자리에 올 수 있는 사람은 메리다뿐이다.

그녀가 방으로 들어온 순간, 축 쳐졌던 눈썹을 치켜 올렸다.

"……괜찮아 보여?"

얼굴 근육이 잘 움직이지 않아서 왠지 비꼬는 듯한 미소를 짓고 말았다.

"실언했네. 조금이라도 피로가 풀릴까 해서 가져왔어. 자, 초콜릿이랑 차."

"고마워."

초콜릿을 한 조각 먹었다.

음, 맛있다. 지친 머리에 달콤한 맛이 스며든다.

"메리다, 너도 여기저기서 함께 일하지 않겠냐는 제의를 받지 않았어?"

"그야, 뭐. 나는 실질적으로 모든 카페를 맡고 있으니까."

메리다는 그렇게 말하며 깔깔 웃었다. 지금은 그 밝은 성격이 기분 좋았다.

"파격적인 조건을 제시한 곳도 있지 않아?"

내 물음에 메리다는 한순간 놀란 듯이 눈을 동그랗게 떴다. …… 그리고 또다시 웃었다.

"이제 와서 날 원하면 뭐해? 여기까지 올 수 있었던 것도 전부 아가씨 덕분인걸. 그러니까 다른 곳은 관심 없어."

"그래……?"

"게다가 아가씨가 이대로 당하기만 할 것 같지도 않고."

메리다가 씨익 웃으며 말했다.

"……기대에 어긋나지 않게 노력할게."

이미 준비는 거의 마쳤다. 하지만 하나가 부족했다.

이번 일은 어설프게 해서는 끝낼 수 없다. 끝내게 놔두지 않을 것이다.

철저하게, 도망칠 곳이 없게 몰아넣어야 한다.

그렇지 않으면 또 공격받게 될 것이다.

그러기 위한 한 조각.

"……실례합니다, 아가씨."

생각에 잠겨 있을 때, 어느샌가 메리다가 사라지고 대신 다른 인물이 들어왔다.

"……딘!"

생각지도 못한 인물에 나도 모르게 큰 소리로 외쳤다.

"왜, 왜 당신이 여기에……?"

"당신을 도우러 왔습니다."

"날 도우러……? 내가 지금 어떤 상황인지 알면서, 그런데도 여기 온 거야?"

죄인으로 낙인찍힌 나를 떠난다면 몰라도 일부러 찾아오다니, 믿을 수 없다.

일본의 감각으로 말하자면 범죄자를 도와주겠다고 말하는 것이나 마찬가지다.

실제 상회에선 벌써 몇 명이나 떠났고, 영지의 관리 중에도 내가 파문당했으면서 영주 대행이라는 지위에서 물러나지 않는 것을 항의하는 편지를 보낸 자들도 있었다.

"네, 물론입니다. 그런 상황이기 때문에 오히려 도울 수 있는 게 있을 것 같아서요."

"죄인을 돕겠다고? 그러다 당신도 다릴교의 눈 밖에 날지도 몰라. 일부러 그런 리스크를 짊어지려고 하다니…… 말도 안 돼."

지쳤기 때문일까……. 아까 메리다와 얘기할 때도 그렇고, 자꾸만 싸늘한 말투가 튀어나온다.

그걸 알면서도 지금은 멈출 수가 없었다.

"말도 안 되지 않습니다. 말씀드렸잖습니까? 저는 이미 당신의 것이라고. 이럴 때 힘이 되어 드리지 않으면 어떻게 하겠습니까?"

너무나도 당연한 듯이 말하는 딘의 태도에 나는 한순간 할 말을 잃었다.

"그건……."

"그리고 저는 당신의 힘이 되고, 당신이 원하는 걸 갖고 있습니다."

나는 아무렇지도 않게 흘러나온 그의 말에 목소리를 잃었다.

설마 마지막 한 조각을 손에 넣을 줄이야.

게다가 그가 그걸 갖고 올 줄이야.

놀라움을 넘어 감동마저 느껴졌다.

"……그런데 아가씨의 작전은?"

딘이 씨익 웃었다. 내가 뭘 하려는지 알고 있으면서 굳이 물어보다니, 짓궂기는.

"당신의 생각대로야. ……그리고 당신이 이것들을 모아 준 덕분에 퍼즐 조각은 모두 모였어."

"다행이군요. ……그럼 '개축식'은 언제 하실 겁니까?"

"정보망이 꽤나 넓은가 보네. ……벌써 알고 있다니."

"왕도에서 무척 화제가 되고 있으니까요. 저도 돌아다니다 들었습니다."

"'개축식'은 내일 할 거야. 그런데 딘, 이렇게까지 준비성이 뛰어나다니……. 당신, 혹시 우리 계획을 미리 예상하고 있었던 거야?"

그리고 흘러나온 딘의 대답은 약간의 오차는 있었지만 거의 내가 생각했던 계획과 흡사했다.

그는 나의 교회 파괴 행위에 대해서 대부분 이쪽의 경위…… 말하자면 고아원의 이야기와 그곳에서 있었던 다툼을 영지 정책 전반에 걸쳐 일했기 때문에 알고 있었다고 한다.

그리고 영지 안에서 가끔씩 들었던 '소문'.

딘은 그것들을 전부 합쳐서 생각한 결과라고 말했다.

"그래서 묻는 겁니다만…… 당신은 그런 얼굴로 내일 중요한 승부에 나설 겁니까?"

"그런 얼굴……?"

"스스로도 알고 계시겠지요. 지금 당신의 얼굴은 무척 지독합니다."

……지독하다니, 너무하네. 마음속으로 하수가 반발했지만 조금 전 나도 같은 생각을 했었다. 차마 반박할 수 없었다.

"모두 눈치채고 마음속으로 걱정하고 있지만 일부러 말하지 않은 거겠죠. 하지만 저는 말하겠습니다. 저는 사람들에게 당신 이야기를 들었을 때, 당신의 옆에서 일하고 있을 때…… 한 가지 의문이 있었습니다. 당신이 제2 왕자에게 파혼당했을 때도, 영지민들을 생각해서 몸 바쳐 일했던 방금까지도, 그리고 지금 소동에서도. 당신은 눈물을 보이지 않고, 약한 소리도 하지 않고, 전부 속에 담아 둔 채 앞으로 걸어가곤 했지요. 당신은 왜 그렇게까지 강한 척하는 겁니까?"

"……강한 척……? 나는 한 번도 강한 척을 한 적 없어."

울지 않으면 강한 걸까……?

그보다 새삼스럽지만 '아이리스' —이 경우에는 '나'라고 해야 하나?—의 운명은 정말 파란만장하구나.

"감정을 잘라 버리려고 하는 당신이 말입니까?"

그만해. 더 이상 나를 몰아세우지 마.

그렇게 생각하며 한순간 입술을 깨물었다.

"……눈물을 흘린다고 뭐가 해결되는 건 아니잖아."

내 입에서 흘러나온 것은 생각했던 것보다 싸늘하고 딱딱한 목소리.

"그건 그렇죠. 하지만 저는…… 당신의 그런 모습이 무척 위태롭게 느껴집니다. 그리고 지금 당신의 얼굴도 그렇습니다."

더 이상은 참을 수 없어……. 그렇게 생각한 순간 억눌렀던 감정이 폭발했다.

"그럼 어쩌란 말이야! 울면서 도와 달라고 하면 누가 도와줘? 울면서 징징거리면 문제가 해결돼? 아니잖아……!"

엉뚱한 화풀이라는 건 알고 있다. 하지만 멈출 수가 없었다.

나는 딘의 멱살을 움켜잡았다.

딘은 별로 놀란 기색도 없이 나를 물끄러미 바라보았다.

"울면서 멈춰 설 수는 없었어……! 에드 님께 파혼당했을 때도……. 그래, 분했어! 분하고 괴로워서 울며 소리 지르고 싶었어!"

에드 님에게 파혼당하고…… 그 처사에 사랑은 식었지만 아무 감정도 없었던 것은 아니다.

앞날이 불안하기도 했고, 분하고 원망스러웠다.

하지만 울며 소리 질러 봤자 나를 기다리는 건 가문에서 쫓겨나서 유폐당하는 미래.

그러니까 울고 있을 수 없었다.

그럴 시간이 있으면 아버님과 교섭하기 위해 부족한 머리를 쥐어 짜는 게 낫다.

영지에 도착한 후에도 사실은 불안으로 가득했다.

전생의 기억이 있어도 어차피 일개 회사원에 지나지 않았는걸.

정치 따윈 처음이었고, '정말 이 정도면 괜찮은 걸까……?' 라는 불안은 언제나 나를 따라다녔다.

"이번 일도 그래……! 파문? 그게 뭐야! 대체 내가 왜 그런 선고를 받아야 되는데!"

눈물이 방울방울 흘러내렸다.

"분해. 분해서 견딜 수 없어. 왜, 왜? 괴로워. 도망치고 싶어. 큰 소리로 왜냐고 울부짖고 싶어."

나는 흘러내리는 눈물을 감추기 위해 재빨리 고개를 숙였다.

하지만 눈물은 멈추지 않고 뺨을 타며 바닥에 흘러내렸다.

"내가 너무 한심해서…… 마음이 아파 기껏 영지민들이 내 주위 사람들이 열심히 애써서 여기까지 만들어 줬는데…… '나' 라는 존재가 그걸 방해하다니. 내가 너무 한심하고, 미안해서…… 괴로워."

질척한 감정을 그대로 말로 쏟아 낸 탓에 내용이 정리되지 않았다.

계속해서 말이 감정적으로 떠올라서 충동적으로 쏟아져 나왔다.

"그런데 나더러 울면서 도와 달라고 하라고? 그런 소릴 할 바에는 차라리 방해가 되지 않게 은거하는 편이 모두를 위한 길일 거야. 하지만 나는 우리 가문과 사람들에게 너무 많은 피해를 입혔어. 이제나 혼자 도망가 봤자 아무 소용없어. 나라는 죄인이 있다는 사실은지워 버릴 수 없으니까."

그렇다. 내가 이제 와서 울며 도망쳐서 아르메리아 공작가나 상회와 모든 관계를 끊어도 모든 게 원래대로 돌아가지는 않는다.

파문 선고란 그렇게 가볍지 않고, 그 사실을 없었던 걸로 만들 수는 없다. 선고 자체를 뒤집어 버리지 않는 한.

"강한 척하려고 울지 않는다고……? 아니야. 울어 봤자 소용없으니까…… 울어서 사람들이 내게 질릴까 봐 무서우니까……. 그래서 울지 않는 것뿐이야!"

모두에게 피해를 입힌 내가 이제 와서 눈물을 흘렸다가 모두 질려서 정나미가 떨어져 버리면 어떻게 하지?

다들 그런 사람들이 아니라는 건 알지만 자꾸만 의심이 된다.

어쩌면……이라고.

"난 강하지 않아. 그저 강하게 보이고 싶은……. 하지만 그것조차할 수 없는 한심한 인간…… 그게 나야."

그리고 나는 엉엉 울음을 터뜨렸다.

움켜잡고 있던 멱살에 그대로 얼굴을 파묻고.

딘이 살며시 감싸듯 내 등을 끌어안았다.

……따뜻해.

엉엉 우는 한편 내 이성이 '떨어져' 라고 명령했다.

울고 매달리며 약한 모습을 보이지 말라고.

무거운 문으로 에워싸고 숨기고 있던 내 마음.

그걸 꺼내 버린 후 그에게까지 배신당하면 나는 두 번 다시 일어설 수 없을 것이다.

떨어지려면 지금이다.

하지만 그런 이성을 날려 버릴 만큼 강한 충동.

그 따뜻함에 매달렸다.

난 왜 이렇게 한심할까?

왜 이렇게 어리석을까?

그런 일이 있었는데도 나는 무엇 하나 배우지 못했다.

그러나 내가 그 따뜻함에 안심하고 있는 것도 사실.

아마 '지금의 나'와 '전생의 나'가 융합한 후 이렇게 운 건 처음일 것이다.

내 안의 질척질척한 감정을 밖으로 드러내는 것처럼.

"……당신의 강한 모습은 아름다워. 하지만 그 때문에 무리하진 마. ……그게 모두의 뜻이야. 약한 모습을 보이기를 주저하는 것도, 당신의 과거와 입장을 생각하면 어쩔 수 없을지 몰라. 하지만 그 괴로움을 드러내지 못하는 모습이야말로 당신을 따르는 자들을 걱정하게 만드는 거야."

존댓말이 아닌 딘의 목소리는 진지함 그 자체였다.

"물론 나도 그중 한 사람이야. ……아까의 당신은 이대로 사라져 버릴 것 같아서…… 무서웠어. 당신은 무슨 말을 해도 안심하지 않겠지. 그래서 나는 행동으로 보여 주기로 결심했어. 그러니까 혼자 모든 걸 끌어안지 마."

마치 아버님에게 설교당하는 기분이다. 하지만 지금 그 말의 의미는 아플 만큼 알 수 있었다.

오랜만…… 아니, 처음으로 엉엉 울음을 터뜨린 그날. 나는 지쳐서 푹 잠들었다.

무슨 일이 있어도 딘이 일을 대신 맡아 주겠다고 말해 준 덕분에 고맙게 휴식을 취할 수 있었다.

……그리고 다음 날.

실컷 운 덕분일까. 눈은 아직 조금 빨갛게 부어 있었지만 제법 상쾌한 얼굴이 거울에 비쳤다.

† † †

"……미안해요, 라피엘 사제님, 미나 씨. 이렇게 움직이게 해서."

"아, 아니에요! 저어…… 당연한 일인걸요, 영주님……."

내 앞에는 황송한 표정을 짓고 있는 미나와 라피엘 사제가 있었다.

……그렇다. 파문 선고를 받자마자 곧바로 두 사람을 데려오라고 지시했다.

지금 일어나고 있는 영지민들의 불만을 억누르기 위한 사전 준비.

지금까지 내가 아르메리아 공작 영애라는 사실을 전혀 몰랐던 두 사람은 처음에는 너무 놀라서 어쩔 줄 몰랐다.

특히 라피엘 사제는 내게 아르메리아 공작 영애를 만나고 싶다는 말까지 했었으니까.

나도 조금 미안하고…… 어색한 심정이었다.

이번 파문 소동에 대해 교회에 소속되어 있는 라피엘 사제는 이미 알고 있었다.

그뿐인가, 어떻게든 선고를 철회하도록 옛 연줄을 동원해서 움직여 준 모양이다.

그 행동이 무척 기뻤다.

게다가 내가 얘기를 들은 미나도 지금의 상황을 알고 몹시 미안해했다.

전부 자신들 때문이라면서……. 이렇게 될 걸 알면서 정체를 알려 준 나는 정말로 성격이 나쁜가 보다.

"여기로 부른 건 다름이 아니라…… 미나 씨에게 부탁이 있어서예요."

"네, 네에. 무슨 부탁이신가요? 제가 할 수 있는 일이라면 뭐든지 말씀만 하세요!"

라피엘 사제의 눈빛이 날카로워졌지만 여기서 움츠러들고 멈출 수는 없었다.

"괴로운 일을 떠올려야 하겠지만……. 저어, 교회가 팔렸을 때 애기를 주위 사람들에게 마구 퍼뜨려 줘요. 그래요…… 조금 과장되었다 싶을 정도로. 각본은 이래요. '성스러운 교회인 그곳이 우리가 살고 있는데도 인신매매를 하는 자들에게 팔리고 말았다. 그 때문에 교회에서 나가라고 강요당하고 수많은 괴롭힘을 당했다. 그 사실을 알게 된 아르메리아 공작 영애가 그자들을 체포하고 괴롭힘 때문에 엉망이 된 교회를 이전한 후 우리를 그곳에서 살게 해 줬다.' 라고. 그리고 '교회를 이전한 후 아직 문은 열리지 않았지만 이제 곧 대대적으로 개방한다고 한다. 그때 아르메리아 공녀도 올 것이다.' 라고요."

내 부탁에 미나는 눈을 동그랗게 뜨며 고개를 갸웃거렸다.

"그 정도면 되나요?"

"그래요. 많은 사람이 호기심 어린 눈으로 당신을 쳐다볼지도 몰라요……. 아니, 십중팔구 그렇겠죠. 부정이나 의혹의 눈빛을 받을지도 몰라요. 그래도 많은 사람에게 얘기해 줬으면 좋겠어요."

"그 정도라면 물론! 지금 당장 마구 퍼뜨리고 올게요! 영도 전체를 돌아다니면서."

미나에게 설명하고 싶은 것은 전부 얘기해 뒀기 때문에 타냐에게 안내를 맡기고 돌아가도 좋다고 말했다.

"고아원에 가 보셨군요."

"네…… 아이리스 님. 그때는 감사했습니다."

내 물음에 라피엘 사제는 난처한 듯이 미소를 지으며 말했다.

"하지만 지금은 저보다…… 아이리스 님의 문제로 부른 것이지요?"

"네. ……사제님께도 부탁이 있어요."

"……내용에 따라 다르겠지만 최대한 애써 보겠습니다. 하지만 그 전에 한 가지 말씀드려야 할 것이 있습니다."

"뭐죠?"

"현재 우리 본부에서 커넥션은 이미 봉쇄되어 있습니다. 그뿐인가요, 저도 그쪽 분들에게 찍혔다 해도 과언이 아닙니다."

"아……. 그건 역시 이 영지의 교회에 계시기 때문인가요?"

"아뇨. ……저쪽에서 이미 저와 고아원의 관계를 파악하고 있기 때문입니다."

"그걸 어떻게?"

"아마 노류의 짓일 겁니다."

"노류? ……아, 지난번 교회에서 만났던 그 성직자분 말씀인가요?"

"네. ……아무래도 저쪽 분들의 손발이 되어 움직이고 있었던 모양입니다. 이건 본부 커넥션이 봉쇄되기 전에 확인한 일이고, 물적 증거도 갖고 있습니다."

"그렇군요. ……제가 당신께 부탁하고 싶은 건 하나예요. 하지만 노류라는 사람에 알려지길 바라지도 않고, 방해받고 싶지도 않아요."

"다른 곳으로 불러내서 잠시 그곳에 발을 묶어 두면 어떨까요? 다행히 저는 아직 명목상 그의 상사니까요. 일을 떠맡기는 것쯤은 문제없습니다."

"어머, 좋은 생각이군요. ……후후, 학원 쪽에도 한바탕 연극을 해 볼까요? 그런데 라피엘 사제님, 성직자답지 않게 나쁜 쪽으로 머리 회전이 빠르시군요?"

"무슨 말씀이십니까. ……저는 다릴교 본부에 오랫동안 몸을 담고 있었습니다. 이 정도도 못해서야 그곳에서 살아남을 수 없죠."

"그렇군요. 재미있네요."

그리고 나는 라피엘 사제님에게도 부탁을 전했다.

그도 미나처럼 흔쾌히 받아들여 줬다.

그로부터 불과 십수 일 후.

소문은 제법 널리 퍼졌다.

그야말로 각지를 뛰어다니는 모두의 귀에도 들어갈 만큼.

물론 긍정적인 반응뿐만은 아니었다. 의심하는 사람도 있고, 소문이 마구 부풀고 뒤틀려 버리는 경우도 있었다.

하지만 이로써 토대는 만들어졌다. 그리고 새로운 교회 개축식에 사람들의 관심도 높아지고 있다.

그때까지 있었던 일들을 떠올리며 나는 현실로 되돌아왔다.

"정말 고마워요, 미나 씨. 그리고 나는 영주가 아니라 어디까지나 영주 대행이랍니다."

"그, 그랬었죠……."

"그리고 내 정체는 아이들에겐 비밀이에요. 또 함께 놀 때 아이리스 님이라고 부르면······ 거리감이 느껴져서 슬플 거예요."

"또 오실 건가요?"

"물론이죠. 아이들에게 공부를 가르쳐 주겠다고 약속했는걸. 새 그림책이랑 동화도 아직 전해 주지 못했고."

"······고맙습니다, 아이리스 님. 아이들이 얼마나 기대하고 있는지 몰라요."

"그렇다면 정말 기뻐요. ······그러기 위해서라도 빨리 해결해야 죠."

나는 그렇게 말하며 마차에서 내렸다.

오늘은 기다리고 기다리던 새로운 교회의 준공 축하 및 개축식.

이 개축식에 참석하는 나를 위해 각지를 뛰어다니던 라일과 디더, 그리고 타냐가 호위로 동행해 줬다.

눈앞에는 새로운 교회가 우뚝 솟아 있었다.

신성한 장소인데도 기분은 마왕성으로 향하는 용사의 심정······. 아, 이건 너무 지나친 비유일까.

자. 먼저, 영지민들의 마음을 하나로 모으러 가 볼까?

10장
공작 영애, 반격하다

……해 질 녘. 평소에는 술집이 붐비기 시작할 무렵, 많은 사람이 교회에 모여 있었다.

새로운 교회는 시간이 시간이니만큼 옅은 어둠에 잠겨 있었다.

하지만 그 때문에 더욱 신비로워 보이기도 했다.

그곳에는 유명한 상회의 회장과 지방 촌장 등, 유력자부터 평민까지.

특히 영도에 사는 주민이 다수 모여 있었다.

미처 안에 들어오지 못할 만큼 많은 사람이 새로 지은 커다란 교회의 예배당을 가득 채웠다.

긴 의자는 이미 앉을 곳이 없어서 서 있는 사람이나 예배당 문 근처에서 안을 들여다보는 사람마저 있었다.

영주가 파문 선고를 당한 전대미문의 사태에 모두 불안을 느끼고 있었다.

나는 그 불안을 조금이라도 덜기 위해 새로운 교회로 발걸음을 옮긴 것이다.

그리고 또 하나. 그럴듯하게 떠도는 소문도 그 원인 중 하나다.

영주님은 고아들을 지키기 위해 교회와 대립했다는 소문.

그 고아들은 이곳 교회와 병설되어 있는 고아원에서 살고 있다는 소문.

실은 고아원은 이 영도에 사는 자들에게 의외로 유명하다.

그 때문에 신빙성은 있지만……. 그러나 영주가 스스로 평민을 위해 교회와 대립할 리 있느냐는 의심도 있었다.

……어느새 나타난 신관이 제단 앞에 서서 신께 예를 올렸다.

그와 동시에 파이프오르간 소리가 울려 퍼졌다.

신비로운, 그리고 엄숙한 멜로디. 아름다운 그 선율이 이 자리에 있는 사람들의 가슴을 감동시켰다.

그리고 신관이 신께 기도를 바치자 그에 맞춰 사람들도 기도를 올렸다.

그 후 신관의 설교가 시작했다.

"신은 인간들에게 사랑을 말씀하셨습니다. 사랑으로 대해야만 인간과 인간이 손을 잡고 세상을 만들어 나갈 수 있노라고. 인간은 약한 존재입니다. 인간은 결코 혼자서는 살아갈 수 없습니다. 그래서 신은 인간과 인간의 관계가 얼마나 존귀한 것인지 가르쳐 주셨습니다."

부드러운 어조로 흘러나온 그 말은 결코 큰 목소리는 아니었지만 예배당 전체에 울려 퍼졌다.

"하지만 인간과 인간의 관계를 지나치게 소중히 여기는 나머지 잘못에서 눈을 돌려서는 안 된다는 것도 가르쳐 주셨습니다. 사랑과 의존은 다릅니다. 잘못을 보았을 때에는 용기 있게 그 잘못을 바로잡아야 합니다."

웅성웅성. 작은 예배당 안이 소란스러워졌다.

잘못을 바로잡아야 한다……. 그것은 아르메리아 공작 영애를 말하는 걸까, 하고.

"우리는 맑은 마음으로 세상을 판단해야 합니다. 뭐가 옳고 뭐가 그릇된 것이지. 옳다고 생각한 자에게는 손을 내미십시오. 설령 그 사람이 다른 사람들에게 미움받는 자라 해도. 저는 이 땅에 신의 가르침으로 사랑이 흘러넘치고, 올바른 빛이 가득하기를 기도합니다."

신관이 설교를 마친 후, 제단에서 퇴장했다.

그대로 예배는 끝인가, 라는 분위기가 흐를 무렵에 한 여성이 제단에 섰다.

순백의 드레스……. 하지만 아무 장식도 없는 그 옷은 드레스라기보다는 다릴교의 예복과 비슷했다.

하지만 그런 검소한 옷을 입고 있어도 이 자리에 있는 모두의 시선을 빼앗아 버릴 만큼 그녀는 아름다웠다.

"이 자리에 계신 여러분. 오늘 이 교회 개축식에 참석해 주셔서 진심으로 감사드립니다."

맑은 목소리.

그리고 그 인사는 멋지다는 말밖에 나오지 않을 만큼 예법 또한 완벽했다.

저 여성은 누구일까? 여기저기서 그런 목소리가 들려왔다.

귀를 기울이자 '앨리스……!' 라는 목소리가 마을 사람들 사이에서 흘러나왔다.

그녀는 그 의문에 대답하듯 입을 열었다.

"내 이름은 아이리스, 아이리스 라나 아르메리아. 아르메리아 공작 영애이자 현재 영주 대행을 맡은 자입니다."

순간 회장의 술렁거림이 더욱 커졌다.

……영주 대행이 왔기 때문이라기보다는 '파문 선고를 받은 그녀가 왜?'라는 목소리가 컸다.

"여러분, 들어 주세요. 제가 왜 이곳에 있는지…… 여러분이 의문을 갖는 것도 당연한 일입니다. 하지만 저는 이곳 사제님의 허락을 받고 이 자리에 섰습니다. 그리고 방금 사제님께서 말씀하셨던 대로…… 여러분께 맑은 마음으로 무엇이 올바른지 판단해 주셨으면 합니다."

그녀의 목소리는 의연하고 당당해서 이 교회의 분위기와 무척 잘 어울렸다.

위엄이라고 말하면 좋을까.

그녀의 그런 분위기에 혼란에 빠져서 술렁대던 청중들도 고함치는 것을 멈췄다.

그리고 사람들은 수군수군 뭔가 이야기를 나누기 시작했다.

"우리 영지는 풍요롭고, 사람들은 신의 가르침을 따라 사랑으로 타인을 대하고 있습니다. 하지만 그 사랑이 미처 미치지 못하고, 불우한 환경에서 살아가는 사람도 분명 있습니다."

마치 신께 기도를 바치는 것처럼 손을 모으며 목소리를 높였다.

"나는 그런 사람들을 만났습니다. 예전에는 수녀님이라는 좋은 스승님을 만나 영도에 있는 교회의 고아원에서 건강하게 자라던 아이들. 그러나…… 수녀님이 세상을 떠난 후 교회의 땅은 팔리고 말았습니다. 남겨진 아이들은 갈 곳을 잃고, 땅을 사들인 자들의 무자비한 행동에 상처받았습니다. 아이들에게는 아무 죄도 없건만 너무나도 가혹한 처사였습니다. 이곳에 모인 영도 주민들 중에는 그 사실을 아는 분들도 있을 겁니다."

여기저기에서 '알고 있다.' 라는 말이 들려왔다.

"미처 몰랐다. 우리 일족에게 그것은 큰 죄입니다. 나는 이 땅에 사는 자들을 지켜야 하는 사람이니까요."

그렇게 말한 순간, 그녀의 한쪽 눈에서 주르륵…… 눈물이 흘러내렸다.

그 모습은 마치 한 폭의 그림처럼 너무나도 아름다웠다.

"우리는 똑같은 과오를 되풀이하지 않을 것입니다. 우리는 여러분을 지키기 위해 존재하는 것입니다. 그 첫걸음이 이 새로운 교회입니다. 아이들의 안전을, 미래를 지키기 위한 곳. 이 교회는 우리 일족의, 그리고 나의 결의. 모든 이의 빛나는 미래의 상징. 나는 교회를 파괴했다는 이유로 죄인이라는 선고를 받았습니다. 하지만 그 행동의 무엇이 죄입니까? 지켜야 할 백성들을 버렸어야 합니까? 파손되어 엉망이 된 교회를 그대로 내버려 뒀어야 합니까? 그게 옳은 행동인가요?"

그때까지 담담했던 어조는 차츰 몸짓이 더해져 감정의 기복을 느낄 수 있게 되었다.

동시에 모두의 가슴이 찡했다.

그녀의 말이 사실이라면…… 죄를 물어야 할 죄인은 대체 누구인가?

"나는 다릴교의 경건한 신자입니다. 하지만…… 나는 이 땅과 이 땅의 백성들을 지키는 영주입니다. 신은 우리를 지켜봐 주시지만 행동해야 하는 것은 우리입니다. 행복은 어느 날 갑자기 하늘에서 내려오지 않습니다. 모든 것은 우리의 행동과 의지에 달려 있습니다. 어쩔 수 없이 악을 받아들인 사람은 악의 일부가 됩니다. 악에 저항하지 않는 사람은 실은 악에 협력하고 있는 것입니다. 조금 전의 아이들을 알고 있다고 대답하신 분들, 여러분은 그 아이들을 위해 무엇을 했나요? 소리 높여 도움을 청했나요? 나의 두 손은 작고, 그리고 눈도 귀도 두 개밖에 없습니다. 하지만 내게는 나를 보좌해주는 영지의 관리들과 이곳에 있는 여러분이 있습니다. 나는 여러분의 목소리에 대답할 것입니다. 약한 자가 있으면 제일 먼저 지킬 것입니다. 불우한 환경을 보면 슬퍼하며 손을 내밀 것입니다. 이 땅이, 그리고 이 땅에 사는 모두가 풍요로워질 수 있도록 최선을 다할 것입니다. 그러니까 여러분도 힘을 빌려주세요."

짝짝……. 한 사람이 박수를 치기 시작했다.

그 박수는 차츰 물결처럼 퍼져서 이윽고 예배당 밖에서도 박소 소리가 울려 퍼졌다.

이 사람을 따르자.

이 사람을 따르면 우리는 풍요로워질 수 있다.

이 사람은 우리를 지켜줄 것이다……. 누구를 적으로 돌리더라도.

그렇게 생각한 것이다.

근거 따윈 생각하지 않았다.

그저 막연히 그렇게 생각했다

아마도 그녀의 분위기와 이 자리의 분위기에 휩쓸렸기 때문이기도 할 것이다.

하지만 그래도 좋다고 생각할 만큼 감동적이었다.

"……그대에게 신의 축복을."

사제도 그렇게 축복했다.

그녀는 몸을 굽히며 사제의 축복을 받아들였다.

그리고 그 축복을 흩뿌리듯 또다시 사람들을 향해 머리를 숙였다.

……프로파간다.

여론, 대중의 의식, 행동을 의도하는 방향으로 유도하는 선전 행위.

내가 한 연설은 바로 그것이었다.

사전 준비로 미나에게 여기저기 돌아다니며 흘린 소문을 이용하여 나를 따르면 메리트가 있을 거라고 믿게 만들고, 교본을 이용하여 도덕적인 말들을 늘어놓는다.

아돌프 히틀러는 '선전 효과를 높이려면 사람들의 감정에 호소해야 한다.', '선전을 효과적으로 만들기 위해서는 요점을 정리하고 대중들이 마지막 한 사람까지 슬로건이 의미하는 것을 이해할 때까지 그 슬로건을 반복할 필요가 있다.'라고 남겼지만…… 잘 해낸 걸까?

아무래도 나는 연설 같은 건 태어나서 지금까지 해 본 적이 없으니까.

잘 해냈다고 믿자. 박수도 많이 받았으니까.

덧붙여 말하자면 보다 확실하게 분위기를 잡기 위해 해 질 녘에 개축식을 한 것도, 어두컴컴한 예배당에서 연설한 것도 전부 그것을 보다 효과적으로 만들기 위해서였다.

"훌륭한 설교였습니다, 라피엘 사제님. 앞으로 고아원과 교회 모두 잘 부탁드립니다."

라피엘 사제에게 그날 부탁한 것은 새로운 교회의 사제와 고아원 원장으로 취임해 달라는 것이었다.

"네. 앞으로 열심히 노력하겠습니다. ……공녀님의 연설도 무척 훌륭했습니다."

"어머, 고맙습니다. 그런데 노류는 어떤가요?"

"노류라면 얼마 전에 풀어 줬습니다. ……그 문제는 이제 안심한 것 같더군요."

라피엘 사제와 미나를 만난 다음 날, 라피엘 사제는 즉각 노류에게 일을 맡겼다.

그 일이란 영도에서 조금 떨어진 마을에 약을 배달하는 것.

사실 이건 라피엘 사제가 실제로 정기적으로 했던 일이다.

그리고 노류에게도 때때로 맡긴 적이 있다고 했다.

그래서 노류는 딱히 의심하지 않고 일을 받아들였고, 그런 그에게 몰래 감시를 붙였다.

먼저, 가는 길에 방해를.

예를 들면 마차를 고장 내거나 길을 봉쇄하거나.

그는 평소의 두 배 이상 걸려서 마을에 도착했다.

거기서 '우연히' 돌림병이 발생했고, 병을 퍼뜨리지 않기 위해 마을에서 나가지 못하는 상황에 빠졌다.

물론 돌림병은 거짓말이다.

마을 사람들은 라피엘 사제에게 은혜를 입은 자들이기 때문에 흔쾌히 연극에 협조해 줬고, 병을 진단한 것은 루카 학원장이 손을 쓴 사람이었다.

노류는 감염자와 접촉했다는 이유로 격리 조치되었다.

아마도 병에 걸리지는 않았을까, 하고 불안에 떨었을 것이다.

그리고 그가 돌아오는 길에도 물론 방해는 계속되었다.

덕분에 우리는 일을 진행하는 동안 그의 방해를 받지 않을 수 있었다.

……자, 문제 하나는 처리했다.

이제 내가 잠시 영지를 떠나도 괜찮을 것이다. ……그럼 이제 왕도로 가야 한다.

……원흉을 처리하러 가야 하니까.

그건 그렇고, 마음속으로 되풀이해서 생각하고 있는 의문을 되새겨 보았다.

지금 몸에서 한시도 떼지 않고 갖고 있는 두 통의 서신.

이 서신 덕분에 라피엘 사제를 새로운 교회의 사제로 만들 수 있었다.

내가 원하던 마지막 퍼즐 조각이 바로 이 서신.

어떻게 하면 얻을 수 있을까……? 어머님이나 태후마마의 힘을 빌려야 하나, 그렇게 생각했는데. 대체 딘은 어떻게 이걸…….

"……아가씨, 괜찮으십니까?"

생각에 잠겨 있을 때, 라일이 걱정스러운 목소리로 말을 건넸다.

"괘, 괜찮아……."

"앞으로 조금만 더 가면 휴식입니다. 그때까지 참으십시오."

지금 나는 왕도로 향하고 있다.

그것도 빠르게 도착하기 위해 마차를 사용하지 않고.

……무슨 말을 하고 싶은가 하면 현재 나는 마차가 아니라 말을 타고 있다.

물론 승마할 줄 모르는 나는 라일이 모는 말에 함께 타고 있다.

지난번 강행군도 버텼으니 괜찮지 않을까…… 라고 생각했지만 전혀 달랐다.

내 생각이 안일했다. 말이란 이렇게 흔들리는 거구나…….

땅이 그리워서 견딜 수 없다.

동행은 디더, 타냐, 그리고 우리 가문의 호위들.

딘은 볼일이 있어서 도중에 헤어졌다.

그 일이 끝나는 즉시 이쪽에 합류하겠다고 한다.

다들 멋지게 말을 몰고 있다. 우리 일행 중에 짐 덩어리는 나뿐이다.

하지만 고생한 보람이 있어서 시간을 대폭 단축할 수 있었다.

왕도에 도착한 후 휘청거리는 다리를 간신히 움직여 별저로 향했다.

"어서 오십시오."

이곳을 떠날 때와 마찬가지로 모든 고용인의 마중을 받으며 안으로 들어갔다.

"지, 지금 돌아왔습니다, 아버님, 어머님, 베른……. 이번 일로 폐를 끼쳐서 정말 죄송해요."

가족들도 현관에서 나를 맞이해 줬다.

그런 가족들에게 내가 건넨 것은 기운 없는 인사였다.

아직 평형 감각이 돌아오지 않아서 눈앞이 조금 어질어질했다.

"……굉장히 일찍 도착했구나……. 괜찮으냐?"

내 상태를 눈치챈 아버님이 걱정하듯 물었다.

"네, 그럭저럭……."

"잠시 쉬거라."

"네, 네에……."

아버님의 배려로 잠시 휴식을 취한 후, 에를르에게 안내를 받아 별실로 이동했다.

평소에는 차를 마실 때 사용하는 방이지만 물론 오늘은 그런 화기애애한 분위기가 아니었다.

이미 가족이 모두 자리에 앉아 있었다. 나는 빈자리에 앉았다.

"공연히 폐를 끼쳐서…… 다시 한번 정말 죄송해요."

또다시 모두에게 사과했다.

"아니다. 설마 다릴교가 이렇게까지 나올 줄은 몰랐다. 너무 자책하지 말거라."

"하지만……."

"그래. 트집도 정도가 있지."

아버님과 어머님의 따뜻한 말에 가슴이 찡했다.

"회의 준비는 되어 있다. 태후마마께서 잔뜩 벼르고 계신다. 저쪽이 우리에게 싸움을 걸어왔다……. 봐줄 필요 없다. 마음껏 싸워라."

"네. ……참, 어머님. 딘이 어머님께 편지를 전해 달라고 하던데요."

"어머, 딘이? 보여 주련."

어머님은 흥미진진하게 내게서 편지를 받아 든 후, 곧 편지지를 펼치고 내용을 읽기 시작했다.

다 읽은 후에는 후후후…… 하고 즐거운 듯이 미소를 지었다.

"……뭐라고 적혀 있나요?"

"음. 멋대로 이름을 사용해서 죄송하다…… 라고 적혀 있구나. 네가 받은 그 서신을 교회에서 얻기 위해 아무래도 내 이름을 이용한 모양이야."

"어머님의 이름을……. 효력은 절대적이었겠군요. 현재 어머님이 참석할 예정이었던 자선 파티에 불참을 표명한 후 참석을 취소하는 자가 속출하는 바람에 교회에서 비명을 지르고 있다니까요."

베른의 말에 나는 납득했다.

참석을 취소하는 자가 속출한다……. 그렇다면 모이는 돈도 줄어든다는 뜻이다.

확실히 교회 측에는 뼈아픈 타격일 것이다. ……하지만.

"괜찮을까요? 교회에서 이때다, 하고 어머님까지 공격하진 않을까요?"

"괜찮아. 꼭 해야 할 일은 하고 있으니까. 원래 자선 파티는 임의대로 참석을 결정할 수 있단다. '파문 선고를 받은 딸의 어머니가 교회 파티에 참석하면 분위기가 나빠질 것 같아서 불참합니다.'라고 정중하게 편지도 보냈고."

지나치게 직설적인 그 내용에 나도 모르게 웃고 말았다.

"뭐 이번 일이 해결되면 참석할 거야. 그게 교회 측에서 서신을 얻어내기 위한 조건 중 하나였던 모양이니까."

"무슨 말씀이죠?"

"딘은 내가 그런 행동을 할 거라고 예상하고, 교회 측과의 교섭 재료로 써먹은 모양이더구나. 나야 내 이름이 너에게 도움이 돼서 기쁘지만."

……딘. 꽤나 대담한 행동을 했군.

어머님의 이름을 멋대로 사용한 것도 모자라서 교섭 재료로 써먹다니,

게다가 사후 보고. 어머님이 용서해 주셨으니 다행이지만…… 조금 머리가 아프다.

"누님, 저도 한 가지 보고드릴 게 있습니다."

생각에 잠겨 있는 나를 향해 베른이 입을 열었다.

"응? 뭐지?"

"이번 일, 반은 주모자가 아닙니다."

"그래서 용서하란 말이니……?"

내가 살짝 노려보듯 바라보자 베른은 곧 고개를 저었다.

"아닙니다. ……이번 주모자는 분명 교황 본인. 그리고 그의 주위에 최근 먼로 백작과 가까이 지내는 상인의 모습이 있습니다."

"그 상인이 뒤에서 조종하고 있을 거란 말이야?"

"아마도. ……애초에 아무리 교황이라 해도 쉽사리 공작가를 공격할 리 없다는 의문을 품고 반에게 얘기를 들었습니다. 물론 대놓고 물어볼 수는 없어서 이런저런 사소한 얘기를 나눴는데…… 그러다 마음에 걸린 게 그 상인입니다. 이번 사건이 일어나기 얼마 전부터 먼로 백작가에 머무는 상인이 교황과 수차례 면담했다고 합니다. 특히 누님이 파문 선고를 받기 전에 아주 여러 번. 우연이라기에는 너무 공교로워서요."

"그렇구나. ……아버님, 그 상인의 정체는?"

"물론 조사 중이다."

그렇다면 됐다. 그건 그렇고 베른의 행동에 조금 감동했다.

설마 스파이처럼 저쪽에서 정보를 캐낼 줄이야.

"나는 에드워드 님이 관여했을지도 모른다고 의심하고 있는데?"

그래서 물어봤다. 지금의 그라면 대답해 주지 않을까 싶어서.

"아뇨, 그분도 교회 문제는 관여하지 않았습니다만……."

"다만?"

"누님 앞에서 이런 말을 하긴 껄끄럽지만…… 그분은 누님이 태후마마를 뒷배로 삼게 된 것을 별로 달갑지 않게 생각하는 눈치였습니다. 앙갚음……이라도 하고 싶은지, 누님을 싫어하는 그분은 무슨 좋은 방법 없냐고 여기저기서 푸념을 늘어놓고 있습니다. 그리고 이번 일을 듣고 마침 잘됐다며 움직이기 시작했습니다. 상회에서 종업원을 빼낸 것은 바로 그분의 짓입니다."

"와아, 세상에……."

속 좁은 남자로군. 하지만 덕분에 상회의 매출은 확실하게 떨어졌으니 우습게 볼 수는 없다.

"……상회의 문제는 이 일이 해결되면 대대적으로 처리해야지. 정보를 제공해 줘서 고마워."

"아닙니다."

"자, 아이리스. 그만 식사하고 일찍 쉬렴. 내일도 중요한 승부가 있잖니. 푹 쉬고 이기러 가자꾸나."

"네, 어머님."

자, 내일은 진짜 싸우는 날. 지난번 건국 기념 파티도 전쟁에 출전하는 병사 같은 기분이었지만…… 이번엔 그 이상이다.

내일 나의 운명이 결정된다. 패배는 허락되지 않는 일생일대의 승부다.

† † †

치장을 마치고 왕궁으로 향했다.

지난번 여섯할 때와 마찬가지로 화려하지 않은 옷을 골라 입었다.

오늘은 왕궁에서 아버님에게 이번 사태를 묻는 청문회가 열린다.

……귀족 사회에 큰 영향을 초래한 중대 안건이니만큼, 당사자가 아니라 가주이자 나를 감독하는 책임을 진 아버님께 설명을 요구하는 것이다.

한마디로 부하들이 실수하면 그 상사에게 '어떻게 된 건가! 설명하게.' 라고 보스가 말하는 것 같은 구도.

내 거치가 결정되는 곳……. 잘하면 가문에서 쫓겨나고 유폐……. 최악의 경우엔 투옥되거나 극형에 처해질지도 모르는 이번 청문회는 관계자는 물론 청취인으로 참가할 수 있는 귀족들도 대거 참석할 거라고 대충 예상된다.

나는 평소대로 조촐하게 라일과 디더, 두 사람을 호위로 삼아 입궁했다.

사실 나는 정식으로 초대받지 못했다.

근신 중인 나는 그다지 당당한 처지가 못 되었기 때문에 태후마마께 은밀히 허락받았다.

그래서 사람들의 눈을 피해 미리 태후마마가 지정하신 루트를 통해 걸었다.

불법 침입자가 된 기분이다. ……꼭 아니라고 하지는 못하겠지만.

"……아르메리아 공작, 딸자식도 감독하지 못하는 그대가 우리 왕국을 감독하기는 너무 버겁지 않겠소?"

목소리가 들려왔다. ……이 목소리는 제2 왕비인 엘리아다.

재상직을 그만두라는 압박이 담긴 말……. 이때다 하고 아버님을 공격하고 있는 것일까.

"그러게 말입니다. 이번 일은 우리 나라 입장에서도 부끄럽기 짝이 없는 큰일이지요. 그 책임을 공녀 혼자 짊어질 수 있을까요?"

"재상직은 물론 멸문까지도 생각해 볼 문제가 아닐는지……."

엘리아 왕비 측 귀족들 사이에서 여기저기 그런 말이 흘러나오기 시작했다.

이윽고 그 분위기에 휩쓸린 것처럼 다른 귀족들의 입에서도 "하긴."이라는 말이 흘러나오기 시작했다.

"……나는 그 아이를 감독한 적이 없습니다."

아버님의 낮은 목소리가 그 술렁거림을 갈랐다.

"감독하지 않았으니 죄를 묻지 말라? 지금 책임을 회피하는 것입니까?"

하지만 엘리아 왕비는 그 말에 코웃음을 쳤다.

"들으셨지요? 재상직은 물론 아르메리아 가문이 공작가로서 존속하고, 그 영지를 다스리는 것조차 문제 삼아야 한다는 의견이 있다는 것을. 그만큼 큰일입니다. 그런 말로 책임에서 벗어날 수 있을 거라고 생각합니까?"

엘리아 왕비가 소리 높여 선언했다.

……한마디로 우리 가문의 영지를 빼앗고 싶단 말이지…….

귀족들도 계속 성장하는 그 영지를 합법적으로 손에 넣을 수만 있다면 그보다 솔깃한 얘기는 없을 것이다.

특히 이웃 영지를 다스리는 사람은 엘리아 왕비 측에 붙으면 지리적인 조건상 우리 영지를 하사받을 가능성이 높다고, 잔뜩 들떠도 할 수 없을지 모른다.

그리고 실제로 지금도 열심히 '옳소, 옳소.'라고 떠들어 대고 있었다.

아버님은 또다시 소란스러워진 그 자리에서 주위를 한 바퀴 둘러보았다.

그 차가운 시선에 압도당해 주위는 한순간 고요해졌다.

"……책임 회피를 할 생각은 없습니다. 나는 그 아이를 감독한 적이 없다…… 그 말은, 감독 따위 하지 않아도 그 아이가 필요한 일을…… 귀족으로서 올바른 일을 하고 있다고 믿기 때문입니다. 그리고 재상직에 오른 후 지금까지 나는 이 방면으로 잘못된 판단을 내린 적이 없습니다."

"……고맙습니다, 아버님."

단호하게 말하는 아버님께 나는 저도 모르게 작은 목소리로 중얼거렸다.

지금 그 말이 내게 용기를 줬다. 그 자리에 들어갈 용기를.

나는 긴장으로 떨리는 손을 누르며 앞으로 나섰다.

……뭐, 지금까지 있었던 곳은 알현실을 볼 수 있는 소위 숨겨진 방이었기 때문에 곧바로 나갈 수는 없었지만.

또다시 그 자리에서 조금 복잡한 길을 지나 알현실의 문 앞에 도착했다.

알현실 문을 지키는 위병들이 나를 발견하자 "잠깐 기다려 주십시오."라고 당황하며 막았지만 태후마마의 편지를 보여 주자 입을 다물었다.

나는 그들에게 문을 열 것을 요구했다.

† † †

알현실의 문을 연 순간, 사람들의 시선이 일제히 쏟아졌다.

……그리고 이 중요한 회의에 난입한 사람이 나라는 사실을 깨닫자 실내는 또다시 술렁거렸다.

나를 보고 놀라지 않은 것은 미리 내 등장을 알고 있었던 아버님과 태후마마…… 그리고 라프시몬즈 크리스토퍼 사제…… 그들뿐이었다.

나는 그대로 안으로 들어갔다.

호화롭고 위엄이 가득한 이 공간.

그리고 양옆에 서서 냉엄한 눈빛으로 나를 바라보는 귀족들.

제일 안쪽에 앉아 있는 왕족들—지금 이 자리에는 태후마마와 엘리아 왕비밖에 없지만—과 다릴교 사람들.

그 모든 이들이 내게는 지독히 무섭게 느껴져서 기껏 조금 전에 용기를 얻었다고 생각했건만 또다시 손이 떨리기 시작했다.

……괜찮아. 그렇게 믿기 위해 힘껏 손을 움켜쥐어도 떨림은 멈추지 않았다.

내가 느끼기에는 너무나 긴 시간—하지만 실제로는 아주 짧은 시간일 것이다—을 지나 간신히 안쪽으로 걷기 시작했을 때, 문득 나는 어떤 인물에게 시선을 멈췄다.

라프시몬즈 크리스토퍼 사제.

마르고 안경을 쓴 이지적으로 보이는 인물.

그의 표정은 무표정……. 하지만 그 시선은 다른 사람들과는 달리 나를 시험하는 것처럼 느껴졌다.

과연 이 판세를 뒤집을 수 있을까……? 주어진 퍼즐 조각을 활용할 수 있을까? 그렇게 묻는 것처럼.

그걸 느낀 순간 내 떨림도 멈췄다.

머릿속에 떠오른 것은 사제와의 연결점을 만들어 준 그.

……좋아, 해 보자. 결코 그의 호의를 헛되이 만들지 않겠다.

그리고 나를 따르는 모든 이의 신뢰에 보답하지 않으면 안 된다.

나는 아버님의 옆에 섰다. 맞은편에는 비어 있는 왕좌가 있었다.

그 왕좌를 사이에 두고 엘리아 왕비와 태후마마가 앉아 있었다.

그들 앞에는 다릴교 사람들이 앉아 있었다.

"……어째서 그대가 이곳에 있는가?"

엘리아 왕비의 차가운 말이 시선과 함께 내게 꽂혔다.

"……송구하오나 사태를 보고하려면 당사자인 제가 설명을 드려야 한다고 생각했기 때문입니다."

"보고라……. 공녀께서 신성한 교회를 파괴했다는 사실은 변함이 없습니다. 지금은 공녀의 파문이 문제가 아니라 그 책임을 아르메리아 공작가가 어떻게 짊어질 것이냐, 그 이야기를 하기 위한 청문회입니다."

느긋하게 고개를 끄덕이며 그렇게 말한 것은 빌모츠 루타샤 교황.

저 제2 왕자의 추종자 중 한 사람…… 반 루타샤의 아버지이자 다릴교의 교황이다.

"아이리스 라나 아르메리아, 당신은 교회의 허락도 받지 않고 신의 땅인 교회를 파괴했습니다. 그것은 신을 두려워하지 않는 소행이며…… 신자로서 결코 해서는 안 되는 행위……. 또한 위에 선 자의 행위라고는 도저히 생각할 수 없습니다. 신께서도 크게 한탄하고 계실 겁니다."

"그건 그렇겠죠, 교황님. 신의 땅……. 기도를 드리는 곳을 부수는 것은 즉 신과의 대담을 거부하는 행위. 신께서 한탄하시는 것도 이해가 됩니다."

뭘 새삼스럽게……. 그렇게 말하는 것처럼 엘리아 왕비와 교황의 눈빛에 비웃음이 섞였다.

"마찬가지로 교회의 땅을 파는 행위 또한 신을 믿지 않는 행위인 것 같습니다만…… 어떻게 생각하시나요?"

"무슨 말을 하고 싶은 거죠?"

엘리아 왕비가 코웃음을 치며 그것을 감추듯 부채로 입가를 가렸다.

"무슨 말이라뇨……? 말씀드린 그대로랍니다, 엘리아 님."

"그 의도를 알 수 없다는 말입니다. 파괴는 악이고, 다른 자의 손에 넘기는 것은 좋다고……? 그런 일이 있을 리 없지 않습니까? 그야말로 신앙을 모독하는 행위로군요."

"네, 그렇습니다. 저도 그렇게 생각합니다. 하지만 실제로 이쪽에 교회의 토지 매매 계약서가 있습니다."

팔랑. 나는 들고 있던 계약서를 높이 치켜들었다.

전에 체포한 인신매매에 가담하고 있던 자들의 가택 수색을 했을 때 발견한 매매 계약서.

팔아넘긴 자는 물론 다릴교.

그리고 땅을 산 것은 인신매매했던 자들이다.

시끄러웠던 구경꾼들…… 또는 관객들이 쥐죽은 듯 조용해졌다.

아마도 추이를 지켜보고 있는 것이리라.

……물론 제2 왕자파 사람들은 여전히 시끄러웠지만.

"설마 교회라는 성스러운 땅을 매각하는 자가 있다니……. 저도 놀랐습니다. 엘리아 왕비님께서도 말씀하셨듯이 교회의 땅이 매각되는 것은 있어서는 안 되는 일. 하지만 실제로 교회 관리자가 세상을 떠난 직후, 우리 영지에 있는 교회의 땅은 매각되었습니다. 매매 계약서에 사인을 한 것은 신관님입니다만…… 이 사실은 어떻게 생각하시나요?"

"말도 안 되는 소리……. 교회의 신관이 신의 땅인 교회를 매각하다니, 있을 수 없는 일입니다. 그런 자가 신관의 이름을 사칭하는 것 자체가 중죄에 해당하는 일입니다."

"네, 저도 그렇게 믿고 싶었습니다. 신을 섬기는 자가 설마……. 하지만 실제로 토지를 매각한 자는 교회의 땅을 소유한 주인으로서, 관리자인 수녀님이 세상을 떠난 후 교회의 파괴 행위 및 그곳에 살고 있던 어린아이들에게 퇴거를 요구했습니다."

"어차피 그자들이 꾸민 일이겠지요. 신을 섬기는 자를 의심하고, 그런 정체를 알 수 없는 자를 믿다니⋯⋯. 귀족으로서 있을 수 없는 일, 정말 한탄스럽군요."

엘리아 왕비가 조소를 지으며 내 말을 부정했다.

"아까도 말씀드렸지만 저도 '설마'라고 생각했습니다. ⋯⋯제가 영주 대행을 맡고 있다는 건 여러분도 알고 계시겠지요. 아르메리아 공작가의 가주이신 아버님께서 제게 영주 대행을 맡기신 후로 저는 영지 정책을 개혁하고자 노력했습니다. 세금을 재검토하고, 영지민들을 명확하게 파악하고, 영지 정책에 관련된 인원을 검토하고⋯⋯ 또 토지 소유자를 명확하게 기록하는 작업도 진행했습니다."

"⋯⋯그게 무슨 뜻입니까?"

"토지라는 일종의 재산을 명확하게 파악하는 것입니다. 당연히 각 토지의 소유자들에게 물어보고 다녔죠. 영지의 토지 소유권을 분명히 하기 위한 것이라고 명기하고. 즉 여기서 '보유하고 있지 않다.'라고 대답하면 우리 영지에서 그 땅은 다릴교의 소유가 아니라는 듯이⋯⋯."

노렸던 건 아니지만 토지 소유자를 명확하게 해 두는 작업을 일찌감치 진행하길 잘했다⋯⋯. 그렇게 진심으로 생각했다.

"결과는 '소유하고 있지 않다.'라는 대답이었습니다. 무척 놀랐죠. 설마 다릴교 분들이 정말로 교회를 매각하다니⋯⋯. 그때 주고받은 서신도 전부 보관하고 있습니다. 이게 바로 그 서신입니다."

나는 그 서신도 높이 치켜들었다.

아래쪽에는 다릴교 신관의 이름과 인장이 또렷하게 박혀 있었다.

"지금은 세상을 떠난 수녀님이 돌보시던 아이들도 있었고, 다 쓰러져 가는 교회 건물을 차마 볼 수가 없어서 일단 교회를 철거하고 새로운 교회를 지어도 되겠느냐는 문의를 다릴교 쪽에 드렸습니다. 또 그 문제에 대해서는 다릴교 분들뿐 아니라 왕국의 관리들에게도 보고했습니다. 그 서류도 보관하고 있습니다."

"왕국의 관리들도 그렇지만…… 그대가 교회 사람들에게 문의했다는 증거는 있나요? 아까도 말했지만 신관의 이름을 사칭한 자의 소행일지도 모릅니다. 또는 그대와 공모한 누군가가 나중에 허위로 작성한 것일지도 모르지요."

엘리아 왕비가 눈썹을 찡그리며 딱딱한 목소리로 물었다.

한마디로 증거를 보이라는 말이다.

"어머나……. 왕국의 관리를 사칭하다니. 왕국에 문의를 드렸는데, 그런 일이 일어날 수도 있나요? 그렇다면 앞으로 왕국과 연락할 때는 반드시 상대를 의심해야겠군요."

나는 한껏 비웃듯이 말했다.

엘리아 왕비가 불쾌한 기색으로 손에 쥔 부채를 탁 접었다.

"말이 지나치군요. 좋아요. 그 세 치 혀를 놀려 죄에서 벗어나려는 모양인데…… 아까도 말했듯이 정말로 다릴교 신관이라는 증거는 없지 않습니까? 아무리 증거를 날조해 봤자 나는 속지 않습니다."

물러나세요……. 그렇게 말하기 위해 엘리아 왕비가 입을 연 순간, 나는 그 말을 가로막듯 말을 이었다.

"증거라면 있습니다, 제 손에."

나는 한 권의 책자를 꺼냈다.

몹시 낡아 보이는 갈색 책자였다.

"그…… 그건……!"

대부분의 사람들은 이 책자의 정체를 모르는 걸까. 저게 뭐냐고 묻는 말이 여기저기서 들려왔다.

안색이 변한 것은 다릴교의 신관들.

뭐 그들이 이걸 아는 건 당연한 일이다.

"다릴교 여러분은 물론 알고 계시겠지요. 이것은 신관이었던 분들의 이름이 기록된 명부입니다."

다릴교도 일종의 조직이다.

속된 말로 신관들도 이슬만 먹고살 수는 없다. 봉급도 필요하고, 그런 인재들을 관리하기 위해 명부 같은 게 있을지도 모른다…….

그렇게 생각했는데 역시 내 생각이 적중했다.

이 명부에는 주요 신관들의 이름이 모두 기록되어 있었다.

물론 나와 서신을 주고받은 신관들의 이름도.

"이 책자에 매매 계약에 사인을 한 분의 이름도, 제가 문의를 드렸던 분의 이름도, 모두 적혀 있습니다. 놀랍지만…… 두 분 모두 다릴교에서 꽤 지위가 높으신 분들이더군요."

"그대가 그걸 어떻게……."

내가 외부 유출이 금지되어 있는 이 책자를 갖고 있다는 사실이 어지간히 놀라운 모양이다.

빌모츠 교황이 맞여자식하게 중얼거리며 책자를 응시했다.

……뭐, 내가 아무리 다른 증거를 들고 와도 귀족들은 이쪽으로 기울어질지 몰라도 교회 측과 엘리아 왕비는 끝까지 인정하지 않을 것이다.

다릴교 교회 관계자 중에 그런 자는 없다고…….

그들의 입을 다물게 하는 결정적인 한 수가 바로 이것이었다.

"……당신이 그걸 '어떻게' 손에 넣었는지는 모르지만…… 과연 그 책자 자체가 진짜인지 의심스럽군요."

라프시몬즈 사제가 내뱉듯이 말했다.

그 말에 엘리아 왕비가 노골적으로 눈을 빛냈다.

"네. 그렇지요, 라프시몬즈 사제."

"……그렇다면 부디 확인해 보시죠, 라프시몬즈 사제님. 그리고 다른 사제님들도."

나는 그렇게 말하며 한 걸음씩 그들에게 다가갔다.

그걸 막는 자는 아무도 없었다.

그리고 나는 그 책자를 라프시몬즈 사제에게 넘겼다.

그는 팔락팔락 책자를 넘겨서 마지막 페이지를 응시했다.

"이건……."

그리고 경악한 것처럼 한 점을 응시했다.

……어쩜 이렇게 연기를 잘하실까? 나는 마음속으로 중얼거렸다.

"실례했습니다. ……먼저 틀림없는 교회의 물건입니다."

그가 조심스럽게 중얼거렸다.

아주 작은 목소리였지만 그 목소리는 알현실 전체에 울려 퍼졌다.

"그런……!"

"여러분도 보십시오."

라프시몬즈 사제는 그렇게 말하며 그 책자를 다른 사제에게 건넸다.

미심쩍은 표정으로 책자를 받아 든 사제들은 차례차례 고개를 끄덕이거나 작은 목소리로 긍정을 표했다.

"근거가 뭐죠?"

어지간히 화가 났는지 그렇게 묻는 엘리아 왕비의 손은 떨리고 있었다. 분노가 고스란히 드러나는 표정이었다.

"이 책자의 마지막 페이지에는 교황을 중심으로 두 추기경의 날인이 있습니다. 그리고 이 인장은 위조 방지를 위해 공개하지 않는 문서……. 즉, 이런 서류에만 날인되는 특별한 물건입니다."

추기경이란 교황 아래에 위치한 다섯 사람.

물론 교회 내부에서 권력을 쥔 사람들.

"……다시 말해서 틀림없는 진품이라는 뜻이죠. 뭐 본인들에게 이야기를 듣는 게 제일 빠르겠지만."

그렇게 말한 순간, 또다시 문이 열렸다.

라일이 두 명의 남자를 데리고 안으로 들어왔다.

……예의 신관들이다. 아니, 신관 '이었던' 자라고 칭하는 편이 옳을지도 모른다.

타냐가 공작가의 이름을 활용하여 고생고생해서 찾아낸 인물들.

"자, 두 분. 자기소개를 해 주시겠어요?"

나는 애써 상냥하게 그들에게 말을 건넸다.

"제, 제 이름은 다난입니다. 왕도 교회에서 사무직을 맡고 있었습니다."

왕도 교회……. 그 말이 가리키는 교회는 단 하나.

바둑판 눈금 같은 구조로 이루어진 왕도에서도 북부를 차지하고 있는 것이 왕궁과 다릴교 총본산 교회.

왕도 교회하면 모두가 먼저 그 교회를 떠올린다.

"저는 교황 성하의 손과 발이 되어 일하던 자입니다……. 아, 아르메리아 공작령의 토지 매각은 교황 성하의 허가를 받아 사인했습니다. 그, 그런데 갑자기 교회에서 추방당해서……."

"저는 레닌입니다. 저도 다난과 마찬가지로 왕도 교회에서 일했습니다. 아르메리아 공작령의 교회에 대해서는 기록과 대조해 보고 답신을 드렸습니다. 하지만 얼마 전, 갑자기 교회에서 추방당했지요……. 허위 발언을 했다는 이유 때문이었습니다. 저는 지시대로 움직인 것뿐인데. 저는 교회에서 아르메리아 공작가에 답신을 보낼 때의 서류 복사본과 교회 기록을 갖고 있습니다. 만약 제 발언이 의심스러운 분은 이 서류도 참조해 주십시오. 제 결백을 증명해 줄 겁니다."

두 사람의 발언에 실내는 또다시 술렁거렸다.

속삭임을 듣자하니 완전히 이쪽으로 흐름이 넘어왔다는 게 피부로 느껴졌다.

"다릴교 분들 중에는 이들의 얼굴을 아는 분들도 계시겠지요."

질문하듯 말했지만 그 말은 이미 질문이 아니라 그저 확정된 사실을 입에 담은 것뿐이었다.

다릴교 사람들은 놀란 듯이 눈을 크게 뜬 후…… 곧 어색하게 시선을 피했다.

"물증도 있고, 증인도 있습니다. 이 정도면 제 결백은 증명된 것 같습니다만…… 어떠신지요?"

내가 또다시 묻자 엘리아 왕비는 입술을 으드득 깨물었다.

머릿속으로 반박할 말을 쥐어짜고 있겠지만…… 이런 상황에서 그런 말을 하는 것은 불가능하다.

마찬가지로 빌모츠 교황도 분노로 얼굴을 시뻘겋게 물들이고 있지만 아무 말도 하지 않았다.

"그렇군요. 나는 그녀에게 아무 죄도 없다고 생각합니다. 여기 있는 여러분도 같은 결론이겠지요. ……그렇지 않습니까?"

태후마마가 처음으로 입을 열었다.

그 말 또한 조금 전의 나와 마찬가지로 질문하는 듯한 어조였지만 그 누구의 의견도 구하고 있지 않았다.

오히려 단정 지은 듯한 말투였다.

"아이리스 라나 아르메리아. 그대는 우리 왕국의 최고 귀족, 아르메리아 공작가의 이름에 부끄러운 행위를 하지 않았음을 왕가가 이 자리에서 선언합니다."

태후마마의 선언으로 인해 결론은 내려졌다.

"감사합니다, 태후마마. 황공하오나 이대로 발언을 계속해도 되겠습니까?"

"아직 할 말이 남았나요?"

"네. ……이번 일의 책임 소재에 대해서입니다."

내 발언에 엘리아 왕비는 눈썹을 찡그렸다.

"그대에게 잘못이 없다고 결론이 나지 않았습니까? 물론 아르메리아 공작가에도 책임을 묻지 않을 것입니다. 그걸로 충분하지 않나요……?"

"네. 제가 말씀드린 건 '이번 소동을 일으킨' 책임 소재랍니다."

나는 숙였던 머리를 들고 앞을 바라보았다.

그 시선 끝에 있는 것은 빌모츠 교황.

"우리 아르메리아 공작가는 대대로 왕가를 섬겨 온 가신입니다, 그 역사도 길고, 영향력도 크다고 자부합니다. 그 가문의 일원인 제가 이런 누명을 쓰게 되다니……. 여러분께서 말씀하셨듯이 그게 사실이든 아니든 본래 있어서는 안 되는 일입니다."

몇몇 사람이 시선을 피했다.

자신이 아까 했던 말이 부메랑처럼 되돌아왔으니 당연하다.

"그런 일이 벌어졌는데 저의 결백이 증명된 지금, 이 문제를 일으킨 자들을 아무런 처벌도 하지 않아서야 국가의 위신이 뭐가 되겠습니까?"

그렇지요, 빌모츠 교황 성하? 나는 입으로는 아무 말도 하지 않았지만 노골적으로 그를 응시했다.

"……하긴 그렇군요. 엘리아 왕비, 어떻게 생각하나요?"

태후마마가 엘리아 왕비에게 물었다.

하지만 그녀는 입을 굳게 다물고 있었다.

"그럼 다릴교 여러분은 어떻게 생각합니까?"

그 모습에 태후마마는 커다란 한숨을 쉬며 다릴교 사람들에게 화살을 돌렸다.

그들도 뭔가 말하려고 입술을 달싹거리다가 다시 입을 다물기를 되풀이했다.

"입을 다물고 있으면 알 수가 없지 않습니까? 나는 아이리스 공녀의 이야기를 듣고 생각했습니다. 아니, 이 자리에 있는 사람은 모두 알고 있겠지요? 이 사태에 관련된 자를 추방하고, 증거를 은폐하여…… 그대들 다릴교 분들은 '의도적'으로 아이리스 공녀를, 나아가서는 우리 왕국의 제1 귀족인 아르메리아 공작가를 끌어내리려 하지 않았습니까? 그에 대해 어떻게 책임질 겁니까?"

"……송구하오나 태후마마."

조용……. 라프시몬즈 사제가 무서울 만큼 정적에 감싸인 이 공간에서 입을 열었다.

모두가 그를 주목했다.

"이번 일은 온전히 우리 교회 측의 실수입니다. 누가 관련되어 있는지 엄정한 조사 끝에 처벌하겠습니다."

"물론 그래야지요. 하지만 교회 측은 언제나 신비의 베일에 둘러싸여 있으니······. 우리가 파악할 수 없다는 걸 이용해서 유야무야 끝내려는 건 아니겠지요?"

태후마마의 얼음장 같은 싸늘한 시선이 교회 측 사람들을 꿰뚫었다.

조금 전의 아버님처럼 무시무시한 위압감이 주위를 짓눌렀다.

태후마마의 말대로······ 교회는 이 나라의 중추에 깊게 파고들어 있는 것에 비해 불가침 영역으로서 유력 귀족들조차 그 내부에 발을 들일 수 없다.

심지어 이 나라의 유일한 종교로서 모든 백성의 마음의 지주인 다릴교는 평상시에는 왕족조차 불가침의 영역이다.

섣불리 손을 댔다가는 백성들의 불신을 부추겨 귀족들이 파고들 여지를 주게 되기 때문이다.

하지만 이번에는 신을 방패 삼아 도망치는 것은 용서하지 않겠다.

이 상황을 이용해서 제2 왕자파와 교회를 갈라놓지 않으면 또다시 어떤 방법으로든 나를 방해할지 모르기 때문이다.

특히 교황은 반드시 끌어내리지 않으면 안 된다. ······반이 에드 님 곁이 있지 않은가? 그 연결 고리를 끊어 버려야 한다.

"······물론 그렇게 되도록 만들지는 않겠습니다. 신을 섬기는 신관인 동시에 저는 이 타스멜리아 왕국에 사는 자로서, 설령 이번 일에 관련된 자가 교회에서 '어떠한 위치'에 놓여 있건 단호히 처벌할 심산입니다. 그 증거로······ 아이리스 님, 결백이 증명된 지금 그 책자는 필요 없으시겠지요?"

"네······ 그렇죠."

"그렇다면 태후마마께 헌상하실 겁니까?"

"물론이죠. 나라를 위한 일이라면 기꺼이."

"……그렇다면 태후마마, 그 증거로 이 책자를 태후마마께 헌상하겠습니다. 이 책자에는 교회에 소속된 모든 신관의 이름이 실려 있습니다."

한순간 태후마마는 놀란 듯이 눈을 깜빡거렸다.

누가 소속되어 있고, 지위는 무엇인지. ……이 책자에는 그 모든 것이 기록되어 있었다.

교회 내부를 들여다볼 수 있는 것이나 마찬가지. 그렇기 때문에 외부 유출이 금지되어 있던 물건.

그 물건을 손에 넣는 게 얼마나 가치 있는 일인지…… 그걸 이해하기에 나온 반응이었다.

"그대의 각오를 받아들이지요. ……든든하군요. 그게 자신이라 해도 상관없습니까?"

"물론입니다. 이번 문제에 대해 교회 측에서 보관하고 있는 것도 전부 왕가의 분들과 귀족분들께 보고를 올리겠습니다. 그리고 왕실의 엄정한 처벌을 받는 것이 좋지 않을까 합니다."

"그게 무슨……! 라프시몬즈, 무슨 건방진 짓인가……!"

그의 선언에 지금까지 넋이 나가 있던 빌모츠 교황이 정신을 되찾고 외쳤다.

하지만 라프시몬즈 사제는 그에게 싸늘한 시선을 던졌다.

"주제넘게 굴어서 죄송합니다. 하지만 이 방법밖에 없습니다. 아르메리아 공작가의 영애에게 어처구니없는 누명을 씌운 이상, 없었던 일로 하는 것은 불가능합니다. ……성하께서도 알고 계시겠지요?"

"……."

"주위 분들의 눈을 보십시오. 지금 우리의 성역은 이 나라 분들에게 의혹의 장. 그런 일은 그야말로 본래대로라면 있어서는 안 되는 일입니다. 잃어버린 신뢰를 되찾기 위해서라도 이번 문제는 우리 교회 측도 엄중하게 처벌해야 합니다."

"……그렇군요. 그렇게까지 말한다면 라프시몬즈 사제, 이번 조사와 보고를 그대에게 일임해도 되겠습니까?"

"……알겠습니다."

태후마마의 그 결단에 라프시몬즈 사제는 그렇게 말하며 또다시 머리를 숙였다.

"그런……!"

빌모츠 교황이 당황하며 언성을 높였다.

"왜 그렇게 당황하는 겁니까?"

태후마마가 싸늘한 눈빛으로 물었다.

"다시 생각해 주십시오. 어쩌면 그도 처벌받아야 할 자들 중 한 명일지도 모릅니다. 당연히 자신에게 불리한 것을 은폐할 가능성도 있습니다. 조사와 보고를 할 인원은 엄정하게 선발해서 후에 태후마마께 보고 드리겠습니다."

"……미안하지만 빌모츠 교황, 아까 라프시몬즈 사제가 말했다시피 지금 다릴교 사제들 중에 믿을 수 있는 사람은 없었습니다. 내게 보기엔 누구나 똑같을 것 같군요. 그렇다면 나는 이렇게까지 각오를 보여 준 라프시몬즈 사제에게 맡기고 싶습니다만?"

"그건……."

"이 문제에 대해서 반론은 허락하지 않겠습니다. 라프시몬즈 사제, 잘 부탁합니다."

"……신께 맹세코."

"……라프시몬즈 사제님. 사제님께서 조사와 보고를 맡으신다면 조사를 부탁드리고 싶은 것이 하나 더 있습니다."

"뭡니까?"

"자금의 흐름에 대해서입니다."

"아르메리아 공작령의 교회가 매각될 때 발생한 자금 말이군요. 이번 사건의 큰 줄기와 얽혀 있는 문제인 만큼 물론 조사하겠습니다."

"그것도 부탁드리고 싶지만…… 그 밖에 마음에 걸리는 문제가 있습니다."

"……그 밖에 말입니까?"

"매각 자금은 결코 적지 않은 금액이었습니다. 게다가 본래 귀족들의 기부라는 명목으로 자금도 들어오고 있지요. 그런데 어머님이 자선 파티에 불참을 선언하자 자금이 부족하다는 이유로 파티에 참석해 달라고 애원하다니…… 대체 어떻게 된 걸까요?"

"그건……."

"잃어버린 신뢰를 되찾기 위해 이번 사건을 보고하겠다고 하셨지요? 그렇다면 그 문제도 확실하게 밝히는 게 좋지 않을까요? …… 저희 아르메리아 공작가는 교회에 기부하는 것이 싫다고 말씀드리는 게 아닙니다. 어머님도 저의 무죄와 결백이 밝혀진 이상 적극적으로 활동하시겠지요. 하지만 이대로 정보가 밝혀지지 않는다면 지금까지의 교회와 달라진 점이 없다는 것. 그렇다면 또다시 우리가 모르는 곳에서 똑같은 일이 벌어질지도 모르잖아요?"

"……아이리스 님께서 우려하시는 것도 당연한 일입니다. '

라프시몬즈 사제가 벌레를 씹은 듯한 표정을 지었다.

그건 아픈 곳을 찔렸기 때문일까, 아니면 내가 '사전 협의'에 없었던 말을 꺼내서일까?

어쨌든 멈출 생각은 없지만.

"……또 하나, 저는 아즈타 상회의 기록 중에 마음에 걸리는 점이 있었습니다. 정말 실례지만…… 빌모츠 교황 성하, 성하의 수입은 대체 어느 정도입니까?"

"그게 무슨! 신을 섬기는 자에게 그런 속된 질문을……!"

"저도 좋아서 이런 자리에서 그런 걸 묻는 게 아닙니다. ……하지만 이번 사건에 관련된 일이라 말씀드리는 것뿐입니다. 빌모츠 교황 성하, 성하께서 요 1년 동안 우리 아즈타 상회 상회에서 구입한 물품의 금액은 유력 귀족들에 필적합니다. 라프시몬즈 사제님, 교황의 봉록이 그렇게까지 많은 가요……?"

"……아뇨. 그럴 리가 없지 않습니까?"

"어머나……. 그럼 빌모츠 교황 성하, 그 자금은 대체 어디에서 나온 건가요?"

"무례한! 내가 그런 일을 할 리가 없지 않은가!"

나는 당신이 교회 매각 자금에서 착복했다고 콕 짚어서 말하진 않았는데.

이 자리에 있는 모든 이가 '설마'에서 '어쩌면'이라는 의혹의 시선을 교황에게 보내고 있었다.

"그렇군요. 이 이상 증거를 제시할 수 없는 지금 이 자리에서 섣불리 얘기를 진행시키는 것은 다릴교분들이 제게 했던 처사와 같겠죠. 그러니까 라프시몬즈 사제님, 엄정한 조사를 부탁드립니다."

"……무, 물론입니다."

"또 할 말이 있습니까? 아이리스 라나 아르메리아."

"아뇨, 없습니다."

나는 태후마마의 물음에 고개를 가로저은 후 머리를 숙였다.

"그렇군요. ……그럼 다릴교 여러분은 추후 기별이 있을 때까지 근신하도록 하세요. 특히 빌모츠 교황과 추기경분들은."

"……."

빌모츠 교황은 뭔가 말하고 싶은 눈치였지만 결국 아무 말도 하지 않았다.

좀 더 반발할 줄 알았는데 너무 쉽게 물러나서 오히려 무섭다.

저들이 이 상황의 흐름을 뒤집을 만한 방법은 아무것도 없는 걸까? 아니면 뭔가 숨기고 있는 걸까……? 일발의 불안이 머릿속을 스치고 지나갔다.

그래도 어쨌든 교회에 한 방 먹이기는 했다.

빌모츠 교황에게도 앞으로 엄중한 조사의 손이 미칠 것이다.

그리고 청문회는 끝났다.

† † †

"……얼마나 조마조마했는지 아십니까?"

"어머, 제가 그렇게 못 미더우신가요?"

라프시몬즈 사제가 내 물음에 쓴웃음을 지었다.

청문회로부터 일주일이 지났다.

그 일주일 동안 교황과 교황파 사람들은 차례차례 숙청당했다.

파문당하지는 않았지만 성직에 몸담은 자가 교회에서 추방당하는 것은 그에 필적하는 처벌.

또한 자금 착복에 대해서는 현재 조사 중이며 사태가 밝혀지면 그때는 왕국의 법에 의한 처벌도 기다리고 있다.

"그렇지는 않습니다. 설마 그 자리에서 그런 말을 꺼내실 줄이야.

구석에 몰린 사냥감은 무슨 짓을 할지 모릅니다."

"하지만 그 자리에서 말해야만 의미가 있는걸요. 누가 뭐래도 귀족이라는 청중들 앞에서 그렇게까지 의혹이 불거졌으니까요. 이제 같은 파벌에 속한 사람들도 쉽사리 그와 접촉하긴 어려울 거예요."

빌모츠 교황이 쌓아 올린 인맥과 신용은 그때 그 자리에서 땅에 떨어졌다.

그와 접촉을 꾀해 봤자 자신에게 쓸데없는 불똥이 튈지도 모르는 이 상황에서, 그래도 그를 변호하거나 도와주려는 자는 그리 많지 않을 것이다.

"그래도 역으로 접촉을 꾀한다면…… 그것은 심상치 않은 이유가 있기 때문이겠죠. 그런 자들을 색출하기 위해서도 필요한 일이에요."

"……맞는 말씀입니다."

휴우. 라프시몬즈 사제가 문득 한숨을 쉬었다.

"……어때요? 당신에게도 만족스러운 결과였나요?"

"네. 교황 일파를 끌어내릴 수 있었으니까요. 덕분에 교회의 부패에도 손을 쓸 수 있게 됐습니다."

나와 라프시몬즈 사제를 한 마디로 표현하자면 공범자.

……그렇다. 그 청문회에서 나와 그는 각각 다른 진영이었지만 실은 은밀하게 내통하고 있었다.

그리고 그것이야말로 딘이 가져다준 마지막 퍼즐 조각.

나는 그 청문회까지 어떻게든 교회 측의 물증과 교회에 소속된 사람과의 인맥이 필요했다.

하지만 파문 선고를 받은 나는 그 인색을 쉽사리 얻을 수 없었다.

라프시몬즈 사제는 빌모츠 교황과 대립하는 파벌의 수장.

……딘은 내게 딱 알맞은 인재를 선사해 준 것이다.

"당신이 원하는 올바른 교회의 모습……말이지요."

라프시몬즈 사제는 현재 교회의 모습에 이의를 제기하던 인물.

그가 쌓아 올린 경력은 굉장하지만 그래도 위로 올라가지 못한 것은 파벌 싸움에 패했기 때문이었다.

"네. 부끄럽지만 현재 왕도의 교회는 심하게 부패되어 있습니다. 성직에 몸담은 자가 귀족 흉내를 내다니, 결코 있어서는 안 되는 일. 향락에 빠져 그 때문에 교회의 자금을 착복하고, 그로 인해 재정 사정이 곤란을 겪고 있는 상태. 늦건 빠르건 교회의 신용은 실추했을 것입니다. 최근 교회는 보다 기부를 많이 하는 자들을 우선하여 직무를 등한시하는 경향이 있죠. 하지만 앞으로는 바로잡을 수 있을 겁니다."

"……기대하겠습니다. 라프시몬즈 사제님."

"이제는 제가 시험당할 차례로군요."

라프시몬즈 사제는 그렇게 말하며 미소를 지었다.

"저는 당신의 기대에 응할 수 있었나요?"

라프시몬즈 사제는 공범자가 되면서 내게 책자를 맡겼다.

외부 유출이 금지된 책자……. 그걸 빼돌린 것은 그에게도 큰 도박이자 리스크였을 것이다.

지금은 내 손에 없지만 그래도 그가 내게 책자를 준 사실은 그의 사인이 담긴 서한이라는 물증까지 남아 있다.

공범이라는 동맹을 맺을 때, 그가 내게 보여 준 신뢰의 형태가 바로 그것.

그는 결코 배신하지 않고 배신할 수도 없는 상황에 자신을 몰아넣은 것이다.

"네. 그러니까 이번에는 제 차례입니다."

"당신께 진심으로 감사드립니다. 앞으로 아르메리아 공작가는 당신께 조력을 아끼지 않겠습니다."

그 대신 내가 부활할 때에는 조력하겠다고 약속했다.

"……그럼 전 이만 가 보겠습니다."

"벌써 가시려는 겁니까?"

"네. 상회의 일이 바빠서요."

내 파문 선고가 철회되고, 교회로부터 오히려 사죄를 받는 일이 벌어진 후.

나는 곧바로 아즈타 상회에서 신상품을 판매하라고 지시했다.

전에 메리다와 의논했던 민들레 커피와 그걸 사용해서 만든 디저트.

그리고 무역으로 구입한 한천을 사용해서 만든 디저트.

이 신상품은 멋지게 히트하여 현재 상회의 매상은 또다시 오르고 있다.

그리고 초콜릿을 사용해서 만든 과자도 차례차례 신제품을 발매했다.

……지금까지 아껴 뒀던 그 상품들은 모두 우리 아르메리아 공작가 영지에 있는 아즈타 상회의 본거지 개발부에 있는 자들밖에 모른다.

즉 에드 님이 빼내 간 직인들은 기존 상품은 만들 수 있어도 신제품에 대해서는 아무것도 모르는 것이다.

그리하여 고객들의 발걸음도 다시 돌아오고 있다.

에드 님에게 넘어갔던 자들도 아즈타 상회로 돌아오고 싶어 하는 눈치지만…… 당연히 용서할 생각은 없다.

직인들뿐 아니라 상회의 거래처도 대규모 거래는 모두 이쪽으로 돌아왔기 때문에 늦건 빠르건 에드 님의 상회는 자금 면에서 힘들어질 것이다.

그동안 꽤나 조잡하게 경영한 것 같으니까.

"그럼 이만 실례할게요."

† † †

아이리스가 떠난 후, 라프시몬즈 사제는 안도의 숨을 내쉬었다.

그녀와 애기할 때는 늘 긴장하게 된다.

웬만한 귀족들보다 훨씬 귀족다운 위엄.

그리고 상인들과 상담하는 듯한 방심할 수 없는 대화.

그녀를 함정에 빠뜨리려고 한 자들의 마음을 이해할 수 없다…….
그것이 그녀와 대면한 라프시몬즈 사제의 감상이었다.

똑똑……. 노크 소리가 들려왔다. 라프시몬즈 사제는 문 쪽으로 시선을 던졌다.

문을 열고 나타난 것은 그의 또 다른 공범자였다.

"아……. 실례했습니다, 딘. 아이리스 님이 방금까지 계셨는데. 길이 엇갈린 모양이군요."

"일부러 엇갈리게 찾아온 것이다."

그는 쓴웃음을 지으며 라프시몬즈 사제의 맞은편…… 조금 전까지 아이리스가 앉아 있던 자리에 앉았다.

"어떻게 되어 가고 있나?"

"무서울 만큼 순조롭습니다. ……원래 털면 먼지가 나오는 자들이었으니까요. 그녀 덕분입니다."

"그런가."

그가 살짝 부드럽게 웃었다.

라프시몬즈 사제는 그의 모습이 한순간 의외라고 생각했다.

"어라, 자세한 건 묻지 않으시는 겁니까?"

"보고를 보면 아니까."

"그렇군요."

조금 전의 부드러운 미소는 어디로 간 걸까? 딘은 어느샌가 평소의 얼굴로 되돌아와 있었다.

이렇게 되면 방심할 수 없다……. 라프시몬즈 사제는 정신을 바싹 차렸다.

아이리스와 마찬가지로…… 혹은 그 이상으로 그와 대면하는 것은 긴장되는 일이었다.

"당신께서도 이번 사건에는 무모함과 무리를 거듭하셨으니까요."

"……그래서 다릴교의 부패에 손을 댈 수 있다면 값싼 대가지."

"값싸다고 할 수 있을까요? 일반적으로는 알려져 있지 않지만 눈치 빠른 자라면 알아챘을 겁니다. 외국에서 유학 중인 당신이 여러 방면에서 움직여서 청문회를 개최하도록 움직였다는 것과 아르메리아 공작가 가주인 재상직 파면을 막기 위해 자신의 파벌을 움직이게 한 것은. 지금 생각해 보면 꽤나 위험한 모험이었지요."

"듣고 보니 그럴지도 모르겠군."

"괜찮으십니까? '은밀하게' 가 신조인 당신치고는 상당히 드러내 놓고 움직이신 것 같습니다만."

"이번만큼은 할머님이 표면에 나서서 움직일 수 없었으니까. 아버님께서 쓰러진 지금, 일족의 가장은 할머님이시다. 그런 할머님과 교회를 대립시킬 수는 없어. 일이 너무 커지니까."

"그건 그렇지요."

"결국 아무 문제도 없었지 않은가? 장기 휴가를 마치고 돌아온 내가 아무리 주위를 휘젓고 다녀도. 게다가 자네가 말한 만큼 내 이름이 공공연하게 드러난 건 아니야. 그렇지 않으면 내 목숨을 노리는 자들이 열 손가락으로는 꼽을 수 없을 정도였을 테니까. 어디까지나 소문이 퍼지는 정도였지."

"암살자 수로 판단하는 것도 좀 문제가 있는 것 같습니다만, 뭐 좋습니다."

"……그보다 슬슬 본론에 들어가 볼까?"

그 말에 라프시몬즈 사제는 한 장의 서신을 딘에게 건넸다.

딘은 그 서신을 처음부터 끝까지 읽고 확인한 후…… 불태워 버렸다.

그리고 다음에 건네준 서신의 내용을 확인했다.

"틀림없군."

라프시몬즈 사제는 그 말을 듣고 서신 아래에 사인과 인장을 찍었다.

첫 번째 서신…… 즉, 불태운 것은 라프시몬즈 사제가 아이리스에게 책자를 건네기 전에 주고받은 것이었다.

내용을 요약하자면 '모든 책임은 딘이 진다'라는 것.

아이리스에게 책자를 건넨 것도 딘이 공공연한 입장으로 가담했기 때문이었다.

즉, 만약 그녀가 교황 일파에게 패배할 경우 또는 라프시몬즈 사제가 기대 이상의 결과를 내지 못했을 때에는 방패로 삼을 수 있다는 것이다.

그렇지 않다면 오랜 세월 교회 중앙에서 파벌 싸움을 했던 라프시몬즈 사제가 만난 적도 없는 어린 아가씨에게 자신의 명문을 걸지는 않았을 것이다.

그리고 두 번째 서신……. 방금 라프시몬즈 사제가 사인하고 인장을 찍은 그 서신은 그럴 때 효과를 발휘하는 것이었다.

그녀의 행동이 라프시몬즈 사제의 눈에 차면 새로운 계약을 체결하기 위해 미리 준비했던 것이다.

이미 딘의 사인과 인장은 찍혀 있었다.

그 내용은…… 이번에는 반대로 라프시몬즈 사제가 딘에게 충성을 맹세하는 것.

"몇 년 전, 당신이 처음으로 제게 접촉해 왔을 때에는 꿈같은 소리라고 생각했습니다. 그때 당신의 말에 넘어가서 포기하지 않고 교회에 붙어 있길 잘했습니다."

"이만큼 판을 깔아 줬으니…… 실수하지 말아라."

"네, 물론입니다."

† † †

뚜벅, 뚜벅. 발소리가 울려 퍼졌다.

"……멋진 감옥이군."

빈정거림을 담아 중얼거린 그 말에 그의 한 걸음 뒤에서 걷고 있던 루디가 웃었다.

"그야 교황 성하께서 갇혀 있으니까요. 평민과 똑같을 수는 없죠."

"……그런 사고방식이 이번 사태를 초래한 것이다."

문 옆에 있는 병사들에게 지시를 내려 문을 열게 했다.

현재 근신이라는 명목으로 붙잡힌 교황은 이 특별한 감옥에서 위병들에게 감시받으며 생활하고 있다.

"누구냐……? 다, 당신은……."

교황은 그를 보고 놀란 듯이 눈을 동그랗게 떴다.

그는 그 표정이 우스워서 그만 입꼬리가 올라가는 것을 느꼈다.

"……오랜만이군, 빌모츠 루타샤 교황. 아니, 이젠 교황이 아니지……."

스스로 생각해도 짓궂은 미소다.

하지만 겨우 고름의 일부를 짜냈다고 생각하니 유쾌해서 견딜 수 없었다.

"알프레드 왕자! 왜 당신이 여기에?"

"……왜? 그건 당신이 나를 불렀기 때문이잖아?"

그의 물음에 빌모츠는 겨우 생각이 미쳤는지 마음을 가라앉히듯 숨을 내쉬었다.

"엘리아 왕비와 마엘리아 후작가가 당신과 손잡고 이 문제를 처리하지 않으면……. 그래, 확실히 나는 나오지 않을 수 없었다. 나와 그들의 세력은 팽팽하게 대립하고 있으니까……. 왕도의 세력은 그들이 조금 위다. 게다가 교회까지 자기편으로 끌어들이면 이렇게 은밀히 움직일 수는 없었겠지. 그걸 예상하고 그들은 당신과 손잡고 방해가 되는 아르메리아 공작가를 끌어내리기 위해 계략을 짰지. ……뭐, 그 결과가 나를 끌어내리기는커녕 한심하게도 아르메리아 공작 영애에게 패하고 만 데다 그들에게는 납득이 가는 결과가 아니었겠지만."

"나, 나는 전하의 말대로 엘리아 왕비와 마엘리아 후작가에게 이용당한 것뿐입니다. 알프레드 왕자, 제발 자비를……."

그는 빌모츠의 그 말에 그만 소리 높여 웃음을 터뜨렸다. 우스워서 견딜 수 없었다.

그리고 빌모츠가 그런 그를 기인이라도 보는 것처럼 당황하며 바라보았다.

"……날 너무 우습게 보는군. 그렇게 말하라고 시키던가?"

"아, 아닙니다. 엘리아 왕비는 제게 그런 말을 하지 않았……."

"아니."

지독히 차가운 목소리였다.

아니, '차갑다.'는 표현으로는 부족했다.

빌모츠는 위압감마저 느껴지는 그의 목소리에 얼굴을 일그러뜨렸다.

"……네?"

"그 상인 말이야. 이름이 뭐더라……. 그래, 디반이라고 했던가."

빌모츠의 얼굴에서 핏기가 가셨다.

……이렇게 얼굴에 다 드러나다니. 교회라는, 왕궁과는 또 다른 온갖 악마가 판치는 곳에서 정말로 용케 살아남았군. 그는 내심 탄식했다.

"……어, 어떻게……?"

"엘리아 왕비와 마엘리아 후작가에게 이용당했다……. 확실히 그럴듯한 말이군. 하지만 이렇게 될 것은 당신도 손을 잡기 전에 쉽게 상상할 수 있었겠지. ……그럼에도 왜 손을 잡은 걸까? 그렇다면 다른 누군가가 당신에게 더욱 이득이 되는 제안을 했다고 생각하는 게 자연스럽겠지?"

"……."

빌모츠는 입을 뻐끔거렸다.

뭔가 할 말을 찾고 있는 눈치였지만 딱히 그럴 듯한 말은 나오지 않았다.

"당신의 목적은 처음부터 아이리스를 끌어내리는 게 아니었어. 뭐, 끌어내릴 수 있다면 좋겠지만⋯⋯ 그 이상으로 루이 드 아르메리아 공작을 일시적으로라도 움직이지 못하게 만드는 것. 국내의 눈을 그 사건에 집중시켜 디반과 그 일파가 움직이기 쉽게 만드는 것. 그리고 아르메리아 공작가의 유통을 방해하는 것이었지. 보답은 그 나라에서 국교로 인정받거나, 아니면 이 나라의 통치권을 얻거나⋯⋯. 뭐 어느 쪽인지는 모르겠지만. 아, 딱히 대답이 듣고 싶은 건 아니야."

"그걸 알면서 어째서⋯⋯."

"어째서⋯⋯? 나는 당신 같은 고름을 짜낼 이런 기회를 기다리고 있었거든. 그다음 계략만 막으면 되니까. 감사하지. 멋대로 자멸해 줘서 고맙군."

빌모츠가 재미있을 만큼 얼굴을 일그러뜨렸다.

"⋯⋯추후에 지시를 내리겠다. 그때까지 이 쾌적한 방에서 편하게 지내도록 해."

할 말을 마친 후 그는 루디를 데리고 방을 나섰다.

뒤에서 빌모츠가 뭔가를 시끄럽게 외치고 있었다.

서둘러 방에서 나오길 잘했군⋯⋯. 그는 멍하니 생각했다.

"⋯⋯꽤나 과감하게 움직이셨더군요, 알프레드 님."

루디가 싱긋 웃으며 말했다.

"지금까지 신앙이라는 방패에 보호받던 조직에 손을 댈 천재일우의 기회다. 이런 기회를 놓칠 수는 없잖아?"

"아뇨, 그게 아니라 아이리스를 도운 것 말입니다."

……슬쩍 넘어가려고 했더니 안 넘어가는군. 그는 밉살스럽다는 듯이 루디를 바라보았다.

"뭐, 당연하지. 그녀가 가장 집중적으로 공격을 받는 역할을 떠맡게 됐잖아. 그 정도 도움은 줘야지."

"최종적으로 억울한 누명은 벗겨 줬겠지만 전하께서 마음만 먹으면 아르메리아 공작가의 힘을 약화시키기 위해 그 사건을 이용할 수도 있었을 겁니다. 그런데도 전하는 그 아이를 돕는 길을 선택하셨죠……. 꽤나 위험한 도박까지 해 가면서."

"……뭐야? 그래서 무슨 문제라도 있나?"

"아뇨. ……라고는 못하겠군요. 결과적으로 전하는 아르메리아 공작가를 이쪽 진영으로 끌어들이셨습니다. 앞으로 아르메리아가의 가주가 움직이면 중립파를 유지하며 왕을 섬기던 자들도 이쪽 진영으로 들어오게 되겠지요."

확실히 현재의 왕을 섬기는 중립파들이 그에게 접촉하려고 움직이고 있다는 얘기는 그의 귀에도 들어오고 있었다.

"……무엇보다도 아이리스의 사촌 오라비로서, 그 아이를 도와주셔서 정말 감사합니다."

"……별로 너한테 인사 받고 싶어서 한 일은 아니야."

"제 사촌 동생이 꽤나 마음에 드시나 보군요?"

루디가 싱글싱글 웃으며 그에게 물었다.

……이 녀석, 그 말이 하고 싶었나 보군. 그는 내심 한숨을 쉬었다.

"너야말로 꽤나 정보가 빠르군."

"그야 피붙이니까요. 단기 계약으로 몇 번이나 영지를 드나들고 있는 데다 꽤나 깊은 곳까지 관련되어 있는 수수께끼의 유능한 인물. 전하 말고 또 누가 있겠습니까?"

루디가 담담하게 웃으며 말했다.

"정말 놀랐습니다. 고아원에 몇 번이나 찾아가시고, 게다가 아이들까지 상대해 주다니. 레티 님 말고 다른 아이들을 말입니다. 아이리스와 함께 외출도 여러 번 하셨고, 집무에도 세세한 도움을 주고 있다지요. 정체를 감추고 있다는 걸 제외해도, 얘기를 듣다 보니 저도 모르게 '응? 누구 얘기야?' 라고 생각했습니다."

술술 흘러나오는 내용에 그는 저도 모르게 혀를 찼다.

다 알면서 저런 말을 하다니 짓궂기 짝이 없다.

"……사실은 처음 한 번만 할 생각이었어."

시작은 급성장한 아르메리아 공작령에 흥미를 가진 것이었다.

그것도 학원에서 추방당한 아이리스가 진두지휘하고 있다는 얘기를 듣고 더더욱 흥미가 생겼다.

학원에서 한 번 본 적이 있지만 당시의 그녀는 정말 심했다는 것이 그의 감상이었다.

바보같이 정면으로 솔직하게 유리 노이어 남작 영애에게 싫은 소리를 하고 있었다.

그 말 자체가 눈살이 찌푸려지는 데다가 동생의 변심 때문에 그러는 거라면 좀 더 다른 방법이 있을 텐데, 라고 생각했다.

그런 그녀가 설마 영지를 경영하게 될 줄이야.

아르메리아 공작가 가주는 대체 무슨 생각일까? 그렇게 생각하지 않을 수 없었다.

착실하게 성장하는 영지의 경과를 봐도 그녀의 밑에서 일하는 자들이 어지간히 훌륭한 인재들인가 보다고 생각했다.

그 인물들을 빼내는 것도 염두에 두고 잠입해 보자……. 그럴 생각이었는데, 뜻밖에도 그녀 본인이 진두지휘를 맡고 있었다.

그때 그가 받은 충격은 매우 컸다.

"재미있었어. 나는 지금까지 혈연 외에는 부담을 느낀 적도 없고, 뜻대로 되지 않는 일도 없었거든. 그래서 성취감도 없이 무슨 일이든 무감동하고 재미를 느끼지 못했지. ……하지만 그녀와 함께 있으면 정말 재미있어. 생각해 본 적도 없던 제안, 생각지도 못했던 반응. 그 모든 게 기존의 내 생각을 산산조각 냈지……. 그때마다 새로운 발견을 할 수 있었다. 그녀와 함께 있으면 다음에 뭐가 튀어나올까? 그렇게 생각하는 것도 재미있어서 정말 질리질 않아. 이대로 지켜보고 싶다는 생각마저 들어."

정신을 차리고 보니 마구마구 어리광을 받아 주고 싶어졌다.

나에게만 약한 모습을 보여 달라는 짓궂은 생각마저 들었다.

하지만 그녀는 그것을 바라지 않는다.

그 고집스러운 면도 사랑스럽게 느껴지는 걸 보면 정말 중증이다.

"백성들도, 재정도, 정무도, 모든 걸 책상에서 처리하고 끝이었어. 숫자는 단지 숫자에 불과할 뿐, 그 이상도 그 이하도 아니었지. 인재는 장기판의 말. 어떻게 움직일까? 그것만 생각했지. ……하지만 그 땅에 가서 그게 틀렸다는 사실을 깨달았어."

"……네. 제가 보기엔 예전의 전하보다 훨씬 둥글어지신 것 같습니다."

"그런가?"

"……전 그래서 걱정입니다."

갑자기 루디의 어조가 바뀌었다.

지금까지의 표표한 어조에서 진지한 어조로.

"둥글어지신 것 자체는 전하께 좋은 일입니다. 하지만 앞으로 정에 이끌려 전하의 계획이 어긋나기라도 하면……. 그게 제 걱정입니다."

"……조금 전에 사촌 동생을 도와줘서 고맙다고 말한 그 입으로 아이리스를 끌어들인 게 잘못이라고 말하는 건가? 루디우스 지브 앤더슨."

"첫째, 그 아이라면 그 정도로 무너지지 않을 거라고 믿었습니다. 그리고 또 하나는…… 저는 그 무엇보다도 당신을 선택할 것이기 때문입니다. 알프레드 딘 타스멜리아 님."

그는 루디의 말을 자신의 마음속으로 곱씹었다.

피붙이보다도, 세상 그 무엇보다도 자신을 선택할 거라는 그 말을.

"……걱정 마. 예정대로 앞으로 일어날 일은 변경하지 않는다. 엘리아와 왕을 제거하기로 결심한 그때부터 내 생각은 변하지 않는다. 나는 아버지처럼 되진 않을 거야."

"그 말을 들으니 안심이 되는군요."

루디가 안도의 숨을 내쉬었다.

"……애초에 네 걱정은 기우일 뿐이야. 그녀를 가까이에서 지켜봤기 때문에 내 결의는 더욱 굳어졌으니까."

"……그 이유는 뭡니까?"

"무능한 왕은 백성을 죽이지. 아버님이 어머님을 사랑했기 때문에 그녀를 잃고 마음을 잃어버린 것은…… 슬픈 일이긴 해도 동정할 일은 아니야."

왕은 정비였던 샬리아 왕비를 잃은 후로 눈에 띄게 기력을 잃었다.

생각하는 일 자체를 포기한 것이다.

그것이 엘리아 왕비와 그녀의 친정인 마엘리아 후작가의 전횡을 부추긴 원인 중 하나이기도 하다.

샬리아 왕비가 죽은 것은 엘리아 왕비의 소행인데도 어리석은 왕은 그 사실에서조차 눈을 돌렸다. 그리고…… 엘리아 왕비가 시키는 대로 그와 레티를 없애려 했다.

왕에게 그와 레티는 샬리아 왕비가 낳은 자식이라 해도 그녀에게는 크게 미치지 못하는 존재였기 때문이다.

태후가 그와 레티를 감싸 주지 않았더라면 그들은 이미 엘리아 왕비의 손에 죽음을 맞이했을 것이다.

"그녀가 자신의 모든 걸 건 채 정무에 매달리는 모습을 보고 그 마음은 더욱 강해졌어. 어차피 병들어서 손을 쓸 수 없는 상태야. 늦건 빠르건 왕위에서 물러나야 한다면 마지막으로 자신의 역할을 다하게 해야지. 왕으로서 이 나라의 고름을 짜내는 역할을……."

그것이 길동무라는 형태라 해도……. 그는 그렇게 입 안으로 중얼거렸다.

이미 그에게 부자의 연이란 단순한 짐 덩어리일 뿐이었다.

그에게 진정한 가족은 여동생 레티뿐이었다.

그래서 왕을 제거하는 것에 아무런 느낌도 없었다.

아아, 그렇구나……. 그는 문득 납득했다.

루디는 그에게 둥글어졌다고 말했다. 확실히 그 말이 맞는다는 것을 지금 이 대화를 통해 실감했다.

본래 그는 그런 인간이었다.

무엇에도 무감동하다는 것은 아무것도 관심이 없었기 때문이다.

몇 명이 죽건, 몇 명이 괴로워하건, 그건 모두 숫자에 불과할 뿐……

나중에 숫자만 맞으면 그걸로 상관없었다.

유일하게 마음속 한구석을 차지하고 있는 것은 레티와 루디 정도.

옆에서 지켜보던 두 사람에게는 특히 그의 변화가 크게 보였던 모양이다.

그리고 바꿔 말하자면…… 그를 변화시킨 그녀가 그만큼 마음속에서 커다란 존재가 되었다는 뜻이다.

새삼 그 사실을 깨닫고 그는 웃었다.

정말로 새삼스럽다고.

"……아버님처럼 되진 않을 거야. 아아, 그래. 내 마음을 가져간 그녀는 내 것이 되지 않을 테니까."

"……전하께서 원한다면 아르메리아 공작가는 기꺼이 그녀를 시집보낼 겁니다. 무엇보다도 그게 자연스럽습니다. 차기 가주가 될 동생이 있는 그녀는 언젠가 영주 권한을 양보해야 하니까요."

그렇다.

아르메리아 공작가에는 베른이 있다.

이윽고 그녀는 그에게 권한을 넘겨주지 않으면 안 된다.

……하지만 아마 그녀는 그게 무슨 상관이냐고 말하겠지.

아르메리아 공작령의 영주 권한을 넘겨줘도 그녀에게는 아즈타 상회가 있다.

무엇보다도 그녀라면 영주 권한이 없다 해도 그걸 대신할 '뭔가'를 찾아서 또다시 달려갈 것이다.

"……내가 사랑하는 그녀는 자유롭게 날갯짓하는 그녀야. 날개를 뜯어서 왕궁에 가두기는 싫어."

영지 운영에 모든 것을 걸고 영지 안을 이리저리 뛰어다니며, 뭔가 벽을 넘어설 때마다 눈을 반짝반짝 빛내는 모습이야말로 그녀의 매력이다. 그런 그녀를 왕궁의 법도에 묶여 꼼짝도 못 하게 만들기는 너무나 아깝다.

"기대하고 계신 태후마마께는 미안하지만…… 나는 그녀를 왕궁으로 맞아들일 생각은 없어."

"그렇습니까……."

루디는 안심한 듯한, 동시에 아쉬운 듯한 복잡한 표정을 지었다.

걸어가며 이야기를 나누는 동안 목적지인 서재에 도착했다.

별궁에 있을 때, 잠잘 때 외에는 거의 대부분 이 방에서 시간을 보냈다.

……요즘은 각지를 돌아다니거나, 왕궁에 숨어들어서 일할 때가 대부분이기 때문에 별궁에 머물 시간이 별로 없긴 하지만.

벽 한쪽에는 책들이 빼곡하게 꽂혀 있었다.

제법 상당한 장서량이라고 생각했지만 아르메리아 공작가의 도서관을 본 후로는 괜히 적게 느껴지니 신기한 노릇이다.

……사실 공작가의 장서량은 개인이 소유할 수 있는 양이 아니다.

방의 제일 안쪽에 놓인 서재 책상을 마주 보며 의자에 털썩 앉았다.

몇 대 전 왕족이 들여놓았다는 이 나무로 만든 책상과 의자 세트는 그다지 호화롭지는 않지만 사용하기 편리해서 꽤 마음에 드는 물건이었다.

"차라도 가져오라고 할까요?"

루디의 말에 고개를 끄덕인 후 한순간 눈을 감았다.

탁. 문이 닫히는 소리가 희미하게 들려왔다.

루디가 방 밖에 있는 고용인에게 지시를 내린 모양이다.

이 별궁에는 필요 최소한의 고용인밖에 없다.

본래 태후가 은거하는 몸이기 때문에 그렇게 한 것이기도 했지만 가장 큰 이유는 목숨의 위협을 받고 있는 그와 레티시아가 이곳에 머물고 있기 때문이다.

"알프레드 님, 가져왔습니다."

루디가 집사처럼 차를 가져왔다.

차를 따르는 그의 손놀림은 매우 능숙했다. 거의 모든 일을 잘하는 루디는 차를 끓이는 솜씨도 제법 뛰어났다.

"아······. 이건······."

"아즈타 상회의 인기 상품인 허브티입니다. 피곤할 때 좋다고 합니다."

"알아. ······마음 써 줘서 고마워."

"아닙니다."

노란 액체는 조금 독특한 향기가 났지만 맛있었다.

"상회는 순조롭게 회복되고 있는 것 같군."

"네. 그 녀석, 정말 굉장하죠. 무죄가 확정되자마자 좋은 기회를 놓치지 않겠다는 듯이 계속 신제품을 발매하고 있습니다. 그것도 완전히 새로운 것들을."

"······내 동생도 꽤나 호되게 당하고 있는 것 같더군."

그가 쿡쿡 웃으며 말했다.

이유는 아주 작은 사소했지만 어쨌든 에드워드 왕자는 제법 좋은 타이밍에 인재들을 영입했다.

나름대로 높은 지위에 오른 자들──예를 들면 왕도 점포에 소속되어 있던 주방 책임자 등──을 포섭한 것은 높이 평가할 만하다.

하지만 영입한 인원들이 지나치게 편중되어 있었다.

이미 일정 이상의 평가를 얻은 자라면…… 예를 들여 앞서 말했던 주방 책임자 같은 사람들은 확실히 점포에 공헌도가 높을 것이다.

하지만 그뿐이다.

아즈타 상회의 가장 큰 보물은 참신한 신제품과 경영법.

스카우트하려면 상품 개발부 멤버와 재무를 담당하는 자부터 영입했어야 한다. ……알프레드는 그렇게 생각했다.

"그리고 라프 시몬즈 사제에게서 보고가 들어왔습니다. 먼저 교황부터 말씀드리죠. 자금 착복과 아르메리아 공작 영애에 대한 허위 고발, 또 의도적인 증거 날조로 교황 지위를 박탈. 좀 전에 면회하셨다시피 현재 구금 중입니다. 그리고 추기경 클래스 두 명, 사제 클래스 세 명이 처분을 받았습니다. 이게 그 보고서입니다."

다섯 명 중 두 명의 추기경이 관여하고 있었다.

교회 측이 완전히 에드워드 왕자와 마엘리아 후작가의 장기짝이 되어 움직이기 전에 재빨리 손을 쓸 수 있었던 것은 그에게 큰 행운이었다.

당분간 교회는 재정비에 시간을 빼앗겨서 왕궁 파벌 싸움에는 끼어들 수 없을 것이다.

"……그러고 보니 마일로는 못 봤나?"

"글쎄요. 못 봤습니다만……. 아직 돌아오지 않은 것 아닌까요?"

"흐음……."

"……불러서 튀어나왔습니다, 짜자잔—!"

루디와 대화를 나누는 도중, 진지한 분위기를 박살 내듯 밝은 목소리가 울려 퍼졌다.

그 목소리의 주인공은 조금 전까지 모습을 보이지 않았던 남자.

옅은 갈색 머리와 묘하게 귀여운 얼굴을 지닌…… 여자로 착각할

법한 남자였다.

"……여전히 갑작스러운 등장이군."

소리도 내지 않고 기척조차 없이 나타난 여자처럼 곱상한 그의 이름은 마일로.

어릴 적부터 그의 밑에서 일했으며 특기는 첩보 활동이다.

"그야 '그림자' 니까. 근데 무슨 일이야?"

"볼일이 있는 건 너 아니냐? 빨리 보고해라."

"우와―. 그 아가씨, 무섭더라."

다짜고짜 그게 무슨 말이냐? 그는 저도 모르게 또다시 한숨을 쉬었다.

"왜 그렇게 생각하지?"

"그니까…… 교황의 아들은 지금 딱히 처벌을 받지 않았잖아? 일단 대대로 교황은 그 가문 출신이라는 건 지금도 변함없고."

"하지만 어떻게 될지는 알 수 없지 않습니까? 대대로 교황의 지위를 이어 나갔던 분들은 공부를 하고, 견문을 넓힌다는 명목으로 학원에 들어가서 귀족이나 이 나라 상층부의 사람들과 연줄을 만들고, 졸업 후 교회에 들어가서 수행을 쌓아 교황의 길을 걷게 되죠. 그런데 수행 중에 설마 아버지가 교황 직을 박탈당하다니. 이대로 그의 수행이 끝나기를 기다리다가는 교황 자리는 몇 년 동안 공석이 됩니다. 무엇보다도 나라에서 죄인으로 처벌받은 자의 가문에서 또다시 교황을 배출하는 건 문제가 있다는 의견이 나라 상층부는 물론 교회 측에서도 나오고 있다고 들었습니다."

루디의 말에 마일로는 응, 응, 거리며 고개를 끄덕였다.

말하자면 현재 반이 교황의 자리에 오를 가능성은 한없이 낮다는 뜻이다.

"그렇겠지. 아마 그래서 그럴 거야……. 그 교황 아들이 평소처럼 그녀에게 말을 걸었더니, '무슨 일이신가요?' 라고 하지 뭐야? 그 것도 생판 모르는 사람처럼. 깜짝 놀랐어. 지금까지 부탁도 안 했는 데 성큼성큼 남의 영역 속으로 마구 들어오는구나…… 라며 지켜봤 는데 쓸모없어지자마자 당장 버리다니."

생글생글 웃으며 흘러나오는 말에는 꽤나 가시가 돋쳐 있었다.

"시기상조일지도 모른다고 생각했는데, 어쨌든 칼같이 잘라 버리 더라. 뭐 쓸모없어지면 곧바로 버리는 게 사람들 위에 서는 자답긴 하지만."

"뭐야, 너는 그 남작 영애가 취향이냐?"

"글쎄. 일장일단 아니야? 그리고 난 이미 주인을 결정했는걸. 딱 히 바람피울 생각은 없어."

"그렇군. 그래서? 설마 그걸로 보고가 끝은 아니겠지?"

그 질문에 마일로는 미소를 지으면서도 갑자기 진지한 눈빛으로 변했다.

"응. 그 아가씨 주위를 어슬렁거리는 쥐새끼가 있는데, 어떻게 할 까?"

"호위인가? 아니면……."

"둘 다인 것 같던데? 호위만 하는 것치고는 움직임이 이상했거 든."

"그렇군. 그녀 주위의 인물은 쓸데없는 말을 흘리고 다니진 않겠 지?"

"그야 이쪽의 동향을 아는 사람은 그녀 주위에는 없으니까. 게다 가 공작가 자제와 기사 단장의 아들은 그녀와 거리를 두기 시작했 고."

"호오……. 도르센까지?"

"응. 기사 단장 때문에 강제로 그런 거긴 하지만……. 그 녀석한테는 다행이지. 깊이 들어가기 전에 멈출 수 있어서. 이대로 계속 그녀의 곁에 있으면 우리 입장에선 제거하지 않을 수 없으니까."

"일개 기사에 불과한 그를 제거해 봤자 딱히 나라에 큰 영향이 미치는 건 아니니까요."

루디의 말에도 가시가 돋쳐 있었다.

군부의 장군인 아버지 밑에서 자란 루디는 역시 군부 입장에서 생각하게 되는 걸까?

그런 쓸데없는 생각이 그의 머릿속에 떠올랐다.

"루디, 무서워."

"전혀 무서워하는 것 같지 않습니다만."

루디의 지적에도 마일로는 아랑곳하지 않는 눈치였다.

여전히 생글생글 천진난만하게 웃고 있었다.

"……아, 그리고 그 공작 영애의 시녀가 아직도 여기저기 염탐하며 돌아다니고 있어."

"타냐가……."

"솜씨가 제법이던데. 이쪽으로 영입하고 싶어질 정도야."

마일로가 그렇게까지 말하는 걸 보면 정말로 솜씨가 대단한 모양이다.

마일로는 표표해 보이지만 일에 관해서는 남들보다 훨씬 프로 의식이 강한…… 그런 녀석이기 때문이다.

어떻게든 스카우트하고 싶다는 욕심이 한순간 떠올랐지만…….

"그녀가 아이리스를 걷어차고 우리에게 오는 일은 천지가 뒤집혀도 절대 없겠지."

……절대 불가능할 것이다.

"후후후. 그런 것까지 포함해서 마음에 들어. 음. 기왕이면 주인을 발견하기 전에 만났으면 좋았을 텐데."

"주인이 아이리스이기 때문에 네 영역에 한 발을 들여놓은 거겠지."

"그것도 그런가? 아―, 아쉽다."

"그래서? 그 남작 영애의 동향은?"

"음―. 그 디반이라는 상인이랑 한 달에 두세 번 정도 면담하는 것 같아. 내용은 그냥 사소한 얘기였어. ……에드워드 왕자와 사이는 어떠냐, 지내기는 어떠냐, 뭐 그런 거."

"그분과의 사이 말입니까? 그야 저쪽에는 중요한 사항이겠지요. 그런데 왜 디반은 굳이 이번 일을 꾸민 걸까요……? 이대로 그 남작 영애가 에드 님의 마음을 손에 쥐고 있기만 하면 에드 님이 왕위를 계승한 후 뒤에서 조종하며 뭐든지 마음대로 할 수 있을 텐데."

"글쎄. 알프레드 님을 경계하고 있거나…… 아니면 그녀는 처음부터 이용하고 버리는 말이었거나. 둘 중 하나 아닐까?"

마일로의 대답에 루디는 이해할 수 없다는 듯이 눈썹을 찡그렸다.

"버리는 말이라. 그건 그렇겠지. 덧붙여 말하자면 저쪽 입장에서는 굳이 그 찬란한 미래를 기다리지 않아도 지금도 충분히 단물을 빨아먹고 있을 테니까."

"……단물, 말입니까?"

"그래. 에드가 왕위에 오른다 해도 재상은 저 루이 드 아르메리아. 탄탄한 기반, 그리고 풍부한 재원을 지닌 그는 왕궁에서는 관료들을 장악하고 있고, 귀족들 중에서도 단연 뛰어나지. 에드를 이용해서 뭔가 하고 싶어도 그가 지켜보는 와중에 크게 눈에 띄는 짓은 벌일 수 없을 거야. 그보다 현재 이 귀족들의 내분을 이용해서 국력을 피폐하게 만들고, 허점을 파고들어 모든 걸 빼앗는 게 훨씬 손쉬울 거다."

"흐응…… . 그건 그거대로 통치하느라 귀찮을 것 같은데. 왜 동서 고금을 막론하고 영토를 확대하려는 나라가 생기는 걸까……?"

"이 나라의 비옥한 대지가 그들에게 그만큼 매력적이기 때문이겠 지. 아널리느의 보고에도 거론되었지. 이번 해, 그 나라의 수확량은 최근 들어 특히 나쁘지."

아널리느는 마일로와 마찬가지로 그의 그림자.

현재 국경을 지키는 마벨러스 메시 남작가에 머물고 있다.

그녀는 그와 마벨러스의 연락책이자 트와일의 잠입 요원을 하고 있다.

아널리느의 말에 의하면 최근 트와일에는 흉작이 계속되고 있지 만 올해는 특히 심하다고 했다.

북쪽에 위치한 트와일은 1년의 대부분이 겨울이고 토지도 척박한 데, 정전 조건으로 공주가 시집을 오며 상당한 지참금을 지불했다.

한 마디로 기다릴 수도 없을 만큼 궁지에 몰렸다는 뜻이다.

손 놓고 장래를 걱정하는 것보다는 지금 돌을 던지면 당장 흔들릴 것 같은 위태로운 왕국을 무너뜨리고 빼앗아 버리면 그만이다.

아마 그런 생각일 것이다.

"뭐, 그런 걸 생각하는 건 내 역할이 아니긴 하지만. 나답지 않게 괜히 머리를 굴렸더니 좀 피곤하네――."

"보고는 끝인가?"

"응? 아, 맞다. 그리고 그 사람들, 딱히 별 얘기는 없었어."

"알겠다. ……계속 잘 부탁한다."

"넵, 알겠습니다."

마일로가 갑자기 진지한 표정을 지으며 나타날 때와 마찬가지로 소리 없이 모습을 감췄다.

그리고 루디도 그에게 몇 가지 지시를 받은 후 방에서 나갔다.

혼자 남은 그는 서류를 넘겨보면서도 마음은 다른 곳에 사로잡혀 있었다.

……그날.

아이리스가 감정을 드러내며 눈물을 흘렸던 그날을 떠올리며.

스스로 생각해도 너무 막무가내로 굴었다고 생각한다.

하지만 그렇다고 그녀가 감정을 폭발시키지 않으면…… 사라져 버릴 것 같았다.

그만큼 그녀는 막다른 곳에 몰린 표정을 짓고 있었다.

그리고 그 사실에 그는 분명…… 공포를 느꼈다.

그토록 공포를 느낀 적은 태어나서 처음일지도 모른다.

언제나 눈을 반짝반짝 빛내며 지친 기색을 보이지 않았던 그녀.

하지만 그 가냘픈 어깨는…… 무거운 중압에 짓눌려 있었다.

특히 가문에 피해를 끼칠까 봐 두려워하는 것은 강박 관념마저 느껴졌다.

그녀의 경력을 생각하면 그것도 할 수 없는 일이다.

귀족 영애 최대의 역할은 결혼해서 가문과 가문을 잇는 가교 역할을 하는 것…….

그런 생각이 당연하게 여겨지는 이 나라에서 파혼을 당한 그녀의 운신의 폭이 좁은 것도 할 수 없다면 할 수 없는 일이다.

그렇기 때문에 어떠한 형태로든 공헌하지 않으면 안 된다고.

그리고 그 때문에 가문에 피해를 끼쳐서는 안 된다고…… 그녀는 두려워하고 있었다.

그 모습이 슬펐다.

동시에 분노가 느껴졌다.

그렇게 자신을 비하하지 말라고.

그는 그런 위태로운 그녀의 모습조차 사랑스럽다고 생각하는 걸 보면 아무래도 중증인 모양이라고 자조했다.

그런 생각을 하고 있을 때, 노크 소리와 함께 루디가 돌아왔다.

보고를 들은 후 그는 한숨을 내쉬었다.

"……루디, 잠시 몸을 움직이고 오겠다."

"또 군부에 숨어드시려는 겁니까?"

"응. 모처럼 가젤 장군이 있으니까."

"뭐, 좋습니다. 가끔 움직여 주지 않으면 몸이 녹스는 법이니까요."

처음으로 웃는 얼굴을 하며 그렇게 대답한 루디는 곧 문 쪽을 바라보며 굳어 버렸다.

그 또한 그 인물을 보고 쓴웃음을 지었다.

그곳에 서 있는 것은…… 바로 그의 여동생이었다.

후기

오랜만입니다.

또 이렇게 2권을 선보일 수 있게 돼서 정말 기쁩니다.

설마 다음 권을 내게 될 줄이야……

이것도 모두 응원해 주신 여러분 덕분입니다.

정말 고맙습니다.

제가 쓴 글이 책으로 나오게 됐을 때, 솔직히 전혀 실감이 나지 않았습니다.

담당과 대화해도, 원고를 보내도.

시간은 쏜살같이 흐르고 현실감이 전혀 느껴지지 않았습니다.

실제로 서점에 진열된 걸 보고 나서야 비로소 감개무량해졌습니다.

그건 그렇고 1권을 읽은 친구가 한마디,

"후기가 정말 너답더라."

……책 내용보다 후기 얘기를 먼저 하더군요.

특히 책장 얘기는 실제로 저희 집에 놀러 와 본 적 있는 친구가 보기엔 '그럴 만하다.' 라는 느낌이었나 봅니다.

그 후기를 본 친구들은 "그러니까 책장 정리 좀 하랬잖아. 차라리 앞으로 e-Book을 읽지 그래?" 라고 하더군요. 하지만……

책장에 책이 가지런히 꽂혀 있으면 묘하게 성취감이 느껴지지 않나요?

한마디로 저는 수집벽이 있는 걸까요.

최근에는 언제든지 읽을 수 있도록 전자책을 구입하고 보관용으로 종이책도 구입하고 있습니다.

책이 줄어들 일은 당분간 없을 것 같아요.

그건 그렇고.

책장에 제 책이 꽂혀 있는 모습을 상상하면 정말 행복합니다.

청소할 때나 뭔가 다른 책을 읽으려고 할 때…… 문득 "그러고 보니 여기 이런 게 있었지. 그립다."라며 집어 들고 다시 읽어 볼 수 있다면 정말 행복할 것 같아요.

자, 그럼 근황 보고입니다.

영 에이스 UP(https://web-ace.jp/youngaceup/)이라는 Web잡지에 『공작 영애의 소양』 만화가 연재되고 있습니다.(※2016년 4월 기준)

우메미야 스키 선생님께서 멋지게 공작 영애를 만화로 그려 주고 계십니다.

캐릭터마다 모두 생생하게 살아 있답니다.

정말 만화란 굉장하다고, 새삼 생각했습니다.

3화에는 아이리스의 아버지 루이 드 아르메리아가 등장하는데요, 너무 박력이 넘쳐서 "그러고 보니 아버님은 꼭 마왕 같네."라는 도저히 원작자답지 않은 얼빠진 감상을 중얼거릴 만큼 각 캐릭터마다 개성이 흘러넘친답니다.

우메미야 선생님, 고맙습니다.

감사드릴 분들.

Web판으로 읽어 주시는 분들, 감사합니다.

Web판에서는 쓰지 못했던 장면들이 이 책에는 잔뜩 나옵니다.

그 차이를 즐겨 주시기 바랍니다.

담당님, 세심한 서포트 고맙습니다.

담당님의 감상을 들은 후에는 '여긴 이렇게 하는 게 좋겠다!', '여길 추가하자!', '어쨌든 빨리 다음 얘기를 쓰자!' 라고 글을 쓰고 싶은 충동이 무척 강해집니다.

아무래도 저는 치켜세워 주면 쉽게 나무에 오르는 타입인가 봅니다.

농담은 이쯤하고, 담당님의 말씀은 저의 원동력입니다.

앞으로도 잘 부탁드립니다.

후타바 하즈키 님, 멋진 일러스트 고맙습니다.

2권 출판이 결정된 후 어떤 캐릭터가 표지가 될지 상상하며 무척 즐거웠습니다.

후타바 하즈키 님의 그림에 어울리는 작품이 되도록 앞으로도 열심히 노력하겠습니다.

그리고 저의 버팀목이 되어 주신 여러분.

언제나 감상을 보내 주신 분들, 응원해 주신 분들……. 여러분이 힘이 되어 주셨기에 여기까지 올 수 있었습니다.

앞으로도 잘 부탁드립니다.

마지막으로 이 책을 읽어 주신 여러분.

정말 고맙습니다.

1권에 이어 2권까지 읽어 주신 것만으로도 영광입니다.

여러분이 재미있게 읽으실 수 있도록 앞으로도 열심히 노력하겠습니다.

그럼 다시 만나기를 기도하며.

레이아

공작 영애의 소양 2

원작: 레이아 **만화:** 우메미야 스키 **캐릭터 원안:** 후타바 하즈키

**아름다운 공녀님의 영주 대행—
자, 어디 실력을 볼까유‼**

**여성향 게임의 악역 영애로 전생하여
공작가 영지를 다스리게 된 '나'.
전생의 지식을 활용하여 드디어 상회를 경영하게 된다!
은행 설립까지 시작한 아가씨에게 휴일은 없는데?!**

루체
LUCE

악역 영애 안의 사람

원작: 마키부로 만화: 시라우메 나즈나 캐릭터 디자인: 무라사키 마이

「에미가 바란 행복을 내가 되찾겠어.」
어느 RPG 여성향 게임의
악역 영애 레밀리아로 빙의한 「에미」는
노력도 허무하게 게임의 히로인 「별의 소녀」에게
단죄당한다.

그때 에미의 누명을 벗기기 위해 나타난 것은
안에서 지켜보던 본래의 레밀리아였다ー.

루체
LUCE

공작 영애의 소양 2

2023년 09월 21일 제1판 인쇄
2023년 10월 31일 제1판 발행

지음 레이아
일러스트 후타바 하즈키
옮김 김진수

발행 영상출판미디어(주)
등록번호 제 2002-000003호
주소 07551 서울특별시 강서구 양천로 570 NH강서빌딩, NH서울타워) 19층
전화 02-337-0610

ISBN 979-11-380-3145-5
ISBN 979-11-380-3143-1(세트)

KOUSYAKU REIJOU NO TASHINAMI Vol.2
ⓒReia, Haduki Futaba 2016
First published in Japan in 2016 by KADOKAWA CORPORATION, Tokyo.
Korean translation rights arranged with KADOKAWA CORPORATION, Tokyo.